PETER KIHLGÅRD

Liebe ganz oder gar nicht

PETER KIHLGÅRD

Liebe ganz oder gar nicht

ROMAN

Aus dem Schwedischen von
Susanne Dahmann

Deutsche Verlags-Anstalt

CODA

Lasse hatte sich sein Traumauto gekauft, einen Porsche von sechsundsiebzig, und jetzt fuhren er und Kicki durch die Landschaft von Uppland, entlang der Strecke, die in der Landkarte »Weg der Zeiten« genannt wurde. Es kamen ihnen keine Autos entgegen, und sie überholten auch niemanden. Hier und da klatschten einzelne Regentropfen auf die Windschutzscheibe, doch nicht so viele, dass es sich gelohnt hätte, den Scheibenwischer einzuschalten. Die Landschaft war pittoresk ... hin und wieder richtig schön. Kicki drehte sich zu Lasse und betrachtete ihn – die ernsten Gesichtszüge, das kurz geschnittene graue Haar, wie er das Lenkrad von unten hielt, als würde er es in den Schlaf wiegen.

»Sollen wir jetzt dann die Sicherheitsgurte lösen, Lasse?«

»Gleich.«

»Wann?«

»Bald.«

»Ich mache meinen jetzt ab.«

»Wie du möchtest.«

Sie spürte, wie er ein wenig nervös mit den Schultern zuckte, als er das sagte, und wusste, dass er es sich anders überlegen würde.

»Gut, mach meinen auch los.«

Sie befeuchtete die Lippen mit der Zungenspitze und spürte, dass er sie ansah. Schaffte es nicht, seinem Blick wirklich zu begegnen, aber er wärmte sie doch. Als er seine Aufmerksamkeit wieder der Straße zuwandte, löste sie beide Sicherheitsgurte.

Nach einer Weile legte Kicki die Hand an seinen Nacken und streichelte ihn bedächtig. Lasse ließ das Lenkrad los und legte seine immer noch geschwollene und blau angelaufene Hand auf die Stelle direkt über ihrem Knie.

»Ganz schön schnell.«

»Ja.«

NEKROPOLIS

Jetzt tat sich die Landschaft wieder auf. Über Feldern und Wiesen lag noch wie ein alles bedeckendes, leicht wogendes Gazetuch der Morgentau. Hinter den Feldern konnte man einen See erkennen, und da unten war offensichtlich Wind, denn die Wasseroberfläche wirkte marmoriert und glitzerte in dem eindimensionalen Licht, und der Nebel wurde in Streifen ausgefasert, die nahe dem Land nervös über den Wellenkämmen schwebten.

Vor zwanzig Minuten hatten sie das Flughafengelände Arlanda verlassen, und Lasse fühlte sich nach einigen Kilometern allmählich mit dem Mietwagen vertraut und nicht mehr so, als sei er Freiwild, zur Jagd freigegebene Beute der Autobahn. Er wandte den Kopf und sah Kicki an, die damit beschäftigt war, sich eine leicht rosafarbene Creme über Gesicht und Hals zu streichen. Ohne den Blick von ihrem Spiegelbild zu wenden, sagte sie: »Man trocknet so aus von der Luft im Flugzeug. Ich glaube, mit jeder Stunde in einem Flugzeug altert die Haut einen Monat. Ich meine …«

»Wirklich?«

»… es fühlt sich so an.«

Sie rückte das Kopftuch zurecht, das sie immer noch trug, obwohl die Haare schön nachgewachsen waren. Sie sah gesund aus. Die Sonnenbräune ließ sie jünger erscheinen. Plötzlich fuhr sie zusammen.

»Sieh mal! Sieh … siehst du da? Bei der Lichtung!«

Eine Herde Rotwild, sieben oder acht Stück, alle ästen, nur ein Tier stand mit gerecktem Hals und einem angehobenen Vorderbein und witterte. Ein Bock.

»Fahr doch mal etwas langsamer!«

Lasse konnte sehen, wie die Schwänze der abgewandten Tiere energisch und fröhlich hin- und herwedelten. Die Ohren des Bocks drehten sich unabhängig voneinander in unterschiedliche Richtungen, und als er ein paar Schritte vorwärts machte, waberte der Nebel unter seiner Brust auf. Die schwarzen Augen glänzten.

»Wie schön!«

»Einfach fantastisch!«

»Mach doch das Fenster ein wenig auf. Mal sehen, ob es schon nach Frühling riecht.«

»Frierst du nicht in dem Kleid?«

Kicki schüttelte den Kopf und drückte selbst auf einen Knopf, sodass sein Seitenfenster ein Stück herunterfuhr. Dann legte sie den Arm um seinen Nacken.

»Du frierst auch wirklich nicht?«

Er schob die Falten des Kleides beiseite und legte seine Hand auf die Stelle direkt über ihrem Knie.

»Im Flugzeug war es kälter.«

Jetzt saßen sie in ihrer Langstreckenposition. Wie viele Kilometer sie schon in ebendieser Sitzstellung abgearbeitet hatten. Die vielen Male, wenn die Stimmung zwischen ihnen aus irgendeinem Grund geladen war, wenn die Luft dick geworden und schwerer zu atmen gewesen war und seine Hand sich immer weiter auf der Innenseite ihres Oberschenkels nach oben gearbeitet hatte, die Fingerspitzen sich unter die Gummibänder getastet hatten, dann ein festerer Griff um seinen Nacken und wie üblich sein kurzer Panikanfall während des Anschwellens und der Atem, der die Laute aus dem Autoradio ertränkte, und wie sie hermetisch in Begehren eingeschlossen waren und bei hundertzwanzig Stundenkilometern völlig stillstanden.

Er schob die Hand auf ihrem Oberschenkel ein wenig höher.

Wie schön es hier war.

Upplands Väsby.

Ach.

Lasse lachte ein wenig und streichelte sich noch höher an der Innenseite ihres Oberschenkels hinauf und hatte die Hand voller großer harter Knoten. Er erstarrte, spürte, wie ihm alle Wärme aus Gesicht und Händen wich, wusste, dass er bleich wurde, und wusste, dass sie ihn besorgt über seine Reaktion ansah.

»Die sind gewachsen.«

»Ja.«

»Die sind gewachsen.«

Ein großes Insekt knallte auf die Windschutzscheibe und wurde zu einem gelben Fleck. Er zuckte zusammen, brachte es nicht fertig, die Hand wegzunehmen.

»Du hast gesagt …«

»Ich weiß.«

»Du hast gesagt. Dass der Verlauf …«

»Das war auch so.«

»… gestoppt ist.«

»Sie haben es gesagt.«

Er brachte es nicht fertig, die Hand wegzunehmen. Grotesk angeschwollene Lymphknoten bildeten ein Band aus harten, stummen Knubbeln, die sich zur Leiste hochringelten und zwischen seinen Fingern hindurchglitten. Pompöse Siegel der Kriegserklärung an ihren Körper.

Sie schwiegen. Er war dankbar, dass sie nicht anfing zu weinen. Er schämte sich, weil er dankbar war, dass sie nicht anfing zu weinen. Schweigend fuhren sie immer weiter. Nach einer Weile beschlugen die Scheiben. Er nahm die Hand weg und machte die Lüftung an und drückte den Defrost-Knopf. Ein heftiges Brummen erfüllte das Auto, und er war dankbar für die Lautstärke. Er räusperte sich langsam und gründlich.

Schräg vor ihnen erstreckte sich ein Golfplatz. Die Bewässerungsanlage war in Betrieb, und an jedem Rasensprenger brach sich das Licht in kleinen Regenbögen. Die Flaggen hingen wie in der Flaute herunter.

Große kastenförmige Gebäude drängten sich in einer Parade von Produktmarken, die die Landschaftsbilder ersetzte, zur Straße hin.

»Sei so gut und mach die Lüftung aus.«

Er reagierte so eilig, dass er an einen Hebel am Lenkrad stieß und die Scheibenwischer angingen, sie quietschten und kreischten auf der trockenen Scheibe. Lasse fluchte und führte den Hebel in seine ursprüngliche Position zurück, dann beugte er sich vor und stellte die Lüftung aus. Es wurde still, nur noch das Motorengeräusch und das Sausen durch den offenen Spalt der Fensterscheibe.

»Soll ich es zumachen?«

»Wegen mir nicht.«

Sie fuhren unter einer Hochspannungsleitung hindurch.

Onoff, Mitutoyo, Willys, H&M, Electrolux, Intersport, McDonald's, Beckers, Adelsten.

Järva Krog.

Er packte das Lenkrad fester, sah in den Rückspiegel, wurde langsamer und setzte den Blinker.

Als Lasse aus der Tankstelle kam, sah er, dass Kicki geweint hatte. Sie hatte den Sicherheitsgurt gelöst und saß, die Beine untergeschlagen, da. Ihre Augen waren geschlossen, aber die eingekapselten Tränen ließen ihre Wimpern zucken. Auf den letzten Schritten zum Auto polterte er ein wenig. Dann stand er eine Weile, die Arme auf das Autodach gelegt, und besah seine rechte Hand, drehte die Handfläche nach oben, um zu sehen, ob es da Spuren, Abdrücke oder wenigstens eine Rötung gab. Das müsste es eigentlich. Aber »müsste« – als was für ein verdammt kraftloses Wort hatte sich das doch erwiesen. Die Innenseite seiner Hand, rosa, schrumpelig von dem Handschweiß, der sich in kleinen Rinnsalen in den Linien gesammelt hatte, wie hießen sie doch gleich – Lebenslinien, und wie noch? Liebeslinien vielleicht, Glückslinien, Schicksalslinien, Kampflinien ... Die ein wenig zu kurzen Finger mit ihren schräg gestellten Gelenken und die runzeligen Fingerspitzen, das Muttermal in der Daumenfalte. Eine große Hand. Nicht grob. Groß und weich. Wie eine Scheibe französischen Weißbrots. Es bedrückte ihn mehr, seine Hand anzuschauen, als sich selbst im Spiegel zu sehen. Er wischte sie auf dem Autodach ab, mit derselben Sorgfalt, die ein Tischtennisspieler zwischen zwei Aufschlägen zeigt, und ballte sie ein paar Mal, ehe er die Tür öffnete und sich hinter das Lenkrad schob. Erst wollte er ihr das Paket Zigaretten auf den Schoß legen, doch dann überlegte er es sich anders und warf es stattdessen aufs Armaturenbrett. Nachdem er den Wagen gestartet hatte, schlug Kicki die Augen auf und sagte mit einer Stimme, die das Weinen ganz weit hinter sich gelassen hatte, wie in einem Schließfach auf einem Busbahnhof eingeschlossen, von dem man nicht mehr weiß, wo er ist. Aber er musste den Schlüssel verwahren.

»Du machst Witze.«

Sie sagte es geradeheraus, ohne ihn anzusehen.

»Wieso?«

»Nach vierzehn Jahren willst du wieder anfangen zu rauchen?«

Jetzt sah sie ihn an, und er schob den ersten Gang rein, zuckte mit den Schultern und bog zur Ausfahrt ab.

»Lasse, das ist ein Mietwagen.«

»Ja.«

»Das ist ein Mietwagen. Da steht, dass man nicht rauchen darf.«

»Sei so gut und zünde mir eine an.«

Nach einigem Suchen fand er wieder auf die Autobahn. Als er aufgefahren war, nahm er die brennende Zigarette entgegen und steckte sie in den Mundwinkel, während er schaltete. Er zog vorsichtig daran und hielt die Zigarette an den Spalt im Seitenfenster, sodass der Fahrtwind die Asche mitnahm. Es fühlte sich ganz natürlich an. Und es schmeckte auch noch besser, als er gedacht hatte. Er nahm einen tiefen Zug und begegnete ihrem Blick, blies den Rauch durch den Mundwinkel hinaus.

»Leg den Sicherheitsgurt an.«

Sie lächelte etwas schief und wägte die Worte einen Moment lang ab, ehe sie beschloss, seiner Ermahnung Folge zu leisten. Danach schnallte er sich selbst an.

Links glänzte das Wasser des Brunnsviken metallisch im Morgenlicht, eine hart reflektierende Fläche, die alles, was sich hindurchzudrängen versuchte, wegblendete. Damit der See sich öffnete, musste das Licht steiler einfallen. Er spürte ihren Blick auf sich.

»Ist es gut?«

Er nickte mehrmals mit heruntergezogenen Mundwinkeln. Nach einer kleinen Weile machte er dasselbe noch einmal, wie um die absolute Zuverlässigkeit der Geste zu unterstreichen.

Schräg vor ihnen wuchs der Hügel des Hagaparks. Der Spazierweg wie eine gelbliche Narbe durch das lichte Grün. Gamla Klara.

»Du siehst ganz jung aus, wenn du rauchst.«

»Ehrlich?«

Der ganze Hügel bestand eigentlich aus dem, was einmal das Klaraviertel ausgemacht hatte. Hierher hatten sie die abgerissenen alten Häuser gebracht. Die Reste. Ein Friedhof. Eine ... Halde müsste es eigentlich heißen. Haga Halde. Klara Halde. Haga Klara Halde. Was die Leute damals nicht wussten, war, dass das Klaraviertel seinerseits auf den Resten eines mittelalterlichen Klosters erbaut worden war, von einer Art Mediziner- oder Apothekerorden, und dass man deshalb …

»Wusstest du, dass man auf diesem Hügel Pflanzen und Kräuter finden kann, die eigentlich in Südeuropa und noch weiter weg beheimatet sind? Ich glaube, man hat sogar einen chinesischen …«

»Habe ich dir das nicht erzählt?«

»Ehrlich? Ja, vielleicht.«

»Ich weiß es noch.«

Bei der Abfahrt zum Frösundaleden verdichtete sich der Verkehr. Er wechselte die Spur, um nicht langsamer fahren zu müssen, blieb aber ruhig und bedächtig, wollte keine wütenden Hupsignale von verärgerten Verkehrsteilnehmern provozieren. Die gute Straßenlage des Wagens erstaunte ihn, und er spürte, dass dies eigentlich der richtige Moment war, um zu sagen, dass er ohne sie nicht leben konnte. Dass er es sagen wollte, wie es war. Dass er ohne sie nicht leben konnte. Ein Leben ohne sie …

Das Licht und der Tabakrauch brannten ihm in den Augen. Er ließ das Fenster ein wenig herunter und schnipste die Kippe weg. Die Sonnenbrille war natürlich irgendwo verpackt. Ganz unten in der Tasche, die am weitesten hinten im Kofferraum stand. Wo sie nicht sein sollte.

»Sag mal, Lasse, wenn man eine Kurve fährt, also das Lenkrad herumdreht und die Räder in den Verlauf der Kurve stellt, dann muss sich doch das äußere Rad stärker drehen als das innere.«

»Ja.«

»Nicht nur das, sondern, Lasse, das äußere Rad muss auch etwas schneller sein als das innere.«

»Ja.«

»Weißt du, was ich meine?«

»Denke schon.«

»Gibst du das Auto heute zurück?«

»Nein.«

»Wie lange werden wir es haben?«

»Das Wochenende über.«

»Muss man es in Arlanda zurückgeben?«

»Nein, in der Stadt. Am Lindhagensplan.«

»Wie praktisch.«

»Dachte, wir könnten ein bisschen rausfahren.«

»Ja.«

»Vögel beobachten.«

»Ja.«

»Es ist schließlich Frühling.«

Die Ehrfurcht gebietende Ziegelsteinfassade des Karolinska-Krankenhauses. Hunderte von Fenstern, die auf den Friedhof herunterschauten.

»Wir müssen putzen.«

»Das schaffen wir schon.«

»Ja.«

Am Norrtull die Ampel rot. Philips. +19.06.43.

»Den Kühlschrank abtauen.«

»Ja.«

Die Leute waren noch nicht zur Arbeit gefahren, und ihre Straße war zugeparkt. Lasse hielt vor der Tür in zweiter Reihe und stellte den Motor ab. Kicki schob ihre Füße in die Sandalen. Er räusperte sich und sagte: »Hast du den Schlüssel?«

»In der Tasche.«

»In der großen, der kleinen oder der mittleren?«

Sie lächelte, machte den Sicherheitsgurt los und öffnete die Tür mit ein und derselben schnellen Bewegung. Er sah, wie mühelos und leicht sie aus dem Auto stieg, und plötzlich wusste er nicht, ob er sie mehr liebte, wenn sie geschickt und selbstbewusst war oder wenn sie tollpatschig und ein wenig neben der Spur war. Seine immer so kluge und schlagfertige und tüchtige Frau. Es war schon immer so gewesen, und er schämte sich ein bisschen dafür und wollte es auch nicht zugeben, dass wenn sie … nein, also hilflos war sie nie, aber wenn sie sich ein wenig … na ja, ungeschickt aufführte, dann rührte ihn das nicht nur, sondern … na ja, es machte ihn auch an, als wenn …

Sie beugte sich vor, die eine Hand am Türrahmen, und sah ihn an.

… als wenn die Überlegenheit wie ein Aphrodisiakum auf ihn wirkte, das würde sie sagen, aber es war nicht die ganze Wahrheit, denn da war ja auch viel Fürsorge mit dabei, Zärtlichkeit. Und außerdem war es so ulkig, so witzig, wenn sie einmal nicht wusste, wie sie mit allem umgehen sollte, und das war es niemals, wenn er mal nicht …

Und dann begriff er, warum sie da stand und ihn ansah, und fing an, nach dem Kofferraumöffner zu tasten.

Er stieg aus dem Wagen und sah, wie sie ihre Taschen rausholte. Wieder legte er die Arme auf das Dach, als würde das Auto seinen Segen benötigen.

»Nimm du nicht die große.«

»Aber wir tragen doch wohl alles rein, oder?«

»Was?«

»Wir tragen doch wohl jetzt alles rein, damit du nicht so viel schleppen musst.«

»Das geht schon.«

»Aber wenn du keinen Parkplatz in der Nähe findest?«

»Ich will mir was aufladen. Eine ganze Latte Zeug. Eine Morgenlatte.«

Er lächelte. Kicki zuckte die Achseln und nahm weniger Taschen, als sie eigentlich tragen konnte, und ging zum Hauseingang. Er fragte sich, ob sie wohl merkte, dass er log, dass der eigentliche Grund war, dass er hier stehen und sehen wollte, wie sie lief, ihren Gang beobachten wollte, sehen, ob man es merkte, ob es scheuerte, ob es wehtat. Er kam sich gemein und kalt vor, schämte sich aber nicht sonderlich. Wahrscheinlich brauchte er etwas Distanz, etwas Schutz. Aber sie lief nicht breitbeiniger oder vorsichtiger als sonst. Soweit er das sehen konnte. Sie hievte sich eine der Taschen über die Schulter, tippte den Türcode ein und öffnete die Tür, ohne sich umzudrehen. Er klappte die rechte Hand hoch und studierte kurz deren Innenseite, dann setzte er sich ins Auto und fuhr davon.

Einen Block weiter hielt er und legte den Sicherheitsgurt an. Wenn er Auto fuhr, befolgte er immer die Verkehrsregeln. Das hatte er immer gemacht. Außer einmal, das war vor dreißig Jahren gewesen und hatte mit einer willkürlichen Verurteilung und einigen Jahren der Führerscheinlosigkeit geendet. Wenn er, der tatsächlich niemals ein Auto besessen hatte, sich auf den Fahrersitz eines geliehenen oder gemieteten Wagens setzte, dann nahm er dankbar und bewusst die Identität eines wahren Autofahrers an. Er wurde ein moderner Mensch in einer modernen Maschine, dem jetzt eine beträchtliche Kraft zur Verfügung stand und der dennoch seine Verantwortung für die Pferdestärken übernahm und dabei ein anständiger Mensch blieb. Ein ausgeglichener Mann, der schnell und sicher fuhr, aber ohne zu überholen, und der anderen die Vorfahrt ließ und die Initiative zum Reißverschlussverfahren ergriff, und noch ehe das Gesetz es vorgeschrieben hatte, an den Fußgängerüberwegen angehalten hatte, und er war – als er jung war – von ganz anderen Dingen erfüllt gewesen als von einer überzogenen Kreditkarte, Zahlungserinnerungen und dem drohenden Gerichtsvollzieher und konnte heutzutage über rostfarbene Zahnhälse und eine größere Empfindsamkeit für die Gravitation und vergangene Scham und verpasste Gelegenheiten hinwegsehen, und Lymphknoten, die sich hoch an der Innenseite der Oberschenkel, hart und stumm, gewachsen hatten und wahrscheinlich noch höher hinauf, in einer Art grobem Rosenkranz, den die Endlichkeit einem als Zerstreuung gab, während man wartete. Damit man etwas für die Hände hatte.

Er winkte an einer Straßenecke ohne Zebrastreifen eine Gruppe Kindergartenkinder über die Straße. Sie trugen grellgrüne Westen und sahen ihn mit bockigen Gesichtern an.

Wenn man sich nicht verbrannte.

Heute waren sie früher als sonst rausgeschmissen worden, um irgendeinen Ausflug zu unternehmen, der ihnen gestern noch wahnsinnig spannend vorgekommen war, aber nun, zu dieser unmenschlichen Zeit und mit den Socken, die falsch in den Stiefeln saßen, und den engen Polyacrylhosen, die in die … gerutscht waren, und dann auch noch den Rotzfresser Sebastian F. an der Hand halten müssen, das ist schlimmer als Haut auf dem Kakao und Gulaschfleisch mit Fettklumpen dran.

Wenn man sich nicht verbrannte.

Bunte Lagerinsassen in Kleinformat, die ihn mit vorwurfsvollen Blicken baten, sie von dieser idiotischen Munterkeit zu befreien, die nur Fräuleins mit von Rechtschaffenheit und Koffein rosigen Wangen hervorzwitschern können. Ach, dieses Verantwortungsbewusstsein, sowohl ein guter Pädagoge als auch ein gutes, gutes, gutes Vorbild zu sein, heutzutage, da die Eltern ihr Möglichstes taten, um Referenzen des Gegenteils darzustellen.

Wenn man sich nicht verbrannte. Wenn es aber so ein Rosenkranz war, an dem man sich verbrannte? Wie sollte man sich da an seine Gebete erinnern?

Aber. Er wusste nichts über Erzieherinnen. Weil Kicki und er keine Kinder hatten, hatte er keine Erfahrung mit Elternschaft, und über Kinder wusste er nur, was er aus seiner eigenen Kindheit zu erinnern vermochte. Karten. Karten, auf denen man alles außer den topografischen Linien selbst einzeichnen durfte. Stumme Karten. Kinder waren Wesen, die Unsicherheit, Schuldgefühle, Verhängnis, Scham und Verlustgefühle erzeugten. Kinder. Kinder waren gefährlich. Kinder vereinten alle Niederlagen des Betrachters. So hatte Kicki es einmal ausgedrückt und damit etwas Positives gemeint.

Ein Mädchen winkte ihm zu, eine dicke Strähne ihres roten Haares im Mund. Er hatte es so eilig, den Gruß zu erwidern, dass er zum zweiten Mal an den Hebel für die Scheibenwischer kam, die quietschend in einem eifrigen Tempo auszuschlagen begannen. Das Mädchen war erst ein wenig verunsichert, doch bald fing es an, im Takt der Wischblätter zu winken. Seine Marschpartnerin zog es mit sich zum Bürgersteig.

»Tschüss«, flüsterte Lasse. Er brachte den Hebel in seine ursprüngliche Position und brach in Tränen aus, zwei Schniefer und ein Schluchzen, ehe das Erstaunen darüber, sich selbst heulen zu hören, ihn innehalten ließ. Blinzelnd kuppelte er ein paar Mal ein und wieder aus, ehe er weiterfuhr. Das letzte Mal hatte er geweint, als sein Vater gestorben war. Aber nicht in der Kirche, wo er viel zu beschäftigt damit war, Kicki zu trösten, sondern später, in der Einsamkeit, in Papas Wohnung, als er die Schublade mit Mamas Kleidern aufgeschlossen hatte, die Papa manchmal heimlich herausgeholt hatte. Der hatte keine Ahnung gehabt, dass sein Sohn wusste, was er machte, ein Sohn, der mitten in der Nacht aufgewacht war und durch einen Spalt in der Tür geschaut und seinen Vater gesehen hatte, wie er komisch atmete und Frauenkleider an sein Gesicht drückte. Damals, nach der Beerdigung, hatte er die Kleider in einen schwarzen Müllsack gestopft – betrauert und verbrannt – und hatte ganz lange geweint … Kicki niemals von der Sache erzählt. Von keiner der beiden.

Er wischte sich die Handflächen am Oberschenkel ab. Erst die eine, dann die andere. Ruhig und ausgeglichen.

Ein vorbildlicher Verkehrsteilnehmer und ein treuer Partner. Er war niemals betrunken gefahren, und er war nie untreu gewesen. Nicht mal im Ausland. Zwei Regeln, an denen er festhielt. Gegen die er nicht verstoßen würde. Auf diesem Gebiet sich nichts zuschulden kommen lassen. Zwei Fundamente. Zwei Säulen des Anstands. Rückgrate. Na, da hast du etwas, das du dir zugutehalten kannst, hätte Kicki jetzt gesagt, in diesem Tonfall, der unmöglich feststellen ließ, ob sie jetzt beißend ironisch oder buchstäblich unschuldig war, und der ihn normalerweise in diesen schwebenden, fast stotternden Zustand versetzte, in dem er nur lächeln und nicken konnte, weil die Antwort auf die Frage, Wie meinst du das?, nur ein Achselzucken gewesen wäre und Lippen, die einander schnell und triumphierend gespitzt begegnen würden, und im Stillen würde er den am wenigsten verletzenden Schluss ziehen, dass sie sich etwas über seine Feierlichkeit lustig machen, aber auch darauf hinweisen wollte, dass es vielleicht so war … vielleicht war es so, dass es für ihn doch die Möglichkeit geben musste, einen Kurzen zu stemmen, sich dann ins Auto zu setzen und mit mörderischer Geschwindigkeit nach roten Ampeln zu suchen, um die er sich einen Scheißdreck scheren konnte.

Sie hingegen. Sie hatte Liebhaber gehabt. Richtig viele. Sie sprachen nie darüber. Nie ausführlicher. Sinnlos, weil der Wettstreit in Sachen Schuld bereits entschieden wäre und, wie immer sie es anstellten, ergebnislos enden würde und in einen unendlichen und tragikomischen Austausch kraftloser Rundumschläge münden würde, die »Du Hast

Im Stich Gelassen« und »Du Hast Betrogen« hießen. Die siamesischen Zwillinge Du.

Man konnte nicht sagen, welcher Verlust größer war, der der Würde oder der der Sicherheit.

Sie hatte keinen Führerschein.

Verdammt seltsam eigentlich, dass er nie ein Auto besessen hatte.

Ohne Grund bog er nach links ab und wurde kurz von einem Sonnenstrahl geblendet. Es brannte in den Augen, und instinktiv tastete er nach der Sonnenbrille in der Brusttasche, ehe ihm einfiel, dass die ja in der Tasche im Kofferraum lag. Er beugte sich zum Lenkrad vor und sah schräg nach oben. An einer offen stehenden Balkontür stand eine ältere, fette Frau in braunem Morgenmantel. Vorgebeugt stützte sie sich auf die Türklinke und hustete. Zwischen den Attacken streckte sie sich und rang wie eine Ertrinkende nach Atem. Das Handy klingelte, und er zuckte zusammen wie jemand, der ertappt wird, ließ es aber eine Weile klingeln, ehe er es hervorholte und das Gespräch annahm.

»Ja …«

»Wo bist du?«

»Ich weiß nicht.«

»Lasse.«

»Ja.«

»Warum muss sich alles wiederholen?«

»Warum sich alles wiederholen muss?«

»Ja, warum muss sich alles wiederholen?«

»Ich weiß nicht, warum sich alles wiederholen muss, Kicki.«

»Du darfst mich nicht behandeln, als ob ich schon tot wäre.«

»Nein.«

»Das hast du das letzte Mal nicht gemacht.«

»Nein.«

»Wo fährst du denn rum?«

»Ich komme gleich. Ich bin gleich zu Hause.«

»Bis gleich.«

»Tschüss.«

Lasse sah in den Rückspiegel, ehe er auf die Bremse trat und das Telefon auf den Beifahrersitz warf. Er starrte eine Zeit lang darauf und klemmte dann die Hände zwischen die Knie und legte die Stirn an das Lenkrad. Natürlich war es ihr gutes Recht, sich Sorgen zu machen, aber er hatte nicht vorgehabt, abzuhauen. Das wäre eine Flucht. In dieser Situation, nach so langer Zeit zusammen, sollte sie doch wissen, dass sie nicht mit einem fliehenden, sondern mit einem jagenden Menschen zusammenlebte. Kein Hund. Ein Wolf. Mit dem wollte sie zusammenleben, das hatte sie gesagt. Sehr oft. Sie hatte nie gesagt, dass sie nicht ohne ihn leben könnte. Gegen diesen Satz wehrte sie sich. Und wie es aussah, würde sie das auch nicht müssen. Er legte die Hände aufs Lenkrad. Kicki mochte sie. In den Briefen ins Gefängnis hatte sie mehrmals geschrieben, wie sehr sie seine großen Hände vermisste. Es kam immer noch vor, dass sie seine Hand auf ihren Bauch legte und darüber lachte, wie viel Haut sie bedeckte … ihr knubbeliger Nabel wie ein mit Stoff überzogener Knopf gegen seine Handfläche. In Wirklichkeit war er es, der von ihren … besessen war, vielleicht nicht von ihren Händen, sondern von der Berührung, ihrer Art, ihn zu berühren. So war es immer gewesen. Was er am meisten vermisste, wenn sie getrennt waren, waren ihre Hände, ihre Art, ihn anzufassen. Ohne ihre Berührungen würde er sicher sterben. Manchmal sagte sie, dass sie seine Stimme lieben würde ... was ein wenig seltsam war, wenn man bedachte, dass sie seine wirkliche Stimme niemals hatte hören können, denn die war ja bereits kaputt, als sie sich kennenlernten, war heiser und krächzend geworden.

Irgendetwas ließ ihn den Kopf wenden. Erst sah er nichts, aber als er den Blick hob, sah er, wie die Tante Braun da auf dem Balkon stand, ein kariertes Taschentuch vor dem Mund, und betrübt in seine Richtung schaute. Ihr Haar war grau und dünn, und man konnte sehen, auf welcher Seite sie geschlafen hatte. Sie wandte den Blick von dem Auto ab und betrachtete das Taschentuch, ehe sie es über dem Balkongeländer ausschüttelte.

»Tschüss«, flüsterte Lasse und fuhr weiter.

Plötzlich merkte er, dass er keine Ahnung hatte, wo er sich befand, und deshalb fing er an, nach Straßenschildern zu suchen. Viele der Gebäude, ungewöhnlich viele, wurden gerade renoviert, die Fassaden in milchig weißes Plastik eingehüllt, das sich hier und da gelöst und Lappen gebildet hatte, die träge an die Gerüste schlugen. Es sah nicht so aus, als ob hier je gearbeitet wurde. Es sah auch nicht so aus, als ob hier in Zukunft noch groß gearbeitet werden würde. Vielleicht hatte sich herausgestellt, dass es ebenso gut oder jedenfalls am lohnendsten war, alles abzureißen und neu hochzuziehen. Derzeit fanden wahrscheinlich die zähen Verhandlungen zwischen der

Immobilienfirma und der Gemeinde statt, und die damit beauftragten Berater spazierten mit einem Shoppinggrinsen, breiter als Prachtalleen, über die Bootsmesse. Breiter als ihre lautlosen Carports. Breiter als der Rückspiegel von einem Ramalamadingdongfünfundsechziger. Breiter als die Unterstützung von … von …

Das Gebäude an der Ecke hatte keine Verkleidung, und wenn er die Augen gegen das Licht zusammenkniff, konnte er lesen, dass er sich in der Ravsgata befand. Den Namen kannte er, aber er hatte keine Ahnung, wo die Straße lag. Er fuhr rechts ab, um zu sehen, ob die Querstraße vielleicht eine Antwort darauf bereithielt, wohin ihn das Spatzenhirn geführt hatte. Die Nuldagata gab ihm dasselbe vage Gefühl des Wiedererkennens, er müsste eigentlich – wieder dieses Wort –, er müsste eigentlich wissen, ganz automatisch und selbstverständlich, wo er sich befand. Plötzlich rang er nach Atem. Es war nicht wie ein Druck auf der Brust, sondern mehr, als wäre die Luft plötzlich sauerstoffarm geworden, als hätte man ihn mit der Schnelligkeit des gleißenden Lichts in eine viel größere Höhe verfrachtet. Lasse keuchte und spürte, wie ihm am ganzen Körper der Schweiß ausbrach, fette Tropfen, die von seinem Gesicht den ganzen Weg bis zur Taille hinunterliefen. Die Kopfhaut begann zu jucken, und mit einem Mal war sein Mund so trocken, dass die Zunge sich breit und blechern anfühlte. Er bog in eine Garageneinfahrt ein, öffnete die Tür, wurde vom Sicherheitsgurt aufgehalten, als er versuchte, sich aus dem Auto zu werfen, stöhnte einen Fluch hervor und begann mit dem Gurtschloss zu kämpfen, und als er es endlich aufhatte, war er so ermattet, dass er nur noch erst das eine und dann das andere Bein herausschwingen konnte und dann rittlings vorgebeugt sitzen blieb, die Füße auf der Straße und den Kopf in den Händen. Diese Reaktion hatte kommen müssen. Er hatte nur nicht gedacht, dass sie so heftig sein würde. Auch wenn es lange her war … verdammt lange her, dass er dermaßen von Panik oder Schock oder Verzweiflung lahmgelegt worden war, so gab es doch einen Ausweg, einen Fluchtweg, den er für sich entdeckt hatte, als er zum zweiten Mal einsaß, den Rettungsring der Gefängniszeit wie ein Notrelais in seinem Kopf, die Fähigkeit, ihn an einen sicheren und geschützten Ort zu bringen. Lasse blieb in derselben Stellung sitzen und begann den Körper in langsamen, fast schlängelnden Bewegungen hin und her zu schwingen – hört einen Moment auf, als er einsieht, dass er mehr Tempo, eine größere Schnelligkeit braucht, um den Schnee wegdrücken zu können, der schwerer und kompakter ist, als er aussieht. Es ist steil, und der Birkenwald ist sehr dicht, und er will keinen Schwung auslassen, zum Teufel, nicht hier! Er fährt Schuss, bis er genug Fahrt aufgenommen hat, und fängt dann an, um die Birkenstämme herumzuschwingen, sie stehen immer dichter und dichter, aber das macht nichts, das macht gar nichts, denn er hat die volle Kontrolle, schon nach den ersten Schwüngen hat er den Klammergriff der Gravitation abgeschüttelt, und er kann tanzen, muss gar nichts machen, nur mit den Hüften von einer Seite zur anderen wiegen, ein wenig die Schultern dazu, und das ist, als würde man sich zu Musik bewegen, zu guter Musik, und er und der Wald haben eine

Vereinbarung, wonach die Birken sich so hinstellen, dass man immer noch eine Öffnung zwischen ihnen finden kann, die in den Rhythmus hineinpasst. Ah, was für ein guter Song! Und dann tut sich hier eine Lichtung auf, in der das flach einfallende Licht die Schneedecke in einer seltsamen Farbenpracht zum Schimmern bringt und sich ihm sozusagen entgegenhebt, wie eine Einladung zur Umarmung, und er streckt sich und schwingt die Arme über den Kopf. Die Stöcke flattern hinter ihm, und er lehnt sich nur hin und her, von einer Seite auf die andere, denn jetzt ist die Zentrifugalkraft ein Freund, an den man sich anlehnt, um Vertrauen zu spenden oder zu erfahren. Keine Zurückweisungen oder Beschimpfungen oder schlüpfrigen Beobachtungen. Lange, liebevolle Schwünge in zärtlichem Fahrtwind, und der Schnee knistert aufmunternd, sexy aufmunternd. Lasse ist mit Stil, Leichtigkeit und Grazie begabt, und er hebt die Arme noch höher und müsste eigentlich abwechselnd lachen und weinen, denn jetzt befindet er sich mitten in der Zuverlässigkeit. Sieben zeitlose Schwünge bekommt er, ehe er wieder von krummen und verschrobenen Birken mit struppigen Ästen umschlossen wird, die sich nach ihm ausstrecken, doch weniger, um ihn einzufangen, nein, mehr, als wollten sie ihn necken, wie alte gichtige Menschen, von seiner Spiellust angesteckt. Er ist risikofreudig, nimmt die Schwünge über Kämme, auf denen er nie mehr rechtzeitig die Richtung würde ändern können, wenn ein Baum auf seinem Kurs stünde. Er saust durch einen Wald, zu dem er volles Vertrauen hat, und weiß, dass er mit einer neuen Umarmung belohnt werden wird, einer neuen Lichtung, bald, bald, und da kommt sie, hier öffnet sie sich für ihn, und er legt sich in einen langen Schwung, der gar nicht wieder aufhört. Drückt sich fest, bis er einen Moment lang hochsaust und dann in der Luft stehen bleibt, in der Bewegungslosigkeit, weil das geht, weil er es kann, weil er das darf.

Er steht und hängt auf den Stöcken und horcht auf die Stille, diese absolute Stille, die es nirgends sonst in der Natur gibt, außer an windstillen Tagen in den Bergen. Die Sonne ist halb hinter dem Dakkafjällskamm versunken, und in dem gelblichen Licht glühen die Birkenstämme, verdreht, wurzelig und schwarzrosa prahlen sie mit ihrer Missgestalt, als wüssten sie etwas, als wollten sie die Aufmerksamkeit auf das lenken, was Lasse jetzt bemerkt, nämlich dass die langen blauschwarzen Schatten, die die Stämme auf die knisternd weiße Schneedecke werfen ... ganz gerade sind! Die Schatten sind ganz gerade! Als läge die Welt auf der Seite, und er wäre eingeladen, in einen zufällig errichteten Tempel einzutreten, einen grazilen Plenarsaal, in dem einzelne, jungfräulich geborene Kristalle herumfliegen und in unregelmäßigen Abständen aufblitzen. Lasse springt von einem Schwung in den nächsten und nimmt Fahrt auf, wartet, wartet ... bis es ein wenig zu schnell geht, wartet noch etwas, nähert sich der Grenze, ab der sein Reaktionsvermögen durch Schicksal und Not ersetzt werden wird, wenn die Kontrolle eine Gabe ist, die ihm angeboten wird und die er selig annimmt, denn alles, was er im Gegenzug dafür tun muss, ist, im Takt zu der steil abfallenden Umgebung zu tanzen. Er lässt sich gegen den Vorhang aus Bäumen schleudern, und alles ist Zuversicht und Beständigkeit und kühle, lindernde Ekstase.

Lasse wusste nicht, was ihn von dem winterlich sanften und gnadenbringenden Berghang gepflückt hatte. Nicht sicher. Vielleicht erreichte ihn der verzweifelte Schrei, den ein Krammetsvogel im Echoraum eines Hinterhofs abgab, als er zu spät den Sperber wie eine schicksalhafte Hieroglyphe schräg hinter sich entdeckte, wie eine brutale Erinnerung daran, dass es tatsächlich möglich ist zu wissen, ob man träumt. Es konnte auch etwas anderes gewesen sein. Es konnte zum Beispiel das Knacken in einem abkühlenden Motorblock gewesen sein oder ein Absenken in der Mauer da hinten oder ein Windstoß, der einen kleinen roten Spielzeuglaster umgeworfen hatte, oder ein Geruch von armer Ritter oder noch so ein verdammter wichsliterarischer Sonnenstrahl, der über sein Gesicht gehuscht war. Rolle spielen.

Lasse sah auf und schaute sich verwirrt um. Auf der anderen Straßenseite stand ein junger Mann mit Kinderwagen und blonden Rastalocken. Wahrscheinlich stand er schon eine ganze Weile dort und hatte Lasse zugeschaut, wie er da saß und den Oberkörper herumwarf und schwang, hatte ihn heisere Laute ausstoßen hören und nicht genau gewusst, ob das Lacher oder Schluchzer waren. Der Typ stand da und schob den Kinderwagen vor und zurück und sah aus, als würde er mit sich selbst gerade verhandeln, ob er nicht hingehen und wenigstens HörnSiemal-Wiegehtsdenn oder so sagen sollte. Lasse verspürte eine rasch aufsteigende Wut über das schamlose Starren des Kerls.

Schräg hinter ihm ging eine Tür auf, und eine junge Frau, ganz in greller Fahrradmontur, kam mit einem Drahtesel auf der Schulter heraus. Nachdem sie rasch einen Blick mit dem Rastamann gewechselt hatte, verfing sie sich im Anblick von Lasse, und dies veranlasste ihn, an sich selbst herunterzuschauen, sozusagen mal schnell den Hosenladen zu checken, und dann stattdessen festzustellen, dass er unter den Armen Schweißflecken so groß wie Turnbeutel hatte. Auf sie wirkte er wohl wie einer, der irgendeinen Anfall erlitten hatte, Migräne zum Beispiel, aber vielleicht hatte er auch nur einen derartigen Kater, dass er das Auto besser stehen lassen und wann anders holen sollte. Sie sah aus, als wollte sie das zu ihm sagen, schaute zu dem Typen mit dem Kinderwagen rüber, vielleicht um Unterstützung heischend, aber der starrte vollkommen fixiert auf Lasse und bemerkte überhaupt nicht die Anerkennung, die sich auf ihrem Gesicht breitmachte, als sie ihn anblickte. Wahrscheinlich fand sie, dass sie ein gewisses Etwas hatten, etwas Ansprechendes, etwas Anziehendes, diese jungen Väter der Boheme-Sorte, Musiker oder einfach ganz allgemein Alternative. Lasse merkte, wie die Wut über das sture Starren des Typen wuchs, und versuchte stattdessen, seine Aufmerksamkeit auf das Mädchen zu richten, das jetzt einen letzten Blick in seine Richtung warf und dann das Fahrrad bestieg und sich an den Pedalen festklickte. Der Typ mit dem Kinderwagen nickte ihr zu. Sie lächelte zur Antwort, ließ den Lenker los und rückte Helm und Pferdeschwanz zurecht, obwohl alles eigentlich ganz so saß, wie es sollte. Lasse hielt sich weiterhin an sie und entschied, dass sie eine

Trainingsrunde drehen würde … sie wird eine Trainingsrunde drehen, Kicki, und hat keine Zeit, da rumzustehen und … und wenn sie die ganze Ekerö-Schleife schaffen und dann noch rechtzeitig zum Mittag mit Roland und seiner Neuen kommen will, und es dann noch nach Bromma schaffen, um Mama zu helfen, die Zwiebeln zu stecken, und dann, dann, Kicki, noch mit Papa Martinis zu trinken, während Mama sich öng pö hinlegt, ist eilig, und deshalb legt sie jetzt die Kette auf das große Ritzel und entscheidet, dass sie heute in keinem kleineren Gang als diesem radeln kann, wenn sie … und wenn sie zu müde wird, dann muss sie nur daran denken, wie leicht sie mit dem Vorderrad in einen Gully hätte geraten können, als sie vor dem scharfen Typen da angegeben hat, und hätte stürzen können, mit dem Helm in der einen Hand, den Kopf an der Bürgersteigkante aufgeschlagen und der Schädel geborsten, sodass das Gehirn über den Asphalt gelaufen wäre und der Typ den Kinderwagen losgelassen hätte und angerannt gekommen wäre … tot, Kicki, an den Tod zu denken, ihren eigenen, nimmt ihr alle Müdigkeit und katapultiert sie in einen anderen Puls, wenn sie nur die Konzentration auf ihren eigenen dramatischen Tod bewahren kann, dann wird sie so lange und so schnell wie möglich radeln, bis sie … vor Erschöpfung stirbt, Kicki, einfach über dem Lenker zusammenbricht und vom Weg rollt … weg … aber ehe sie so müde ist, kann sie doch ein paar Kilometer lang daran denken, was zwischen ihr und dem schicken Typen hätte sein können, wie sie sich mit ihm auf einer Abendeinladung befindet und eine neugierige Freundin fragt: »Wie habt ihr euch eigentlich kennengelernt?«, und sie kann ihren Liebsten anlächeln, der nickt und sagt zu ihr: »Erzähl du es!«, und sie kann sagen: »Ja, also ich wollte mich eines Morgens recht früh zu einer Fahrradtour aufmachen, ich werde nie das Licht vergessen, es war so golden, so rein … und da stand er vor meiner Tür und starrte auf einen gestörten, elend langen Kerl, der aus einem weißen Toyota hing …«

Er konnte die Wut jetzt nicht länger zurückhalten. Lasse fühlte sich vom Blick des Typen eingesperrt, merkte, wie es in ihm anfing zu ziehen und zu brennen. Er sah hinunter und dann wieder hoch. Und verdammt, ja, verdammt noch mal, fing dieses miese Jüngelchen jetzt auch noch an, ihn anzugrinsen?

Der Jähzorn brach mit einer solchen Kraft aus ihm heraus, dass es ihn aus dem Sitz schleuderte und er mit geballten Fäusten und steif an der Seite herunterhängenden Armen auf den Kerl zustürzte. Das Lächeln des Typen erstarb. Er ließ den Kinderwagen los und tippelte ein wenig rückwärts, als Lasse sich vor ihm aufbaute.

»Verdammt, was glotzt du denn so? … Hä?«

Der Typ schüttelte den Kopf und drehte die Handflächen nach oben.

»Ich schlag dir die Fresse ein, du Arsch!«

Lasse stand so dicht vor dem Typen, dass er auf dessen Stirn hinunterschrie und keinen Platz mehr für eine andere Aktion hatte, als ihm das Knie in die Eier zu stoßen oder ihm den Ellenbogen in die Rippen zu drücken. Er stieß ihn fest in die Brust, um sich den Raum für einen richtigen Schwinger zu verschaffen. Der Typ fiel fast um, erlangte aber mithilfe des Kinderwagens das Gleichgewicht wieder, eine Rassel klapperte. Lasse machte einen kleinen Schritt und schlug zu. Der Typ drehte den Kopf weg, aber der Schlag berührte ihn trotzdem ein wenig, und er hielt sich das Ohr.

»Du ...«, sagte er.

»Was? Was? Was?«, schrie Lasse und nahm Maß für einen Tritt.

»Du willst das doch gar nicht.«

»Was?«

»Du willst das doch gar nicht ...«

Mit leiser Stimme, und es war etwas in seiner Haltung, die Schultern, die hinunterwiesen anstatt hinauf, in dem Blick, der seinem nicht auswich, zum ersten Mal wagte es jemand, Lasse in die Augen zu schauen, wenn er so dermaßen wütend war. Er hielt inne.

»... ich weiß das.«

Die Wut lief aus Lasse heraus und war jetzt nur noch in seiner Stimme, als er in die erstaunlich ausdruckslosen Augen des Typen sah und kreischte: »Was ist so komisch an mir, verdammt?«

Der Typ sagte nichts. Sie standen einfach nur da und schauten einander an. Lasse sah, dass sich in den wolligen Girlanden der Haare Dinge verhakt hatten. Kleine Federn. Daunen. Wahrscheinlich von einem kaputten Kissen. Er sah in den Kinderwagen, in dem ein Gummi quer gespannt war. Daran hingen ein gelber Ball, eine echte Muschel, ein grüner Plastikstern, ein kleines Plüschtier und ein Smiley in Regenbogenfarben. Vom Verdeck baumelte eine gestreifte Rassel in Form des Zeichens für das weibliche Geschlecht. Auf dem Boden des Einsatzes lagen eine Decke und eine Zeitung. Ansonsten war der Wagen leer.

Der Typ schüttelte den Kopf und entfernte sich. Lasse sah, wie seine Hände, ja, die ganzen Arme zitterten, als er den Kinderwagen vor sich herschob.

Lasse ging, das zurückgebliebene, auffordernde Dröhnen seines Herzschlags in den Ohren, langsam auf sein Auto zu. Er sah dem Typen hinterher und murmelte atemlos: »Und das, Kicki, war ein junger Mann, der nichts zu verlieren hatte, für ihn war es töten oder getötet werden, und seine Spaziergänge zu nachtschlafender Zeit sind ein Relikt aus der Phase, als das die einzige Möglichkeit war, das Baby noch einmal zum Einschlafen zu bringen, und dann, Kicki, als es gestorben war, hat er einfach weitergemacht, das war doch besser, als im Bett zu liegen und das Phantomgeschrei zu hören … und wenn dieser Typ weinen muss, dann summt er *Schlaf, Kindlein, schlaf* in den leeren Wagen hinein, und das macht er wahrscheinlich in diesem Moment, da er um die Ecke biegt …«

Jetzt stand Lasse an seinem Mietwagen und schielte auf seine rechte Hand, ehe er um die mittlere Türsäule fasste. Er erinnerte sich an ein einziges Mal, als er seinen Vater wirklich reuevoll gesehen hatte. Das war, als er aus Unachtsamkeit die Autotür über den kleinen Fingern des Sohnes zugeschlagen hatte. Es war Lasses erster Kontakt mit einem aggressiven und allumfassenden Schmerz gewesen, der ihn mit seinem heißen Bösen völlig gelähmt hatte. Und Papa, der Arzt, hatte jede Zurückhaltung und sein Gleichgewicht verloren und war nur vor Mitgefühl und Sorge und Schuld schrecklich verzweifelt gewesen, und zwar so mitgenommen, dass Lasse nicht gewagt hatte zu weinen, aus Angst, sein sonst so gefasster Vater würde dann vor seinen Augen zerbersten und in Stücke fallen. Er hatte auch nicht gewagt zu atmen, und alles war nur ein brennend gelber Schmerz gewesen und eine Stimme weit weg, die seinen Namen rief, und mein Gott!, und hinterher sagten sie, er habe gelacht, ehe er in Ohnmacht gefallen war.

Wie alt war er da? Vier? Vielleicht fünf?

Er streckte sich mit der anderen Hand nach der weit geöffneten Autotür, nahm Maß, biss die Zähne zusammen und zog zu.

Danach saß er im Auto, das Telefon in seiner schon pochenden und geschwollenen Hand, die Finger, mit Streifen darauf und aufgedunsen, zuckten unkontrolliert, während er die Nummer wählte. Er nahm die andere Hand, führte das Telefon ans Ohr und horchte auf das Klingeln, das heute wirklich flehentlicher klang als sachlich, gebrochene Rufe in einer riesigen Wüste aus Rauschen. Siebenmaliges Klingeln, und dann durfte er seine eigene heisere Stimme hören, die ihn aufgeräumt bat, doch Namen und Telefonnummer zu hinterlassen, damit er zurückrufen könnte.

»Hallo, ich bin es«, sagte Lasse. »Wollte nur durchrufen und sagen, dass …«

Er wurde von dem leisen *Pling* unterbrochen, das ihm sagte, dass es jetzt an der Zeit war, auf Band zu sprechen.

»Ich …«, begann Lasse wieder und räusperte das Zittrige weg. »Es ist die Wahrheit. Ich kann wohl nicht ohne dich leben.«

Als er das Gespräch wegdrückte, bereute er es schon. Mit einem Stöhnen legte er das Handy auf das Armaturenbrett.

»Verdammt ...«, murmelte er und nahm mit verzerrtem Gesicht die schmerzende rechte Hand, um den Zündschlüssel herumzudrehen, ließ sie dann aber auf dem Schoß liegen, wo sie pochte, während er mit der linken Hand schaltete und lenkte. Überraschend kam ihm ein Bild in den Sinn: eine junge Kicki im Bett, die die Decke wegwirft und im Liegen einen strampelnden, sich windenden, krummgebeugten Tanz vollführt, während sie mit lauter Stimme *Don't leave me this way* singt. Seine Baby-Madame. Beine und Arme in der Luft und *I can't survive without your touch* ... Lasse schüttelte den Kopf, schluchzte und lächelte. Sein sehniges und ironisches Menschlein.

Auf dem Västerbroplan blieb er an der roten Ampel stehen. Ein älterer Herr mit Hut und in einem tiefblauen und eleganten, aber viel zu warmen Lodenmantel überquerte die Straße. In der einen Hand hielt er eine grüne Gießkanne, und an seiner Seite humpelte ein weißer Labrador. Lasse sah ihnen nach. Das unnötig lang anhaltende Hupen von einem Taxi machte ihn darauf aufmerksam, dass es wieder Grün war. Er winkte das Taxi vorbei und sah zu Boden, um nicht irgendwelche Gesten oder Mienen entgegennehmen zu müssen. Als er wieder aufsah, bemühte sich der Hund, die Kackstellung einzunehmen, und das war anstrengend, denn offensichtlich war er so alt, dass die Muskeln diese Position kaum mehr bewältigten. Zitternd vor Anstrengung krümmte er den Rücken und sprühte eine braune, wässrige Flüssigkeit aus sich heraus auf den Bürgersteig. Der alte Mann, der sich von ihm abgewandt hatte, drehte sich um, als der Hund fertig war, und sagte noch etwas zu ihm, ehe er die Scheiße mit der Gießkanne wegspülte. Der Hund keuchte mit hängendem Kopf. Herrchen war sehr gründlich. Der Hund drehte ein wenig den Kopf, und Lasse hatte den Eindruck, als würde er ihn ansehen.

Mit einer unbeholfenen Rückhand kriegte er den ersten Gang rein und gab Gas. Jetzt mehr Verkehr. Viele Familien. Viele Mütter auf dem Fahrersitz, rotgesichtige Familienväter daneben, und auf dem Rücksitz eingeschnappte Kinder, die dasaßen und die Schmutzflecken auf den Seitenfenstern betrachteten, und im Kopf unendlich lange Listen darüber zusammenstellten, was man alles Schöneres tun könnte, als die Gartenmöbel einzuölen. Sich das Leben zu nehmen, zum Beispiel.

Lasse schämte sich über die schwindelerregende, geradezu aspirinische Erleichterung, die er plötzlich empfand, war aber gleichzeitig dankbar, dass die … ja, ob es nun die Zentrifugalkraft oder die Gravitation der Verzweiflung war, ihn losgelassen hatte. Ein wenig Raum zum Atmen. Bald würden sich alle Drogenhormone verflüchtigen, und dann würde er, ja, dann würde er sich so verdammt schämen, wenn das unverzeihliche oder unwürdige Verhalten – er wusste nicht, was schlimmer war – der letzten halben Stunde in ewigen Reprisen in seinem Kopf kreisen würde.

Und doch war das Schämen vorzuziehen …

Er ballte die Hand auf dem Schoß. Wollte er, dass er

ihr leidtat? Hatte er deshalb angerufen? Ja. Ja, ganz klar. Damit er sich nicht mehr selbst leidtun musste.

Er fuhr auf der linken Spur, sah sich selbst aber in einem heruntergekommenen und schmutzigen Zimmer in einem besonders schäbigen Hotel in dem verrufenen Teil einer Großstadt. Er stand am Fenster und sah auf die vom Wind getriebenen oder gemarterten oder apathischen Menschen hinab, die auf der Straße vorbeigingen. Er rauchte oder hatte eine Zigarette, die in einem Aschenbecher in der Fensternische qualmte, und er stand da und erfand eindringliche Lebensgeschichten, die nicht psychologisch oder religiös sein durften, sondern zwischen dem Politischen und dem Anthropologischen liegen sollten. Nahm hin und wieder einen Zug. Dachte sich weg. Kniff die Augen zusammen, um den Rauch nicht abzukriegen. Wollte nie vor die Tür gehen.

Oder auf einem Balkon am äußeren Rand eines Touristenortes sitzen und afrikanischen Gastarbeitern zuschauen, wie sie den Grundstein zu einer schlossigen Villa mauern. Einfach nur tagaus, tagein dort sitzen und niemals an den Strand gehen und die Avancen der flirtwilligen Putzfrau nicht verstehen und Essen aufs Zimmer bestellen und jeden Abend erschöpft einschlafen. Den Aufenthalt verlängern, um das Haus wachsen zu sehen. Vor Sonnenaufgang aufstehen. Den Arbeitsrhythmus der Arbeiter übernehmen. Den kleinen mageren Handlanger mit den abstehenden Ohren adoptieren wollen. Planen, bis zum Richtfest zu bleiben, aber dann doch, lange ehe der Firstbalken eingesetzt wird, die Koffer packen zu müssen, weil die Kicki-Abstinenz unerträglich wird.

Am Drottningholmsväg wieder Rot. Irgendwann müsste er doch auch mal Grün kriegen, verdammt. Irgendwo. Die Wahrscheinlichkeit müsste bei fünfzig Prozent liegen. Nicht wie beim Fußball-Toto, wo es leichter ist, dreizehn Tipps falsch zu haben als dreizehn richtig. Er schaltete die Scheibenwischer ein und ließ die Scheibe von Wischflüssigkeit überspülen. Rein statistisch gesehen, war es mit roten Ampeln wohl so, wie es auch mit anderen Dingen war, dass sie gehäuft vorkamen. Er drehte den Takt der Wischer herunter und betrachtete die perfekten Bögen, schaltete sie aus, als sie zu quietschen anfingen. Nicht, dass er sich erinnern konnte, jemals grüne Welle gehabt zu haben. Übrigens.

Wieder war es eine Hupe, die ihn darauf aufmerksam machte, dass es an der Zeit war, weiterzufahren. Ein kurzes und etwas verschämtes Hupen von einem Fiat, der offenkundig wusste, wie es manchmal sein konnte.

Im zweiten Gang den Mariebergsgatsbacke hinauf, und auf der Kuppe wurde er langsamer und lehnte sich zur Seite, um zum St.-Göran-Gymnasium hinaufschauen zu können und zu kontrollieren, ob die Fassade immer noch den sarkastischen Trotz besaß, den Kicki ihr entlockt hatte. Sie mochte das. Wo Lasse nur das Hauptquartier der Sicherheitspolizei aus irgendeinem alten Sozialistenstaat sah, erkannte sie, oder behauptete es zumindest, scheißegal, eine Verkleidung und – nein, halt! Erst hatte sie gesagt, stell dir einen Filmabschnitt oder ein Foto vor, bei dem sie ein Gesicht hinter solchen verwischten Vierecken verborgen haben. Du weißt schon. Das hier ist ein schüchternes Haus. Es will inkognito bleiben. Ein Haus, das sich so verletzt fühlt, dass es sich verschleiern muss. Und als er gelacht hatte und etwas Ironisches über Göran, den schüchternen Transvestiten in Beton, gesagt hatte, war sie umgeschwenkt und hatte das über das Verkleidete und Theatralische gesagt. Hinter einem der Fenster im ersten Stock konnte er ein halbes Dutzend weiß gekleideter Mädchen mit wippenden Kochmützen sehen. Und dann hatte sie gesagt, dass alles, was vor Hässlichkeit prangte, einen misstrauisch stimmen müsste. Das ist drübergekleistert, Lasse, dieses Haus ist eine junge Person, die mit ihrem Äußeren zeigen will, wie verdammt falsch und kitschig sich die älteren Häuser benehmen. Sich lieber hässlicher machen, als man ist, als umgekehrt. Hör nur, wie es schnaubt, Lasse.

Er sah an den Wänden hoch, zu den zusammengedrängten, ausgerufenen Anklagen, vier scharfe Ecken für jede mit Grünspan besetzte und grau leuchtende Invektive. Das wahre Gesicht der abgerüsteten Schule. Schlimmer noch. Die wahre Architektur der missachteten Verantwortung. Schlimmer noch. Eine Totenmaske. Die Totenmaske von jemandem.

Aber das war es ja nicht. Er wollte sich doch nur daran erinnern, wie lustig es gewesen war, mit Kicki dazustehen und Assoziationsspiele zu spielen.

Er ballte die rechte Hand, so fest er konnte, und fuhr weiter.

Plötzlich gab es in ihrer Straße jede Menge Parkplätze. Er hätte nicht rückwärts einparken müssen, wählte aber dennoch einen Platz aus, der ihn dazu zwang. Einmal … in Portugal war es wohl gewesen, hatte er gleich beim ersten

Versuch an einem steilen Hang mit höchstens zehn Zentimetern Abstand zu den anderen Autos erfolgreich rückwärts eingeparkt und den Applaus von den Rängen der alten Männer im Straßencafé gegenüber eingeheimst.

Lasse machte den Motor aus, stieg aus dem Wagen und sah zur Wohnung hoch. Die Fenster standen weit offen, und die Pflanzen waren aus der Badewanne in die Fensternischen gebracht worden. Verdammt, warum hatte er angerufen? Als er sich hinunterbeugte, um an den Hebel zum Öffnen des Kofferraums zu kommen, kriegte er plötzlich wieder keine Luft mehr. Dieses Mal versuchte er, die Angst zu überspielen oder sie zumindest aufzuschieben. Für unbestimmte Zeit. Das müsste eigentlich mal gehen. Er streckte sich, schloss die Autotür und ging langsam zum Kofferraum. Er nahm die große Tasche in die Hand und eine kleinere unter den Arm, schlug den Kofferraumdeckel mit dem Ellenbogen zu und ging Richtung Haustür. Er konnte den Türcode nicht mit der rechten Hand eintippen, und als er die Taschen hingestellt hatte, um das mit der anderen zu machen, konnte er sich nicht mehr an die Zahlenkombination erinnern. Lasse schloss die Augen und machte den Mund auf, um zu brüllen, aber tat es nicht.

Und jetzt, endlich, machte Lasse etwas richtig Vernünftiges. Er setzte sich auf den Treppenabsatz, bemühte sich, tief und bewusst einzuatmen, und überredete sich selbst, alles mal von Anfang an zu betrachten und nach Punkten aufzuteilen. Es gab ja überhaupt keinen Grund, die Sache zu mystifizieren – zumindest jetzt nicht. Und nicht auf diese Weise.

Okay:

1. Seit neunundzwanzig Jahren, acht Monaten und siebzehn, nein, achtzehn Tagen Zusammenleben mit Kicki. Lange Zeit! Verdammt …

2. Kicki schwer krank seit vierzehn Monaten.

3. Hat eine anstrengende Behandlung hinter sich. Viele Kilo abgemagert.

4. Er war ein starker Rückhalt während der Zeit der Krankheit, die bis vor fünf Wochen gedauert hat.

5. Um die Genesung zu feiern, sind sie nach Portugal gereist.

6. Heute, auf dem Weg zurück von Arlanda, hat er entdeckt, dass die Lymphknoten auf der Innenseite ihrer Oberschenkel wieder geschwollen sind.

7. Er war … außer sich vor Angst – das war wohl die passende Formulierung.

8. Anstatt mit demselben vorbildlichen Krisenmanagement zu reagieren wie letztes Mal.

9. Jetzt würde er sich zusammenreißen, sich mit Zuversicht ausstatten und der ruhige und optimistische Lasse werden, der er sein musste. Ein funktionierender doppelter Boden und ein gut geschmiertes Differenzial.

10. Er würde einigermaßen gute Laune an den Tag legen. Er würde weiterhin rauchen. Er würde der Natur den Rauch ins Gesicht blasen.

11. Yes!

12. Kolumbus kam ein Jahr zu früh.

Er stand auf, tippte den Code ein und drückte die Tür mit ausgestrecktem Handgelenk einen Spalt weit auf, während er die Taschen einsammelte. Verdammte Scheiße, wieso hatte er angerufen?

Als wäre sie er, hatte Kicki die Schlüssel in der Tür stecken lassen, aber er konnte sie mit der rechten Hand nicht greifen, deshalb mussten sie stecken bleiben. Er trat in den Flur, rief sein »Hallo, ich bin's!« und ließ die Taschen auf den Fußboden fallen. Es kam keine Antwort, und als er die Dusche im Badezimmer plätschern hörte, wusste er, warum. So leise schleichend, wie die Würde es zuließ, ging er zum Telefontisch. Er tippte sich bis zur letzten Nachricht auf dem Anrufbeantworter durch und versuchte rauszukriegen, wie man löschte.

»Nicht nötig.«

Kicki kam aus der Küche mit einem Handtuch um die Hüften und einem anderen um den Kopf.

»Ich hab's schon gehört.«

Sie rollte einen Kaffeebecher zwischen den Handflächen und sah ihn mit einer Intensität an, die dazu führte, dass er sich ein wenig … unbefugt fühlte.

»Ich dachte, du würdest duschen.«

»Hab vergessen, sie abzudrehen.«

Sie hatte sich nachlässig abgetrocknet, immer noch nass auf der einen Schulter und zwischen den Brüsten.

»Ich geh runter und hol das restliche …«

»Willst du Kaffee?«

»Neindanke. Doch! Dochgerne. Jagerne.«

»Schwarz. Wir haben keine Milch.«

»Das verkrafte ich.«

»Keine andere Wahl.«

Sie standen da und sahen einander eine Weile ins Gesicht.

»Dreh die Dusche aus, mein Herz.«

Sie lächelte und ging ins Badezimmer. Lasse erwiderte das Lächeln, wandte sich um und ging zur Wohnungstür.

Das Auto war innen schon warm geworden und gab einen scharfen Geruch von irgendeinem modernen Material von sich, das sicher auf Laminat endete oder ein X im Namen hatte. Er machte hinten auf und nahm die Taxfreetüten, die Armeetasche und den Sonnenschirm heraus. Er ballte die rechte Hand ein paar Mal, ohne dass es besonders wehgetan hätte. Sie war jetzt ziemlich geschwollen und taub. Blau angelaufen. Grotesk.

Er trug alle Sachen zum Eingang, kehrte zum Auto zurück, um die Zigaretten zu holen, und zündete sich eine an, während er zur Bäckerei in der Alströmergata ging. Es fühlte sich ungewohnt und etwas aufdringlich an, die Zigarette in der falschen Hand zu halten, aber was spielte das schon für eine Rolle? Wenn es so verdammt gut schmeckte zu rauchen. Er stand vor dem Laden und rauchte die Zigarette noch zu Ende, ehe er reinging und Milch und zwei Marzipanteilchen von der albanischen Besitzerin kaufte, die Kicki einmal anvertraut hatte, dass sie nur aus dem einen Grund nach Schweden gekommen war, weil die Landmine, die ihr den Unterschenkel abgerissen hatte, hier hergestellt worden war. Und dann stellte sich heraus, dass die neue Prothese, die sie bekam, von demselben Hersteller war.

Sie tauschten Höflichkeiten aus, und er erfuhr, dass das Wetter bis gestern beschissen gewesen war, und

Sophia erfuhr, dass sie eine wunderschöne Reise gehabt hatten.

Erst als er rauskam, merkte er, wie gut es da drinnen gerochen hatte.

Jetzt saßen sie mit leeren Tassen und halb gegessenen, aufgegebenen Marzipanteilchen am Küchentisch. Die Fenster standen weit offen, und in unregelmäßigen Abständen wehte ein kühler, frühlingsstaubiger Luftzug herein. Kicki wackelte mit ihrem Becher und blickte in ihn hinein.

»Was hast du mit deiner Hand gemacht?«

»Mich ein bisschen geklemmt.«

»Tut es weh?«

»Nein.«

Lasse klang verärgert, obwohl das nicht seine Absicht gewesen war. Ganz und gar nicht. Kicki sah ihn mit einem Blick an, den man mit eigentlich jedem Gefühl der Welt hätte ausfüllen können. Sie seufzte.

»Du musst dir die Haare in der Nase ausreißen, Lasse.«

»Habe ich dir erzählt, wie mein Großvater das gemacht hat? Doch, das habe ich schon, oder?«

»Ja.«

»Er hat ein Streichholz angerissen, es an das eine Nasenloch geführt, und *hff*! hat er die Luft so schnell eingesogen, dass die Flamme verlöschte und gleichzeitig die Nasenhaare abkokelte. Verstehst du …? Dann hat er dasselbe mit dem anderen Nasenloch gemacht. *Hff*!«

»Au.«

»Na jaa …«

»Ein alter Schauspieler hat mir mal erzählt, dass er immer ein paar Nasenhaare gelassen hat, falls er mal eine … ja, eine Filmszene spielen musste, die ein wenig verinnerlicht oder so war. Dann hat er sich ein Nasenhaar ausgezupft und hatte dann diesen feuchten und seelenvollen Blick.«

»Ich weiß. Ganz schön schlau.«

Sie lachten und schüttelten auf dieselbe Weise die Köpfe. Dann saßen sie lange schweigend da und sahen hinaus auf die unbarmherzig vorhersehbare Ziegelsteinfassade auf der anderen Straßenseite. Sie bat ihn, etwas zu erzählen, und er gab die Szene mit dem stilvollen alten Herrn mit dem Hund und der Gießkanne wieder, der mit dem selbstverständlichen Pflichtgefühl des anständigen Menschen den Durchfall von seinem elenden, alten Hofhund wegputzte. Kicki sah auf ihren Schoß hinunter, ohne sein Lächeln zu erwidern.

»Was denn?«, lachte er und fand selbst, dass es gezwungen klang.

»Nichts.«

Als sie mit Tassen und Tellern zur Spüle ging, zündete er sich noch eine Zigarette an, versuchte, Rauchringe zu blasen, aber entweder hatte er vergessen, wie man das machte, oder es war zu zugig.

»Wie fühlt es sich an, Kicki?«

Sie antwortete nicht, stellte sich nur hinter ihn, streckte sich über seine Schulter und stellte einen Aschenbecher hin. Dann umfasste sie seinen Kopf, beugte sich vor, legte die Wange auf seinen Scheitel und weinte.

»Verdammte Scheiße«, flüsterte sie.

Lasse legte die Zigarette weg und tastete nach ihrer Hand.

»Es muss doch nicht …«

Sie schauderte.

»Es ist nicht sicher, Kicki. Es …«

»Ich weiß nicht, ob ich es noch einmal durchstehe.«

Die Wörter hervorgepresst, lang gezogen und knarrend.

»Aber …«

»Ich weiß, dass ich es nicht noch einmal durchstehe.«

Abgehackt. Die meisten Wörter im Einatmen.

»Es kann etwas anderes sein. Natürlich bist du besonders empfindlich. Es kann die Hitze gewesen sein. Ganz einfach. O-o-oder eine allergische Reaktion. Gegen die Autositze oder was auch immer. Pollen. Luftveränderung. Du bist empfindlicher, als du es von dir gewohnt bist. Nicht mehr so widerstandsfähig, meine ich. Und es könnte doch auch somatisch sein, oder? So eine Reaktion. Dass du, dass du diese Stadt damit verbindest … nach Hause ins Krankenhaus oder zum Überlebenskampf zu kommen, als wäre es das Normale, krank zu sein. Sollen wir gleich hinfahren? Und dich durchchecken lassen?«

Er spürte, wie ihr Kopf so zitterte, dass es ihm an den Haaren zog. Er sah auf die Zigarette im Aschenbecher, dem Kringel aus blauem Rauch, der seidig sanft zur Deckenlampe aufstieg. Kickis Weinen verklang, und als die Zigarette nur noch ein Filter und eine abgebrochene Aschesäule war, richtete sie sich auf und ging zur Küchentheke und riss sich ein Stück Haushaltspapier ab. Sie schnäuzte sich und wischte sich dann das Gesicht mit einem Zipfel der Bluse.

Lasse zündete sich eine neue Zigarette an, sah, wie Kicki den Eiswürfelbehälter aus dem Tiefkühlfach holte und ihn über einer Schale ausschlug. Ihre Augen waren geschwollen und der Blick matt, als sie sich ihm gegenüber hinsetzte.

»Hier«, sagte sie leise und stellte den Behälter mit Eis vor ihn. »Steck die Hand da rein.«

»Das ist zu spät.«

»Es ist nie zu spät.«

Er machte, was ihm gesagt wurde. Wie immer. Sie nahm seine andere Hand in ihre beiden.

»Lasse, ich mache das nicht noch einmal durch.«

»Nein.«

»Ich nehme mir lieber das Leben.«

»Ich dann auch.«

»Ich meine es ernst.«

»Ich auch.«

Sie wandten die Köpfe und sahen mit einer Gleichzeitigkeit hinaus, die sie normalerweise lächeln ließ.

VISITE

Auf irgendeine komische Weise blieb Kicki mit dem Absatz hängen, als sie aus der S-Bahn trat. Steil vorgebeugt stolperte sie auf den Bahnsteig und fiel auf zwei äthiopische Frauen, die kurz vor ihr ausgestiegen waren. Die fingen sie auf, und eine von ihnen hielt ihr Handgelenk mit festem Griff, während sie ihre Entschuldigungen weglachten. Sie hatte den Geruch von ihren Kleidern, Kardamom und heißes Bügelbrett, noch immer in der Nase, als sie zur Bushaltestelle ging. Fast bereute sie, dass sie nicht einen verstauchten Fuß vorgetäuscht hatte, um noch weiter versorgt zu werden, in ihrer Nähe sein zu können, nur ein Weilchen und noch ein Weilchen. Sie war gar nicht sicher, ob es eine so gute Idee war, diesen Besuch heute abzustatten. Der besondere Nimbus des Auftrags war schon unter der morgendlichen Dusche immer kleiner geworden, und jetzt … jetzt.

Nach dem Fahrplan für Sonn- und Feiertage dürfte kein Bus vor – wie viel war es? – vierunddreißig Minuten kommen, und sie stand da und trat eine Weile auf der Stelle, ehe sie zu etwas ging, das die letzte Taxirufsäule Schwedens sein musste, und einen Wagen bestellte.

»Kommt jeden Moment«, sagte die Telefonistin.

»Ich glaub's nicht!«, rief Kicki.

»Wieso?«

»Wie schön! Traumhaft.«

Als das Taxi kam, spürte sie den Blick des Fahrers über ihren Körper gleiten, von oben nach unten, von unten nach oben, und wie immer hatte sie nicht übel Lust, sich umzudrehen und ein Hohlkreuz zu machen, sozusagen um das Bild zu vervollständigen. Aber die Erfahrung sagte ihr, dass nur eine geringe Anzahl Männer sich dafür entschied, die Pose als die ironische Rüge zu deuten, die sie war. Die meisten betrachteten es als eine Einladung, als könnte ihr Blick sie auf irgendeine Weise so streicheln, dass sie den Rücken zur Brücke durchbog. Der Sexualtrieb machte die Männer so einfältig. Wenn sie den nur kontrollieren könnten, dann würden reife Menschen aus ihnen werden. Aber … es wäre nur wenig amüsant, in einer Welt aus lauter Erwachsenen zu leben.

Kicki setzte sich auf den Rücksitz, um zu zeigen, dass sie keine Konversation wünschte. Während sie den Namen des Pflegeheims nannte, rutschte sie hinter den Fahrersitz, um so allen möglichen Einstellungen des Rückspiegels aus dem Weg zu gehen.

Es war die Sorte Fahrer, die Lasse mochte, einer, der noch vor Tempo dreißig in den vierten Gang schaltete. Und er würde nicht die Klappe halten können. Sie sah ihm an, wie die Lust in ihm hochkochte, ein Gespräch in Gang zu setzen, als hätte sein ganzer Körper etwas zu sagen. Sie wartete. Es war fast unangenehm, ihn die ganze Zeit den Griff ums Lenkrad und die Körperhaltung wechseln zu sehen. Es dauerte so lange, dass sie beide vor Erleichterung zu seufzen schienen, als er fragte: »Ein Angehöriger?«

»Ja.«

»Ahso. Achja. Ist es Mutter oder Vater, die …«

»Nein.«

»Ich meine, die dahin gezogen sind.«

»Nein.«

»Nicht.«

»Nein.«

»Man möchte ja nicht neugierig sein, Sie wissen schon, also, seine Nase in …«

»Ich werde meinen … ersten Mann besuchen.«

»Ach, ehrlich?«

»Ja. Exhusband number one.«

»Ist er so alt? Oder, ich meine …«

»Nein. Einundsiebzig.«

»Kein Alter. Kein Alter.«

»Ich verdanke ihm Herpes und zwei Abtreibungen.«

Aber das Letzte kam nicht an. Der Fahrer war viel zu sehr mit dem Pikanten, das mit großen Altersunterschieden einhergeht, beschäftigt. Jetzt hätte er ziemlich viel für einen raschen Blick auf ihr Gesicht gegeben, um die kalendarische Subtraktion durchführen zu können.

»Was haben Sie gesagt?«

»Wie?«

»Haben Sie etwas gesagt?«

»Nein.«

Er war Schwede und ein paar, nein, wahrscheinlich ziemlich viele Jahre jünger als sie, und sie hoffte, dass sie die richtigen Schlüsse aus diesen Beobachtungen gezogen hatte, denn sie wollte nicht mehr über ihren Besuch reden. Auf keinen Fall. Unter keinen Umständen.

»Und Sie?«, fragte sie und beugte sich ein wenig zu ihm vor. »Sie fahren normalerweise doch auch nicht Taxi. Oder?«

Und dann konnte sie sich zurücklehnen und der lang gezogenen, beleidigten Erzählung von der harten Realität des rechtschaffenen Gastwirts lauschen, von einem Arbeitsleben unter unmöglichen Bedingungen, weil böse gesonnene Elemente innerhalb der Staatsmacht sich extra Strategien ausgedacht hatten, um solche wie ihn und seine ehrenwerten Zunftbrüder kleinzukriegen. Ganz schnell hatte die erneut erlebte Bitterkeit ihn älter gemacht als sie.

»Ich sach Ihnen mal ein Beispiel«, begann er mit einem plötzlich herausklingenden Värmland-Dialekt. »Nua ains.«

Sie hörte mit halbem Ohr zu. Dachte an anderes. Erinnerte sich, wie unerwartet zerknirscht, ja, vollkommen am Boden zerstört dieser beherrschte Mann damals gewesen war, als er sie angesteckt hatte. Untröstlich. Und es hatte fast mehr wehgetan, einen Mann mittleren Alters vor Gram so klein und zerbrechlich zu sehen, als der Schmerz von den Blasen auf der einen Schamlippe. Gleichzeitig war sie sowohl erstaunt als auch gerührt darüber gewesen, dass er so ganz bar jeden Zweifels war, dass er selbst sie angesteckt haben musste. Angesichts dieser lebendigen Scharade von Gutgläubigkeit und Scham war das Mädchen zur Frau geworden. Das war so ganz anders als die Variante, die sie – wie alle Teenagermädchen mit ausschweifendem Lebenswandel – zur Vollendung beherrschte: Tutmirleidichwusstenicht … tutmirleidichdachte …

Sie hatte den Verdacht, dass der Taxifahrer Umwege fuhr, um fertig klagen zu können.

Und am nächsten Tag, oder vielleicht war es auch ein paar Tage später, hatte er gesagt: »Ich dachte, wir wären so vorbildlich sorgfältig mit dem Kondom gewesen.«

Aber seine Erinnerung trog ihn. Das waren sie nicht.

»Oder?«, fragte er.

»Ja«, erwiderte sie, »ich weiß. Das ist einfach nicht zu begreifen.«

Mit einem vagen Gefühl von Bestechung streckte sie die Hand zwischen den Sitzen hindurch und hielt die Scheine hin: »Das stimmt so«, auch wenn es etwas zu viel Trinkgeld war.

»Danke!«, sagte sie, als sie aus dem Auto ausstieg. »Und viel Glück. Ich hoffe, es wird… na, Sie wissen schon.«

Nach einer Sekunde sagte er etwas, das sie wegen des Knirschens unter ihren Füßen nicht verstand. Sie nickte und schlug die hintere Tür zu.

Ein blaues Tor stand offen und roch frisch gestrichen, und sie ging über den Kiesweg zu der großen Jahrhundertwende-Villa. Es war sonnig, aber windig, und sie umfasste gleich ihr Haar, damit es nicht zerzaust wurde. Die Apfelbäume waren fast verblüht, und die Böen rissen die Blütenblätter in wirbelnden Schauern mit, die an große Fischschwärme erinnerten. Sie hätte sich gern von einer solchen Wolke, einem wohlriechenden Schwarm, umwirbeln lassen. Dieses Bild sagte ihr zu.

Der Eingang war protzig mit Säulen und zwei Steinlöwen mit Pekinesengesicht zu jeder Seite der lang gestreckten Treppe. Eine Borte aus Vogeldreck bedeckte den oberen Teil des Schilds, auf dem ein Rollstuhl und ein um die Ecke weisender Pfeil zu sehen waren. Im dritten Stock wurde ein Fenster aufgestoßen und ein Putzlappen ausgeschüttelt, dann das Fenster wieder geschlossen. Kicki fühlte sich nicht richtig bereit für das Unbehagen, von dem sie wusste, dass es sich einfinden würde, sowie sie reinkommen und den Geruch von Antiseptika und menschlichem Verfall einatmen würde. Ums Haus verlief ein schmaler Kiesweg, doch aus irgendeinem Grund kürzte sie über den Rasen ab, vielleicht, damit man sie nicht hörte. Sie umrundete die Hausecke und sah über einen breiten Rasenabhang, links ein mit Schnitzereien verziertes Lusthaus und rechts eine kleine Minigolfbahn. Die Aussicht hinter der niedrigen Steinmauer wies nicht über einen See, wie es eigentlich sein sollte, oder über sörmländische Felder und Wiesen, nein, da unten wurde ein kleiner Flugplatz angelegt, halb fertige Hangars und wochenendschweigsame, stillstehende Kräne, Bagger und andere große gelbe Sachen standen herum. Eine neue Art Kulturbau. Und wenn sie es sich recht überlegte, dann würde sie sicher, wenn sie ein Zimmer mit Ausblick in diese Richtung hätte, ihre Tage lieber damit verbringen, startende und landende Flugzeuge anzuschauen als tatteriges Wiesenschaumkraut und lallende Glockenblumen.

Obwohl sie jetzt im Windschatten stand, hielt Kicki noch ihr Haar fest. Elf Jahre war es her, seit sie sich zuletzt gesehen hatten. An ihrem Vierzigsten. Sie hatte eine viel zu teure Halskette von ihm geschenkt bekommen. Er hatte seine Zigarillos geraucht und war zu nah an seine Gesprächspartner herangetreten. Danach hatten sie mal telefoniert, na klar, aber nicht mehr, seit er krank geworden war. Aber zu dem Sohn hatte sie engeren Kontakt. Vejde. Nicht, dass er sie je Mama genannt hätte, aber sie hatte doch diese Funktion innegehabt. Zumindest manchmal. Zumindest in den Augen eines Fünfjährigen. Eine Mama, die ihm die Bonbons klaute und die das rundheraus leugnete, auch wenn sie auf frischer Tat ertappt worden war.

Sie trat auf den Kiesweg und ging mit langen, geräuschvollen Schritten zurück zum Eingang.

»Wir haben heute nicht mit Besuch gerechnet.«

»Ich hätte vielleicht vorher anrufen sollen.«

»Nein, nein.«

»Und Bescheid sagen.«

»Nein, nein, nein. So habe ich das nicht gemeint. Das ist doch schön für ihn.«

»Ja.«

Die Pflegerin hieß Eva. Sie sprach schnell, roch nach Snus, und das Lächeln fiel ihr leicht. Sie gingen einen Flur mit weißen geschlossenen Spiegeltüren entlang. Die Wände waren in anthroposophischem Lachs gewischt. Es roch überhaupt nicht so, wie sie befürchtet hatte. Nicht so schlimm.

»Es ist heute ein wenig einsam hier«, lächelte Schwester Eva. »Die meisten sind auf einem Ausflug. Sonntagsausflug. Zum verrückten Gripsholm.«

»Hmmm!«

Sie hatte türkisfarbene Strähnchen in ihrem blonden, mit Bedacht ungekämmten Haar. Wahrscheinlich waren sie gleichaltrig, und schon beim ersten Anblick hatten sie sich angesehen, als würden sie einander kennen, von vor fünfundzwanzig Jahren oder so, oder noch länger her – damals, als beide darüber erstaunt waren, dass es noch eine Frau gab, die es wagte, mit einem kurzen Lederrock auf den Tisch zu springen und Black Russian zu verschütten und frei nach Mother's Finest zu tanzen, als hätten sie sich zugewinkt und laut gelacht, als die Wachmänner angestolpert kamen. Rock-'n'-Roll-Bräute. Partymäuse.

Sie gingen durch eine Schwingtür und kamen in ein Treppenhaus, das als Abstellplatz für Rollatoren und Rollstühle diente. Auf halbem Weg die breite und knarrende Treppe hinauf blieb Schwester Eva stehen und stellte sich mit dem Rücken zum Geländer.

»Aber Sie waren schon einmal hier, oder?«

Kicki hielt mitten im Schritt inne.

»Nein.«

»Das ist das erste Mal?«

»Ja.«

Schwester Eva sah auf ihre Birkenstocks hinunter.

»Aber Sie wissen, dass er krank ist?«

»Ich weiß, dass er Krebs hat.«

»Ja.«

»In der Leber.«

»Es ist … damit würde er durchaus noch leben können … ein paar Jahre, wenn nicht länger.«

»Aber das klingt doch – oder hat er Schmerzen?«

»Manchmal. Nicht furchtbar, nicht so schlimm. Es ist

etwas anderes. Wie lange ist es her, dass Sie ihn gesehen haben?«

»Ein paar Jahre. Mindestens.«

»Er wird Ihnen sehr verändert vorkommen. Ich möchte einfach nur, dass Sie darauf vorbereitet sind. Es geschehen Dinge im ganzen Körper. Ja, als würde die Leber ihre Aufgabe nicht mehr erfüllen können, und dann landet es im … im Gehirn zum Beispiel.«

Kicki sah, wie Schwester Eva das Geländer umfasste und sie anblickte, als müsste sie ihr helfen, den Satz zu vollenden.

»Nur dass Sie wissen.«

»Okay.«

»Er hat einen kleinen Schlaganfall gehabt, der eine Gesichtslähmung hinterlassen hat. Rechte Seite. Aber das ist jetzt schon fast verschwunden.«

Kicki nickte, und Schwester Eva nickte auch, und dann gingen sie weiter die Treppe hinauf, die knarrend bei jedem rechten Fuß »Abhauen« knurrte und bei jedem linken »Weitergehen«.

Am Ende eines weiteren hohen Korridors mit kugeligen Garderobenhaken an Metallarmen blieb Schwester Eva vor einer Tür stehen, lächelte Kicki zu und streckte die Hand zur Klinke aus, zog sie dann aber zurück und flüsterte: »Aber es ist sicher, dass Sie einander kennen? Er wird Sie wiedererkennen?«

»Jajaja!«

»Keine unbekannte Tochter, die nach vielen Jahren auftaucht und …«

Kicki verzog das Gesicht.

»Hab ich auch nicht wirklich gedacht.«

Schwester Eva klopfte einmal, öffnete die Tür dann aber, ohne eine Antwort abzuwarten.

»Hallo, Mårten. Uh, meine Güte, haben Sie es stickig hier drin. Wie geht es Ihnen? Ich lüfte mal ein wenig, oder? Heute habe ich eine Überraschung dabei, sehen Sie mal. Sie haben Besuch, Mårten.«

Sie ging um das Bett herum zum Fenster und winkte Kicki herein, die einen Schritt über die Schwelle machte, aber der süßlich-scharfe Geruch von einem kranken und alten Menschen ließ sie innehalten. Sie fasste sich und machte einen kurzen Schritt, ehe sie vor dem Anblick der fremden Gestalt in dem Bett erstarrte. Plötzlich erschöpft, fast einer Ohnmacht nahe, stand sie da und schwankte und hatte nicht einmal die Kraft, den Arm zu heben und sich am Türrahmen Halt zu verschaffen.

Da lag ein magerer Mann in einem fusseligen Trainingsanzug, die Arme über der Brust verschränkt. Die Augen waren geschlossen, und der halb offene Mund hing auf der einen Seite herunter. Das Gesicht war grau, mit hohlen Wangen, schief und voller brauner Flecken, und fast hätte Kicki etwas von einem falschen Zimmer gesagt … das hier muss ein Missverständnis sein, als ihr Blick auf seine große Hakennase fiel und sie ein Gesicht rekonstruieren konnte, das seines war, Mårtens, denn er war es, er war es wirklich.

Schwester Eva öffnete das Fenster und wandte sich dem Bett zu.

»Schlafen Sie, Mårten? Nein, das tun Sie nicht. Jetzt setzen Sie sich mal auf und seien Sie …«

Erstaunlich leicht hob sie ihn in eine halb sitzende Stellung und schob das Kissen hinter seinen Rücken.

»... und seien Sie ein wenig höflich. Und vielleicht sogar froh darüber, eine Freundin zu treffen, und dann noch so, wiesagtmandochgleich?, unverhofft.«

Kicki machte ein paar kurze, stolpernde Schritte in das Zimmer hinein.

»Jetzt kommen Sie schon, Mårten!«, lachte Eva.

Aber der Mann, der einmal, während einer glücklichen Zeit, ihr Vater, Mentor und Liebhaber gewesen war, hielt die Augen geschlossen und die Arme über der Brust verschränkt.

Ihre erste Begegnung war im Mai gewesen, als die Sonne schien, ein paar Tage, nachdem sie siebzehn geworden war. Sie hatte gerade mit dem Snus aufgehört, war von zu Hause ausgezogen und wohnte im Gartenhaus der Eltern vom Schwulen-Olle. Sie jobbte bei einer Cateringfirma, und als sie auf einer Zahnarztparty in Mälarhöjden stand und Bowle servierte, kam ein Mann in hässlichem Anzug zu ihr, kriegte seinen Drink und stand dann einfach da und starrte sie an. Am Ende, als es eine Unterbrechung in dem Strom durstiger Gäste mit superweißem Lächeln gab, hatte er sich vorgebeugt und gesagt, dass sie auf *ganz erstaunliche Weise* einer Frau auf dem Gemälde eines holländischen Malers, dessen Namen er nun gerade vergessen habe, ähneln würde. Weil man auf die Sätze von onkelhaften Anbaggerern nicht antwortet, hatte sie das auch nicht getan, sondern sich nur ein wenig Bowle eingegossen und in eine andere Richtung geschaut. Doch er war stehen geblieben und hatte etwas von der makellosen Ähnlichkeit gemurmelt und sich ein Zigarillo angezündet. Sie hatte gesagt, dass Rauchen hier nicht erlaubt sei, und er hatte einen Zug genommen und sich vorgebeugt und gesagt: »Nur ein kleiner Tipp, meine Kleine, trink nicht von dieser Bowle.« Woraufhin die Kleine das Glas Bowle geleert, es frisch gefüllt und ihn dann mit einer Miene angeschaut hatte, die so gelangweilt war, wie sie es nur bewerkstelligen konnte. Er hatte mit den Schultern gezuckt und war gegangen. Dann hatte sie den nervigen Manchesteronkel vergessen und das Essen zum Buffet getragen und andere Getränke serviert und gemerkt, dass die Bowle wirklich ziemlich stark war, und deshalb aufgehört, davon zu trinken, und hatte nur, weil sie halb verhungert war, sich die meisten von den Früchten darin einverleibt, und dann eine vage Erinnerung an verschütteten Kaffee und dann Nacht und Reigen, und dann war sie in einer menschenleeren Wohnung aufgewacht, auf einem Sofa in einem fremden Wohnzimmer, gänzlich bekleidet, und auf dem Sofatisch neben ihr stand ein Tablett mit Thermoskanne und Tee-Ei und Zwieback und Marmelade und Orangensaft und zwei Aspirin. Daneben lag ein aufgeschlagenes Buch, in dem ein Bild von einer mürrisch-traurigen Frau mit breitem Schmollmund zu sehen war, die ihre Haare kämmte, und ja, jedenfalls hatte sie keine Ähnlichkeit feststellen können. Sie hatte Grasflecken auf den Knien, die hoffen ließen, dass ihr übel gewesen war. Dann war sie in der Wohnung herumgeschlichen, hatte Türen einen Spaltbreit aufgemacht, und überall hatte es gut gerochen und war es aufgeräumt, außer in dem Zimmer, das wohl ein Kinderzimmer war, in dem Spielsachen und Bücher auf dem Fußboden verstreut herumlagen. Sie hatte einen kleinen weichen Affen aufgenommen, das Buch geholt, war aufs Klo gegangen und dann verschwunden.

Schwester Eva packte Mårten bei den Schultern und schüttelte ihn sehr bestimmt, doch nicht einmal das rief irgendeine Reaktion hervor.

Am nächsten Tag war sie wieder hingegangen, auch, um den Affen und das Buch zurückzugeben.

Schwester Eva sah ratlos und bekümmert aus.

Dann war sie geblieben. Er hatte zum Kaffee eingeladen und sie behandelt, als sei sie eine liebe Freundin auf Besuch. Sie hatten über ungefährliche Dinge gesprochen und so getan, als besäßen sie bereits Informationen über die elementaren Lebensumstände des anderen. Und irgendwie wusste sie, dass er kein Zahnarzt war, und als sie fragte, warum er denn auf jenem Fest gewesen sei, da hatte er bekannt, dass er sich aus panischer Angst vor dem Zahnarzt mit vielen Zahnärzten angefreundet habe. Zwanghaft. Eigentlich mit allen, denen er begegnete. Und sie wusste genau, wovon er sprach. Ihr erging es mit Friseuren genauso.

Nach dem Kaffee hatte er sich entschuldigt und war an den Schreibtisch gegangen, um zu arbeiten, und sie hatte ferngesehen. Während der Spätnachrichten hatte er dann Bettwäsche herausgeholt, und sie hatte das Bett auf dem Sofa hergerichtet. Natürlich würde sie über Nacht bleiben.

Schwester Eva räusperte sich diskret: »Vielleicht kommen wir lieber etwas später wieder.«

Als sie sich auf die Tür zubewegte, schlug er die Augen auf. Sah lange Zeit geradewegs zur Decke hoch. Dann blickte er, ohne den Kopf zu bewegen, mal aus dem Fenster und mal zu Kicki. Sein Blick war misstrauisch und starrend, wie er so zwischen Fenster und ihr hin- und herflackerte, hin und her, hin und her, als würde er von beiden Seiten bedroht.

Schwester Eva ging um das Fußende des Bettes herum und zupfte ihm seine Socken zurecht, die sich verdreht hatten und runtergerutscht waren, aber er sah sie nicht an, sondern versuchte weiterhin, die Augäpfel von einer Seite zur anderen zu schieben, und sie konnte nicht anders, als dazustehen und wie eine unverfälschte Legitimation ihrer selbst auszusehen. Jedesmal, wenn sein Blick sie streifte, meinte sie, der Ausdruck darin würde sich ändern und sie würde dieses Lächeln sehen, das von Erstaunen, aber vor allem von Erleichterung darüber, dass es sie gab, zeugte. Als könne er erst, wenn sie vor ihm stand, richtig glauben, dass es sie wirklich gab. Sie war ein wenig abhängig von seinem »Ja, hallo!« und seinem Lächeln gewesen. Stundenlange, ziellose Abendspaziergänge hatte sie nur unternommen, um bestätigt zu bekommen, wie wunderbar sie war. Es hatte da auch, um ehrlich zu sein, ein wenig Schuldbewusstsein gegeben, das sie sich manchmal einzugestehen entschied, und manchmal nicht. Im Gegensatz zu ihr hatte er während ihrer ganzen Beziehung Probleme mit dem Altersunterschied gehabt. Jetzt verharrte sein Blick auf ihr.

»Kicki!«, sagte er heiser und rasselnd.

»Ja«, erwiderte sie, lächelte und trat von einem Bein aufs andere. »Ja, ich bin's.«

Er sah sie ernst an. Wenn er den Mund offen hatte, hing der eine Mundwinkel weiter nach unten, und es lief etwas Speichel heraus, den er mit erstaunlicher Behändigkeit abwischte.

»Kicki!«, sagte er wieder.

»Ja. Ich bin … hier.«

»Tschüss.«

»Wie … was? Willst du, dass ich gehe?«

»Nein!«

Er schloss die Augen und schüttelte den Kopf.

»Ich bin es«, sagte Schwester Eva, »die gehen soll. Ich geh dann jetzt. Tschüss, Mårten.«

Kicki verstand nicht, was der Blick ausdrücken sollte, den Schwester Eva ihr zuwarf, ehe sie den Raum verließ.

Mårten öffnete die Augen und starrte sie an. Die Augen, die sie als hellbraun und sanft in Erinnerung hatte, waren grau und hart.

»Kicki!«, wiederholte er mit einer Stimme, die jetzt anfing, dem trockenen Bariton zu ähneln, der seine echte Stimme war. Sie ging auf das Bett zu, um ihn zu umarmen und ihm einen Kuss zu geben und auf der Bettkante zu sitzen und zu reden – oder auch nicht zu reden, still dazusitzen und nur durch ihre Anwesenheit seine Laune ein wenig zu verbessern, die phänomenale Zerstreuerin destruktiver Gedanken zu geben, von der er einmal behauptet hatte, dass sie es sei.

»Nein!«, rief er und winkte sie weg. »Bleib da stehen!«, sagte er und wischte sich Speichel aus dem Mundwinkel. »Bleib da stehen!« Er machte schiebende Bewegungen und fuhr so lange damit fort, bis sie einen Schritt rückwärts gemacht hatte, und dann noch einen.

»Aber Mårten …«, begann sie.

Er hatte sie nie von sich ferngehalten. Niemals. Sie war immer zu allem, was er war und was ihm gehörte, eingeladen gewesen. Er ließ sie sogar Verantwortung für seinen Sohn übernehmen. Es war ihr doch egal, wenn er jetzt alt und eingeschränkt war. Dafür musste er sich doch nicht schämen. Sie würde sich niemals für ihn schämen. Er hatte sich niemals für sie geschämt. Hatte sie überallhin mitgenommen. Auf Auslandsreisen, wo die Portiers sie oft ansprachen und behandelten, als sei sie Mårtens Tochter. Nur einmal, in London, hatte das zu einem Ausbruch geführt, »It's my fucking wife, moron!«, hatte er in seinem perfekt intonierten BBC-Englisch einen Hoteldiener angebrüllt, und sie hatte sich fast in die Hose gemacht vor Lachen.

Er tat ihr so furchtbar leid, wie er dalag.

Wenn er zu einem Abendessen eingeladen war oder selbst eines gab, dann war er verletzt, wenn sie nicht dabei sein wollte. Das führte dann zu Streit. Er weigerte sich einzusehen, dass sie nicht in die Gesellschaft passte. Meist gab sie nach. Es war einerseits anstrengend und unerträglich gewesen, mit seinen erfolgreichen Freunden zusammenzusitzen und so tun zu müssen, als sei sie in allen gesellschaftlichen Gesprächsthemen bewandert, und gleichzeitig neugierig belustigt die misstrauischen oder mitleidigen Blicke zu parieren, indiskrete Fragen wegzulachen oder sich vor den Schlüpfrigkeiten des späten Abends wegzuducken. Aber sie hatte dabei viel über die Liturgien des Erwachsenenlebens gelernt. Sie hatte gelernt, dass sie ein angeborenes Talent zum Doppelspiel hatte. Und sie hatte viel über die Welt gelernt, wenn sie ins Bett gegangen waren und sie einen völlig ausgelaugten Mårten genötigt hatte, ihr zu erklären, worüber zum Teufel sie eigentlich geredet hatten, was mit dem einen oder dem anderen gemeint gewesen war oder warum manche Geschichten so witzig waren. Sie war dann über den Erklärungen und Abschweifungen des bis dahin wieder hellwachen Pädagogen eingeschlafen.

Jetzt fühlte sich Kicki eigentlich eher nostalgisch als verunsichert und machte, ohne genauer darüber nachzudenken, einen sentimentalen Schritt nach vorn und hörte ihn sogleich wieder krächzen: »Bleib … da stehen!«

»Aber … Mårten«, begann sie wieder. »Warum denn?«, setzte sie ein paar Sekunden später nach.

Er starrte sie an, blinzelte langsam und starrte weiter.

Aber er hatte nicht gewollt, dass sie zuhörte, wenn er mit seiner Exfrau redete. Da schloss er sich mit dem Telefon ein. Diese Streitigkeiten wollte er ihr nicht aufdrängen. Aber natürlich hatten sie sich auch gestritten. Er war ein Ordnungsmensch der übel pedantischen Sorte. Der Witz mit den in alphabetischer Reihenfolge sortierten Gewürzdosen war bei Mårten bitterer Ernst. Ein richtiger Kaffeebohnenritzensäger. Wenn er fand, dass sie ihre Aufgaben nicht erfüllte oder sie falsch ausführte, dann wurde er wütend, und sie durfte sich anhören, wie unübertroffen faul und schlampig sie sei. Aber das hätte sie ertragen können. Schlimmer war seine Hypochondrie. Die kleinsten Symptome wurden zu lebensbedrohlichen

Zuständen aufgeblasen: Kopfschmerzen waren gleichbedeutend mit Gehirntumor, Halsschmerzen wurden augenblicklich zu einer Invasion penizillinresistenter Staphylokokken, ein etwas nervöser Magen, oder wenn der morgendliche, pünktlich auf die Minute erwartete Stuhlgang in irgendeiner Weise nicht ganz normal war, signalisierte ein Lebensende in schrecklichen Qualen. Er war ein Nachschlagewerk für seltsame Krankheiten. Mindestens einmal im Monat durchlebte er die letzten Minuten seines Daseins, und dann trank er braunen Rum und rauchte ein Zigarillo nach dem anderen. Im Haus. Wie sie diese verschlossene Selbstgenügsamkeit gehasst hatte. Sein Schweigen, sein Herumgehen, lächerlich in sich zusammengesunken, und dieses kokette Naserümpfen über alles, was sie sagte. Diese rückgratlose Ergebenheit ... Aber er hatte sie nicht von sich ferngehalten. Nicht so. Vielmehr hatte er dafür gesorgt, dass sie sich in seiner Verzweiflung einrichtete und sein Elend teilte.

Unerwartet behände packte er das Kopfende des Bettes und hievte sich in eine sitzende Position hoch. Sie lächelte ihm aufmunternd zu.

»Zieh dich aus!«, sagte er.

Mit seiner formellen Stimme. Deren er sich bediente, wenn er in seiner Eigenschaft als Präfekt des Instituts für Nordische Sprachen darüber referierte, wie seiner Meinung nach die Dinge geregelt werden sollten. Als Vorschläge verkleidete Anordnungen. Er hatte ihr immer ironisch zugeblinzelt, wenn er am Telefon saß und so sprach. Das tat er jetzt nicht.

»Was?«, fragte Kicki.

Er zeigte mit gestrecktem Arm auf sie.

»Zieh dich aus!«

Kicki verstand das so, als wolle er, dass sie ablegte, damit sie nicht so wirkte, als sei sie … ja, auf dem Sprung. Also begann sie, sich aus der Jacke zu pellen, aber da schüttelte er den Kopf.

»Nein!«, seufzte er.

»Soll ich mich nicht ausziehen?«

Er antwortete nicht, senkte nur den Arm und zeigte auf ihren Unterleib und wippte mit dem Zeigefinger, als würde er Asche von einer Zigarette abklopfen.

»Die Hose? Willst du, dass ich die Hose ausziehe?«

»Ja!«, erwiderte er ungeduldig und ein wenig wütend. Als wäre das eine Selbstverständlichkeit.

Sie verschränkte die Arme vor der Brust und sah ihn an. Dann stemmte sie die Hände rechts und links auf unterschiedliche Art in die Hüften und fixierte ihn mit ihrem Blick. Damit er kapierte, dass sie einc Frau mittleren Alters war, mit der man nicht so … und so weiter. Er starrte zurück, nickte und klopfte weiterhin mit seinem Zeigefinger.

Aus Trotz und aus Mitleid fing sie an, die Stiefel auszuziehen, erst auf dem einen Bein hüpfend, dann auf dem anderen, während sie in sein Gesicht blickte, um einen Hinweis darauf zu finden, was das hier sollte. Wie in einen Teller Haferbrei zu schauen. Sie knöpfte die Jeans auf und zog den Reißverschluss herunter. Ein Luftzug kam durch das Fenster und griff nach ihrem Haar. Sie strich es wieder hinter die Ohren, ehe sie mit schwingenden Hüften die Hose herunterzog und rausstieg. Dann stand sie da und sah auf ihre Füße hinab und spürte, wie das Weinen in ihr hochstieg. Sie schloss die Augen und biss die Zähne zusammen.

»Kicki«, sagte er.

»Ja«, erwiderte sie.

»Kicki«, sagte er.

Sie blickte auf und sah den wippenden Finger auf ihren Unterleib zeigen.

»Soll ich die auch ausziehen?«, fragte sie und zog die Unterhose aus, ohne eine Antwort abzuwarten. Sie schob sie mit dem Fuß weg, richtete sich auf und stand dann aufrecht, mit den Händen vor dem Schoß. Sein starrender Blick, der bisher kein Ziel gehabt, sondern sie mehr eingekapselt hatte, bekam jetzt einen Fokus. Sie nahm die Hände weg und brach in Tränen aus.

Er hatte ihr früher genau das gegeben, was sie gebraucht hatte: Sicherheit, Anständigkeit, Liebe in einem Muster von Normalität. Sie hatte nach Berührung gehungert und hatte so viel davon bekommen, wie sie gewollt hatte. Er war gut zu ihr gewesen. Er war ein guter Mensch. Ein guter Mann. Wahrscheinlich hätte sie ohne ihn niemals Ordnung in ihr Leben bekommen. Er hatte sie überredet, wieder zur Schule zu gehen, und sie unterstützt mit … ja, womit hatte er ihr nicht alles geholfen? Selbst nachdem sie getrennte Wege gegangen waren, hatte er sich noch für sie eingesetzt und war ihre Aufsätze für die Universität durchgegangen. Ihre Arbeiten. Lasse hatte ihn mehrere Male getroffen und verabscheute ihn. Ihn, der ihr Engel gewesen war.

»Fickmädel!«, sagte Mårten.

Normalerweise wäre sie da in schallendes Gelächter ausgebrochen, aber nicht jetzt. Nicht jetzt. Aber sie hörte auf zu weinen. Sie sah, wie er die Hose runterzog.

»Fickmädel!«, sagte er wieder und wischte sich Spucke aus dem Mundwinkel.

Ihre Beziehung war nie sonderlich sexuell gewesen. Es hatte mindestens einen Monat gedauert, bis sie das Bett miteinander geteilt hatten. Und der erste Schritt war von ihr ausgegangen. Sie war eines Nachts aufgewacht und dann rübergegangen und hatte sich neben ihn in sein Bett gelegt, war wieder eingeschlafen, und dann hatten sie am Morgen miteinander geschlafen, und das war so ganz, ganz vorsichtig gewesen. Überhaupt war ihr Sex ... nicht direkt gehemmt gewesen, aber ... sittsam war wohl das richtige Wort. Immer war sie es, die die Initiative zu Veränderungen ergriff, aber wenn die zu gewagt waren, machte er schlapp. Und doch war es mit ihm gewesen, dass sie zum ersten Mal spürte, dass Körper einander wichtige Dinge erzählen können. Früher war das Poppen hauptsächlich wie eine schematisch festgelegte Aktivität gewesen, der man sich aufgrund der beinharten Anwesenheitskontrolle nicht entzog.

Jungs und Männer hatten immer, auch wenn sie es genossen hatte, mit ihnen zusammen zu sein, in gewisser Weise durch Stellvertreter geliebt. Und keiner konnte verstehen, dass es in ihrem Genießen immer noch ganz tief in ihr drin etwas gab, das unberührt bleiben musste. Das wollten sie auch haben, wollten alles plündern und waren gekränkt, wenn sie es nicht durften. Nicht so Mårten. Er half ihr eher, dieses Heiligtum zu bewahren.

Lasse … Lasse war eine Sache für sich, mit ihm war es so, dass sie wollte, dass er dieses Innerste von ihr nahm, denn sie wusste, dass es bei ihm sicherer würde ruhen können als bei ihr selbst. Warum konnte sie ihm denn dann nicht treu sein? Warum begab sie sich in Geheimnistuereien, von denen sie wusste, dass sie sinnlos und destruktiv waren? Verletzend. Warum brauchte sie das, Dinge zu tun, von denen sie wusste, dass sie sie bereuen würde? Aber warum jetzt darüber nachdenken?

Sie erinnerte sich an Mårtens Nachspiel, das so ausgedehnt sein konnte, dass sie manchmal das Gefühl hatte, etwas müsse gesühnt werden. Aber es war gut gewesen. Einmal sagte sie zu ihm: »Weißt du, man fühlt sich mit dir nie *genommen*«, und das hatte ihn so gerührt, dass seine Stimme versagte, als er meinte, das sei das schönste Kompliment, das er je im Leben erhalten habe.

Jetzt lag er da mit feuchtem Mundwinkel und starrte auf ihre Muschi und drückte an seinem Pimmel herum. Er hatte viel geküsst. Hatte gern geküsst.

»Komm!«, sagte er.

»Soll ich die Schuhe anziehen?«, fragte sie.

»Komm her!«, sagte er.

Sie ertappte sich selbst dabei, wie sie auf Zehenspitzen zum Bett ging. Als sie bei ihm war, sah er auf und in ihr Gesicht und sah sie kurz an, ehe er den Blick senkte und sein schlappes Glied zwischen Daumen und Zeigefinger der rechten Hand hochhielt.

Was würde sie denn Vejde erzählen, wie der Besuch bei seinem Vater verlaufen war?

Als sie ihre Hand zu seinem Geschlecht führte, schlug er sie weg, und sie begriff, was er wollte. Sie kroch auf das Bett, schob seine Beine auseinander und setzte sich in die Hocke dazwischen. Er wimmerte, als sie sich vorbeugte. Sie hielt inne, um zu sehen, ob da nicht vielleicht ein kleiner Funken Verzweiflung in seinem Gesicht war, dann wäre es so viel leichter gegangen. Aber jetzt sah er zur Decke hoch und atmete mit offenem Mund. Sie beugte sich herunter. Es roch nach Trüffel. Die Jeansjacke schnitt unter den Achseln ein. Sie nahm ihn in den Mund.

Es waren die Abtreibungen gewesen, die ihrer Liebesbeziehung ein Ende bereitet hatten. Als er da nicht bei ihr gewesen war. Ein seit Langem geplantes Kolloquium in Trondheim vorgeschoben hatte. Der feige Sack. Beim zweiten Mal war es irgendetwas anderes gewesen. Er war nicht da gewesen. Bei keinem Mal. Es roch wirklich nach Trüffel. Es zog. Ihr Hintern wurde langsam kalt. Und warum geschah denn nichts mit ihm? Kein Lebenszeichen. Und sie wusste, dass sie in der Sache hier gut war. Das konnten einige bestätigen. Mit Nachdruck. In ihren Augen war er ein anderer geworden. Ein Wegducker, ein Betrüger, ein armseliger Feigling, vor dem man keinen Respekt mehr haben konnte. Die letzten Monate waren nur wegen Vejde gewesen. Wie sie dieses seltsame Kind geliebt hatte, das keine Stille ertragen konnte. Wenn nicht der Fernseher oder das Radio an waren, dann redete er die ganze Zeit oder summte einfach, sogar im Schlaf, wenn sein Asthma seinen Atem heulen und pfeifen ließ. Seine Arme um ihren Hals und das Nonsensgeplapper neben ihrem Ohr.

Jetzt packte Mårten ihre Haare. Sie wusste nicht, warum. In ihrem Mund war es immer noch so schlabberig wie vorher. Wie eine große, träge Ratte.

Natürlich hatten sie bis zum Ende miteinander geschlafen. Aber es war ein aggressives Lieben gewesen, ein wütendes Rammeln von beiden Seiten, aus Trauer darüber, dass das richtige Gefühl ausblieb.

Er zog sie an den Haaren. Sie nahm an, weil sie die Intensität steigern sollte.

Anfangs hatten sie als Vorspiel über das Wetter geredet. Ein Spiel mit Zwischentönen. Sie hatten so viel Spaß dabei gehabt. Und sie hatte kaum Leute über das Wetter reden hören können, ohne rot zu werden. Er genauso.

Manchmal hatten sie so viel Spaß gehabt.

Er schob ihren Kopf so brüsk weg, dass ihre Halswirbel knackten.

»Aua!«, schrie sie.

»Aua?«, fragte er und zog seine Hose hoch, schloss die Augen und drehte sich von ihr weg. Sie wischte sich die Mundwinkel ab, stieg vom Bett herunter und ging und zog sich an. Dann stand sie da und betrachtete die halb abgewandte Männergestalt in dem Bett. Die Strümpfe waren wieder heruntergerutscht. Die Gardinen flatterten und schlugen. Ein Spaltbreit Sonnenlicht flimmerte auf dem Fußboden.

»Mårten«, sagte sie. »Lieber ...«

Aber er rührte sich nicht, deshalb drehte sie sich um und ging. Da erst entdeckte sie, dass die Tür nur angelehnt war, und als sie in den Flur hinaustrat, stand da Schwester

Eva und wartete. Sie hielt ihr eine Hand entgegen. Kicki nahm sie nicht. Sie stellte sich vor sie und fragte: »Haben Sie's gesehen?«

Schwester Eva nickte.

»Waren Sie die ganze Zeit hier?«

Schwester Eva nickte und hielt ihr die andere Hand hin.

»Ich war ein wenig besorgt.«

»Verdammt!«, rief Kicki, schlug die Tür zu und stand dann mit der Stirn dagegengelehnt da und versuchte zu weinen. Schwester Eva kam und streichelte ihr den Rücken.

»Es ist im Gehirn passiert«, sagte Schwester Eva nach einer Weile. Kicki holte tief Luft.

»Wollen Sie ein Kaugummi?«, fragte Schwester Eva.

»Ja, gern.«

Schwester Eva brachte sie hinaus, und als sie auf der Treppe standen und über den Rasen und die herumwirbelnden Blütenblätter schauten, fragte Kicki: »Hat er es mit Ihnen versucht?«

»Ja. Doch, das hat er.«

»Haben Sie ...?«

»Nur mit der Hand.«

»Und?«

Schwester Eva schüttelte den Kopf.

»Kann man nicht, ich meine, gibt es da keine Medikamente?«

»Doch, natürlich gibt es die.«

Sie standen schweigend nebeneinander und sahen zu, wie ein Minibus vor der Villa vorfuhr.

»Ja, dann«, sagte Kicki und wandte sich Schwester Eva zu. Sie umarmten einander, als wären sie enge Freundinnen.

»Tschüss«, sagte sie.

»Kommen Sie wieder? Er ist nicht immer so. Es gibt Tage, da ist er… charmant. Sie kommen doch wieder, oder?«

»Weiß nicht… doch, ja doch, natürlich mache ich das. Ich muss schließlich wiederkommen und…«

Kicki konnte sich nicht beherrschen, es musste einfach raus.

»… ihm ein wenig Leben einblasen.«

Mit tränenverhangenem Blick sah Kicki die alten Leute langsam aus dem Bus tröpfeln und dachte, dass sie sich doch fragen mussten, ebenso wie sie selbst, was die beiden Frauen, die da standen und sich aufeinander stützten, wohl machten. Weinten oder lachten sie? Manchmal ist das so schwer zu erkennen.

Kicki ging mit einem Fuß auf dem Rasen und einem auf dem Kiesweg, um, ja, sie fühlte sich wie ein Mädchen, einfach, jung und sorgenfrei. Könnte sie sich mit Schwester Eva anfreunden? Die erste richtige Freundin ihres Lebens? Warum nicht? Oder selbst Krankenschwester werden? Wie lang dauerte die Ausbildung? Es war nicht zu spät. Es war nie zu spät. Sie könnte ein Mensch werden, der sich um andere Menschen kümmert. Solidarisch ex officio. Sie war die Arbeit als Programmverantwortliche beim Fernsehen schon so leid. Sie würde eine gute Krankenschwester werden, und Eva und sie könnten einander anrufen und sich in Krankenhaussprache unterhalten und wie zwei Damen in die Stadt ausgehen und Weißwein mit Limonade trinken und sich über alles aufregen, was in der Welt so schrecklich war. Verdammt, was für ein Spaß!

Es fing ein wenig an, in ihrem Bauch zu ziehen, wie es in letzter Zeit häufiger geschah. Wie ein dumpfer Krampf, der bis in die Beine ausstrahlte. Sie blieb stehen, lehnte sich an einen Apfelbaum und wartete, dass es vorübergehen würde. Als sie hochblickte, wie das Licht im Laub spielte, schlug es plötzlich tief in ihr zu, und der Schmerz war so intensiv, dass sie, beide Arme um den Stamm geschlungen, zusammensank. Zitternd lag sie da, die Knie an die Brust gezogen, und rang nach Atem. So schlimm konnte doch nichts wehtun! So schlimm durfte nichts wehtun. Was passierte denn da mit ihr? Lasse, was ist mit mir los?

MIMESIS

Das zweite Schloss klemmte erst ein wenig, aber dann schnappte es mit so unerwarteter Heftigkeit auf, dass die empfindliche weiche Stelle zwischen Kickis Daumen und Zeigefinger eingeklemmt wurde. Sie fluchte und saugte ein wenig verwirrt an der schmerzenden Stelle, während sie mit der anderen Hand den Deckel des Koffers anhob. Was sie hier machte, war natürlich bescheuert, aber sie war bereit, absurde Dinge zu tun, um, ja, was sollte man sagen?, um weiterzukommen? Und obwohl sie erst ein paar Monate in der Wohnung gewohnt hatten, zeigte Lasse sich bereit, wieder umzuziehen, wenn sie darauf bestand. Da sie selbst den Koffer gepackt hatte, herrschte darin keine richtige Ordnung, aber es waren die Kleider aus der richtigen Zeit darin, und sie hatte das Gefühl, dass die Stücke, die sie suchte, dabei waren. Der Kofferdeckel verdeckte das Licht von der einzigen nackten Glühbirne des Dachbodenverschlags, deshalb schob sie jetzt das seltsam schwere Ungetüm auf den Knien liegend und stöhnend herum, ehe sie darin zu wühlen begann. Aus den Kleidern schlug ihr ein Duft von Patschuli entgegen, und die Erinnerung daran, wer sie gewesen war, überwältigte sie so sehr, dass ihr fast die Luft wegblieb. Die Erinnerungen, oder eher eine Kakofonie aus Andeutungen, Türen, die einen Spaltbreit offen standen und die jetzt aufzumachen sie weder Kraft noch Zeit noch Lust hatte. Das Einzige, woran sie sich richtig deutlich erinnerte, war erstaunlicherweise, warum sie dieses Parfüm aufgegeben hatte. Das war gewesen, als Lasse – sozusagen im Vorübergehen, ohne dass sie es wirklich hatte hören sollen – gesagt hatte, dass dies der einzige Duft sei, der stark genug sei, um den Geruch von anderen Männern zu überdecken. Daraufhin hatte sie das Flakon weggeworfen und mit … womit angefangen? Sie konnte sich nicht erinnern. Doch, mit Lasses eigenem Aftershave. Einige Zeit lang. Aber er hatte den Wink nie verstanden.

Kicki wühlte weiter in den Kleidern herum, kicherte manchmal, wenn sie auf Sachen stieß und nicht mehr verstehen konnte, wie sie sie je hatte anziehen können, sie hielt sie vor sich und schüttelte den Kopf, als wäre sie nicht allein da oben auf dem Dachboden. Sie selbst hatte sich nicht mehr daran erinnern können, was sie an jenem Abend getragen hatte, aber Lasse wusste es noch. Bis ins Detail. Die Ohrringe hatte sie gefunden. Und das Armband. Hatte völlig vergessen, dass sie diese Dinge besaß. Dabei waren die Sachen wirklich hübsch. Es knackte, und Kicki erstarrte, saß mucksmäuschenstill, bis sie ein Motorengeräusch hörte und begriff, dass das von der Fahrstuhlmaschinerie kam. Sie schob einen Stapel Jeans beiseite und fand, was sie suchte, beide Kleidungsstücke am selben Platz – was für ein unangenehmes Zusammentreffen, aber da lagen sie: der blassrote Samtpullover mit einer großen, mild flammenden Sonne, die über einer düsteren Mondsichel thronte. Schweineteuer war das Stück gewesen. Und die schwarze Jeans, hoch geschnitten und in der Mitte zusammengenäht. Wie sie wohl jetzt, elf Jahre Hinternverformung später, darin aussehen würde? Sie zuckte zusammen, als das Motorengeräusch verstummte, und blieb, mit den Kleidern fest an sich gepresst, sitzen. Es war so seltsam … so wahnsinnig gewesen, dass sie versucht hatte, ihm die Augen auszukratzen. Das sah ihr doch gar nicht ähnlich, sondern war so eine ganz weibliche, ja, fast parodistisch kokette Art, sich zu schlagen. Warum hatte sie sich wie ein dummes kleines Ding benommen, das hysterisch wie eine überspannte und prüde Jungfrau reagierte? So … symbolistisch? Das sah ihr so gar nicht ähnlich. Sie konnte kämpfen, sie wusste besser als die meisten anderen, wie wirkungsvoll Tritte in die Eier waren. In der Vergangenheit zeugten davon unzählige vornübergebeugte junge Männer mit tränenden Augen und um ihr Geschlecht gelegten Händen. Es war etwas mit Lasse und mit dieser Situation gewesen, das sie dazu verleitet hatte, sich ohne nachzudenken wie eine neurotische Gans auf ihn zu stürzen, anstatt ihn kühl abzustrafen … Erinnye, verdammt noch mal! Wenn sie hochreichen konnte, hatte sie die Leute abgekanzelt, das wusste Lasse. Wünschte er sich deshalb dieses kuriose Ritual? Gefiel es ihm, dass sie sich damals so bescheuert unüberlegt verhalten hatte? So unkontrolliert. Gedankenlos. Außerdem hatte sie ihr Ziel auch noch verfehlt, was ja völlig out of character war. Lasse wollte seine blauen Vögel zurück, das sagte er jedenfalls, aber darüber hinaus war es doch wohl so, als würde Lasse diese zeremonielle Wiederholung des Streits als eine Art Bekräftigung des Liebesversprechens ansehen, das sie einander vor langer Zeit gegeben hatten … oder nein! Mehr noch als die Bekräftigung eines Aktes, der für ihn die einzig richtige und genuine und glaubwürdige Liebeserklärung bedeutete. Möglicherweise. Für sie waren die blauen Narben eine Art Schuldmarken, sieben an der Zahl, wie die Todsünden, auch wenn natürlich zuerst er es gewesen war, der sich wie ein Idiot verhalten hatte. Sie wusste nicht, ob sie ihren Part würde erfüllen können. Natürlich hatte sie sich vorbereitet, war zu einer Maniküre gegangen und hatte darum gebeten, dass die künstlichen Nägel geschärft würden, und hatte ihren Spaß daran gehabt, den Fragen auszuweichen, die das neugierige Landei gestellt hatte. Das Mädel schliff und feilte, und Kicki konnte ihr ansehen, wie sehr sie die Kaffeepause herbeisehnte, um von der mit den Haaren erzählen zu können, die ihre Nägel *messerschaaarf* haben wollte, und dann darüber mit den anderen ausgebildeten Nagelmodellistinnen zu spekulieren.

Sie würde mal sehen, wie es lief.

Lasse hatte wieder ein wenig Schwung bekommen.

War nicht mehr so … kleinlaut.

Sie machten etwas gemeinsam.

Sie würden Theater spielen.

Die Zeit als Theaterproduzentin, wie lange das auch her war, hatte ihr die Skepsis vor der Gestalttherapie genommen.

Kicki stopfte die Kleider in eine Plastiktüte, machte den Koffer zu, drückte das Hängeschloss an dem Verschlag zusammen, schaltete das Licht aus, schaltete es wieder an und verließ den Dachboden. Die ganze Sache fing an, sich wie ein Spiel anzufühlen. Sie verspürte fast ein wenig Erwartungsfreude, war etwas aufgeregt. Sie lief die Treppen mit so viel Schwung hinunter, dass sie fast hinfiel. Aber nur fast.

Lasse saß am Küchentisch und las die Gebrauchsanweisung der Videokamera, als Kicki hereinkam und sich in den wiedergefundenen Kleidern präsentierte. Er verlor die Fassung. Es war wie ein Sprung in ihm oder ein kleiner Erdrutsch, und er versuchte, seine Rührung hinter einem Lachen zu verbergen, aber es klang mehr nach feuchten Hustern. Kicki sah ihn erstaunt an.

»Was ist?«

»Ich weiß nicht. Nichts. Du bist manchmal einfach nur … so verdammt hübsch, weißt du, dass man fast wütend wird.«

Aber es war mehr, noch etwas anderes, das war Lasse auch klar, ohne richtig zu wissen, was es auf sich hatte mit dieser Erinnerung an eine Kicki von früher, die ihn so erschütterte. Und er wusste, dass er niemals wagen würde, es zu ergründen. Das wäre auf eine Art so, als würde man erfahren, wie und wann man sterben würde.

Kicki lächelte und posierte, drehte sich ein paar Mal hin und her und sagte: »Es war jedenfalls kein Problem, in die Hose reinzukommen, eher im Gegenteil, vor zehn Jahren gab es vorn und hinten noch mehr, womit ich sie ausfüllen konnte. Sieh mal, das Alter macht einen nicht nur kleiner, sondern auch flacher. Es ist, als würde das Leben einen durch die Mangel drehen, weil es einen gern zweidimensional sähe. Man soll nur noch von vorn gesehen werden, wenn man sich auf die Seite dreht, verschwindet man. Aber sag mal, Lasse, was hatte ich denn an den Füßen?«

»Du warst barfuß.«

»Bist du sicher? War ich barfuß? Komisch.«

»Du hattest von den Pumps Blasen an den Füßen bekommen und die Schuhe dann gleich im Flur abgeworfen, noch ehe du in die Küche kamst.«

»Soll das auch mit drauf?«

»Nein, das ist nicht nötig. Nur, wenn du willst. Sie waren rot. Ich glaube von NK.«

»Damals habe ich noch nicht bei NK eingekauft.«

»Nee, du nicht, aber ich.«

»I see. Hast du mich dabei etwa angelogen?«

»Ich wusste, dass sie dir passen würden.«

»Ich habe Blasen bekommen.«

Lasse verstummte. Er schlug das Heft zu und streckte sich. Kicki sah ihn ein wenig fragend an. Er strich sich selbst ein paar Mal über den Kopf und räusperte sich.

»Ich habe gedacht, wir könnten es filmen.«

»Wirklich?«

»Ich habe eine Videokamera gekauft. Diese hier. Was meinst du?«

»Weiß nicht.«

»Ich kaufe nachher noch ein Stativ, und dann kann sie einfach hier stehen und – wie sagt man? – gehen? Laufen?«

Kicki trat von einem Fuß auf den anderen und sah dann zur Seite.

»Aber … warum denn?«

»Nur sehen, wie es wirkt. Wenn du nicht willst, dann scheißen wir drauf.«

Kicki schüttelte den Kopf, und die Haare fuhren wie immer ein wenig hinterher wie der eigensinnige Schatten der Botschaft.

»Nein. Nein, nein. Klar machen wir das. Filmen, meine ich. Aber sag mal, können wir es nicht noch mal durchgehen. Jetzt sei nicht gleich sauer, Lasse, aber ich erinnere mich nicht an alles.«

Lasse schwang sich auf die Füße, faltete seinen großen Körper in der Bewegung auf und küsste sie.

»Ich weiß.«

»Du hast aber nicht die richtigen Sachen an, oder?«

»Nee, aber das hier ist ja auch nicht …«

»Der Ernstfall?«

»Genau.«

Lasse stellte sich mit dem Rücken zur Spüle.

»Ich denke, wir fangen hier an: Ich stehe hier und lese zum hundertfünfzigsten Mal den Brief vom Jugendamt.«

»Aber hörst du mich nicht reinkommen? Liest du einfach weiter, obwohl du die Tür gehen hörst?«

»Nein, okay, ich stehe hier mit dem Brief in der Hand, aber … weißt du …«

»Ja?«

»Aber ich bin zu … ich bin einfach zu fertig, um noch rausgehen zu können und dich zu begrüßen.«

»Ich komme rein. Barfuß.«

»Du kommst in die Küche und bist dann völlig fassungslos, mich da zu sehen. Du sagst: ›Jetzt hast du mich aber erschreckt, Lasse. Warum stehst du hier im Dunkeln?‹ Für dich, die du von draußen kommst, scheint es hier drin dunkel zu sein.«

»›Jetzt hast du mich aber erschreckt, Lasse. Warum stehst du hier im Dunkeln?‹«

»Ich sage: ›Antrag abgelehnt. Als Adoptiveltern nicht geeignet. Für uns wird es nie Kinder geben, Kicki. Hier steht es. Es ist meine Schuld. Unter Hinweis auf die Personenuntersuchung. Hier steht es. Aufgelistet. In Posten. Mit Doppelpunkt und fett gedruckt. Grobe Fahrlässigkeit im Autoverkehr … Zahlungsaufforderungen … Buchführungsbetrug, und hier die Strafen … Bestechung, ein Monat Gefängnis. Nicht geeignet.‹ Und du sagst: ›Aber wir haben das doch angefochten. Wir haben alles erklärt.‹«

»Hast du den Brief noch?«

»Was denkst du denn?«

»›Wir haben das doch angefochten. Wir haben alles erklärt.‹«

»Äh … ›Die Umstände und so weiter.‹«

»›Die Umstände und so weiter.‹«

»Ich weiß nicht, ob du das gemerkt hast, aber ich hätte fast angefangen zu heulen.«

»Konnte mir ja wohl kaum entgehen.«

Lasse hörte, wie seine Stimme zäh wurde, und er sah eine fette Sprechblase vor sich, deren Text so klein geschrieben war, dass man ihn kaum lesen konnte.

»Wir stehen lange da und schweigen. Dann sagst du ›Lasse‹, weißt aber nicht, was du noch sagen sollst.«

»›Lasse …‹«

»Genau. Und dann sage ich: ›Du solltest dich von mir scheiden lassen, das ist die einzige Möglichkeit. Du musst mich verlassen und …‹«

Lasse sah, dass Kicki mit einem Mal feierlich und gleichzeitig wachsam aussah. Plötzlich war er außer Atem und musste ein paar Mal tief Luft holen, um weitermachen zu können.

»›… du musst mich verlassen und einen anderen Mann finden. Einen, der sich anständig benommen hat und dir auf die eine oder andere Weise ein Kind verschaffen kann. Einer, mit dem du über deine intellektuellen Themen reden kannst. Der Kunst liebt. Wir können uns ja trotzdem weiter treffen. Du musst einen anderen finden, Kicki. Scheiß auf mich. Ich komm schon klar.‹«

»Jetzt erinnere ich mich. So 'ne Scheiße, kein Wunder, dass ich …«

»Halt! Du stehst einfach nur da und starrst mich an. Am Ende begegne ich deinem Blick, und da fliegst du auf mich zu wie eine Tigerin, brüllend, schreiend, und haust die Klauen in mich, willst mir die Augen auskratzen, und ich … warte …«

Lasse nahm noch ein paar tiefe Atemzüge.

»… irgendwie schaffe ich es, mich wegzudrehen oder das Gesicht ein wenig hochzuhalten, sodass du deine Nägel in die Haut unter meinen Augen bohrst. Das tut weh. Das tut furchtbar weh …«

Kicki stolperte mit ausgestreckten Armen einen Schritt nach vorn, krümmte die Finger und platzierte die langen Nägel vorsichtig unter Lasses Augen. Nach einigen Schwierigkeiten gelang es ihr, die Narben nachzukratzen, drei unter dem linken, vier unter dem rechten Auge. Sie seufzte und nahm ihre Hände weg. Lasse packte ihre Handgelenke und setzte sie wieder zurück.

»Jetzt komm schon. Tu nur so, als ob.«

»Das ist scheußlich. Schlimmer, als ich dachte. Das ist doch alles eine verdammt kranke Idee, Lasse. Es macht mich traurig.«

»Mich auch.«

»Ist das der Sinn der Sache?«

»Ich weiß nicht. Ich weiß es nicht, Kicki. Wir machen es einfach, okay?«

»Okay.«

»Ich schiebe dich weg. Ich werde nicht wütend. Ich werde kein bisschen wütend, sondern schiebe dich einfach weg, so wie jetzt, und gehe raus, ins Arbeitszimmer, aber hier gehe ich nach rechts und nicht nach links, wie es in der alten Wohnung war ... Und hier dachte ich, du könntest, also ich schubse dich weg, sodass du aus dem Bild kommst, und wenn ich gehe, nimmst du die Kamera und kommst hinterher, verstehst du?«

»Ja, klar.«

»Entschuldige. Wir gehen also hier raus ...«

Lasse ging entschlossenen Schritts mit Kicki im Schlepptau zum Arbeitszimmer. Sie lief leicht gebeugt, mit den Händen wie eine Kamera vor dem Gesicht.

»Wir gehen also hier raus und dann hier rein. Ich bin nicht wütend. Nur ... zielgerichtet. Warum auch immer, ich weiß verdammt genau, was ich tun muss. Ich gehe hierher zum Schreibtisch und nehme einen Kugelschreiber, breche ihn auseinander. Ich beiße die Tinten ... äh ...

das Ding kaputt und schmiere mir die Tinte unter die Augen, reibe die Tinte in die Wunden, die Tinte vermischt sich mit dem Blut – ich werde dir zeigen, wie man damit zoomt –, und dann … dann ist es vorbei.«

Er lächelte Kicki an, doch sie erwiderte das Lächeln nicht. Sie stand da und sah ihn ernst an, senkte langsam die Arme, bis die gefalteten Hände auf ihrem Schoß ruhten, wartete, bis sein Lächeln erstorben war, und sprach dann mit einer Stimme, die traurig eisig war.

»Nein, Lasse. Da ist es nicht vorbei. Da kommt nur ein Schnitt. Du übernimmst die Kamera, und im nächsten Bild sehen wir Kicki in der Küche stehen, und am liebsten würde man die Kamera so einstellen, dass nur ihre Silhouette zu erkennen ist, ein Wesen, ein ganz leerer Körper, der lange Zeit ganz stillsteht, ehe sie in sich zusammensinkt und sich auf alle viere stellt, und sie schreit etwas, und dann steht sie plötzlich auf und geht langsam in den Flur und zieht sich langsam ihre Jacke an und geht langsam und wohlüberlegt aus der Wohnung, ohne die Tür hinter sich zuzuziehen.«

»Daran erinnerst du dich?«

»Ist doch egal, oder?«

»Das ist überhaupt nicht egal.«

»Okay, dann erinnere ich mich daran.«

»Ich finde schon, dass das ein guter Schluss ist, aber ich will einfach nur, dass es so wird … wie es war.«

»Ich erinnere mich daran, Lasse.«

»Gut.«

»Nein! Ich will aber nicht.«

Sie sah schräg nach oben und seufzte laut.

»Weißt du, was du jetzt tun solltest, Lasse?«

»Nein.«

»Mich küssen.«

Lasse hatte Schwierigkeiten, die Kamera an den Fernseher anzuschließen. Er sah zu Kicki hinüber, die ganz außen auf dem Sofa saß und wartete. Sie hörte auf, an ihren Nägeln zu zupfen, und sandte ihm ein Lächeln, das wohl aufmunternd wirken sollte, hauptsächlich aber Überlegenheit signalisierte.

»Gleich.«

Sagte er, und Kicki nickte heftig, sah dann wieder auf ihre Hände hinab.

»Mir fällt noch was ein. Sollten wir nicht dieselben Kleider tragen wie in dem Film?«

Sagte sie, und Lasse lachte, zwei kurze Lacher.

Kicki lächelte und sah sich im Zimmer um, in dem immer noch jede Menge Umzugskartons an den Wänden entlanggestapelt standen.

»Und noch was. Die Abmachung gilt davon unabhängig, oder? Du und ich, wir ziehen in eine andere Wohnung, oder?«

Sagte sie, und Lasse nickte und atmete tief ein.

»Abgemacht ist abgemacht.«

Sagte er, und Kicki streckte die Arme in die Luft und gähnte groß und geräuschvoll, dann hielt sie inne.

»Entschuldige, aber das muss die Anspannung sein. Ich habe mich noch nie selbst im Fernsehen gesehen.«

Sagte sie, und Lasse erwiderte nichts. Vielleicht hatte er einfach nicht gehört, was sie gesagt hatte.

»So, jetzt!«

Sagte er, stellte die Videokamera auf den Couchtisch und ließ sich auf dem Sofa nieder.

»Soll ich auf Play drücken?«

Fragte er, und Kicki sah ihm ins Gesicht, in die Augen.

»Das sieht nicht gut aus.«

Sagte sie, doch Lasse zuckte mit den Schultern.

»Macht nichts.«

Sagte er, und Kicki nickte.

Jetzt schauten sie die Videoeinspielung von sich selbst an. Zunächst sah man auf dem Bildschirm nur eine Spüle und Küchenschränke, doch schon bald kommt Lasse ins Bild gerutscht. Er trägt Jeans und ein weißes T-Shirt mit einem roten Schriftzug »Crew« darauf. Er lehnt mit dem Hintern an der Spüle. Hat das Kinn auf die Brust gedrückt und macht einen krummen Rücken. In der rechten Hand hält er einen Brief. Er seufzt und lässt den Kopf noch tiefer und ein wenig zur Seite hängen.

»Es ist zu hell, Lasse.«

»Ich weiß. Die Kamera muss das irgendwie kompensiert haben … *pscht*!«

Kicki kommt in die Küche. Sie bleibt stehen, den Rücken halb der Kamera zugewandt. Sie zuckt zusammen, als sie Lasse entdeckt. Sie sagt: »Jetzt hast du mich aber erschreckt, Lasse. Warum stehst du hier …«

Weiter kommt sie nicht, denn dann zieht ein großes Lachen ihre Lippen auseinander, und ihr Kehlkopf beginnt, auf und nieder zu hüpfen. Lasse sieht sie erstaunt und etwas verärgert an. Kicki sagt: »Sorry, Lasse, aber du …«

Und dann dreht sie den Brief um, den er auf dem Kopf gehalten hat. »Oje!«, ruft Lasse und lacht verschämt. Er geht zur Kamera. Knisternde waagerechte Striche schossen über einen dumpfen blauen Hintergrund. Sogleich noch einmal derselbe Anfang. Lasse an der Spüle, Kicki kommt rein, und diesmal kann sie ihren ganzen Satz sagen, und Lasse schafft es noch zu erwidern: »Für uns wird es nie Kinder geben, Kicki. Hier steht es …«, ehe beide in Gelächter ausbrechen. Lasse geht laut lachend auf die Kamera zu. Knisternde waagerechte Striche schossen über einen dumpfen blauen Hintergrund. Noch einmal derselbe Anfang. Lasse stellt sich an die Spüle, schafft es aber nicht einmal, sich richtig hinzustellen, ehe er prustet und anfängt zu lachen. Er geht zur Kamera.

Kicki und Lasse verfolgten sieben oder acht derart missglückte Versuche. Zunächst saßen sie mit aufgerissenen Augen und unterdrücktem Lachen da, doch schon bald gaben sie auf und lachten ebenso wie die beiden auf dem Bildschirm. Sie mussten einander nicht einmal anschauen, sie waren durch die Komik der Scham verbunden, die man nicht abstellen kann. Kicki hielt Lasses Arm mit ihren beiden umschlungen, hüpfte vor Lachen und wischte sich die Augen. Lasse hielt sich den Bauch, warf den Kopf in den Nacken und wieherte heiser. Es war so schrecklich lustig zu sehen, wie viel Spaß sie gehabt hatten, als sie versuchten, den schlimmsten Moment ihres gemeinsamen Lebens nachzuspielen. Der Moment, der dazu geführt hatte, dass sie sich trennten und für – Kicki wusste nicht genau für wie lange, ein halbes Jahr? – ein Jahr oder so ohne einander lebten. Lasse wusste, dass es sieben Monate und einundzwanzig Tage gewesen waren, erwähnte das aber niemals, wenn die Sprache aus irgendeinem Grund auf diese Zeit kam, denn das wirkte dann irgendwie so kleinkrämerisch. Ganz exakt zu sein.

Sie hörten auf zu lachen, als sie zur letzten Aufnahme kamen, in der sie es geschafft hatten, kichernd so viel wie möglich zu überspielen und sich durch die ganze Szene zu arbeiten, bis zu dem Augenblick, in dem Kicki Lasse angreifen sollte. Mit versteinertem Lachen betrachteten sie ihre stummfilmhaften Bewegungen und horchten auf ihre bewusst gestelzten Sätze.

Kicki stellt sich in Angriffsposition, die Hände vor dem Gesicht. Sie krümmt die Finger und zieht knurrend eine Grimasse, als würde sie die böse Hexe in einem Kindertheater spielen. Sie täuscht ein paar Ausfälle gegen Lasse vor, der ganz still steht, aber plötzlich ihre Handgelenke packt und die Hände zielgerichtet an seine Augen führt.

Als wäre er auf Kickis fehlenden Widerstand nicht vorbereitet oder sich seiner eigenen Kraft nicht bewusst, schlägt er ihre Fäuste mit voller Kraft auf seine Augen. Er ruft: »Aua, verdammt noch mal!«, verliert aber ihre Arme nicht aus dem Griff. Er schließt die Augen und führt ihre Hände langsam zu seinem Gesicht, er sieht ängstlich aus. Kicki macht einen Versuch, die Nägel richtig anzusetzen – es sieht wirklich so aus, als würde sie Schwung nehmen und versuchen reinzudrücken, einmal … zweimal.

»Es ging nicht, Lasse. Sie sind immer nur weggerutscht. Vor zehn Jahren hattest du festere Haut unter den Augen. Ich konnte nicht durchkommen.«

»Ich weiß. Ich verstehe schon.«

Kicki reißt sich los und geht zur Kamera. Sie atmet heftig, findet den Ausknopf nicht, das Bild hüpft und zittert. Dann zeigten sich knisternde Striche auf einem dumpfen blauen Hintergrund.

Kicki und Lasse saßen schweigend da und sahen auf den Bildschirm. Nach einer Weile legte er seine Hand auf die Stelle direkt über ihrem Knie. Sie legte ihre eine Hand auf seine und umfasste mit der anderen seinen Nacken.

PATER NOSTER

Kicki stand vor dem Herd, betrachtete die Dunstabzugshaube und fragte sich, wie man die verdammt noch mal ankriegte. Im Moment konnte sie sich nicht einmal entsinnen, wo die Knöpfe saßen. Sie besah sich den rostfreien Trichter von mehreren Seiten und bereute plötzlich, dass sie angeboten hatte, Lasse ein Geburtstagsessen zu kochen. Ein winziger Triumph bei der Arbeit, der in seiner Anspruchslosigkeit, ja, in seiner kompletten Bedeutungslosigkeit es doch geschafft hatte, eine unberechtigte Euphorie entstehen zu lassen, und das hatte ein Versprechen aus ihrem Mundwinkel blubbern lassen, und jetzt stand sie da mit der Kehrseite des zufälligen Erfolgs, mit der großen Rechnung für die kleine Aufmunterung, dem bitteren Nachgeschmack der guten Laune … nichts ist umsonst, no free lunches, die Rechnung folgt, Kredite haben Laufzeiten … Jetzt stand sie also da und sollte kochen, sollte das Abendessen bereiten, auf das sie jetzt schon so viel Zeit verwandt hatte, jetzt stand sie also da, die Lustlose, und konnte nicht mal dieses Ding in Gang bringen, das von irgendeinem verdammt ehrgeizigen Illusionisten entworfen worden war, der wirklich einen Tritt in den Hintern dafür verdient gehabt hätte, damit er mal lernt, in deutlichen und artikulierten Knöpfen zu sprechen. Ohne Dunstabzugshaube konnte man keine Habaneros braten. Und sie wollte Lasse nicht fragen. Lieber stand sie mit brennender Nase und Kehle, tränenden und juckenden Augen in den Dampfwolken und unterdrückte Hustenanfälle, als dass sie zuschaute, wie er sich in die Küche vorseufzte und ohne ein Wort zu verlieren oder mit der Wimper zu zucken die Scheißabzugshaube in Gang setzte und dann noch herablassender wirkte, indem er sich bemühte, es nicht zu sein.

Jetzt war Kicki sauer und wütend, und Lasse war wie so oft in der letzten Zeit müde und lustlos. Sah ganz so aus, als würde das ein Superabend werden. Kicki strich mit der Hand über die glänzende und sehr raue Oberfläche des Geräts und fragte sich im Stillen, ob man im Stundentakt zwischen manisch und depressiv wechseln konnte, als ein Klingeln ertönte und sie instinktiv die Hand zurückzog und dann feststellte, dass es das Telefon war. Obwohl sie nun schon fast zwei Monate in der neuen Wohnung wohnten, hatte sie sich noch nicht daran gewöhnt, nicht ganz, es gab immer noch viele Dinge, die sie entweder verärgerten oder überrumpelten. Das unterdrückt aggressive Klingeln ertönte erneut, und sie rief nach Lasse – ja, was denn? Sie war schließlich mit dem Essenkochen beschäftigt. Und wenn es nun für sie war, dann konnte sie ihn ja immer noch im Vorbeigehen, während sie das Telefon entgegennahm, bitten, doch so nett zu sein, eben das Ding anzumachen … Sie rief noch einmal und hörte, wie die Musik runtergedreht wurde, und dann die langen Barfußschritte über den Fußboden, *platsch … platsch … platsch*, über das exklusive Mosaikparkett, das jeden zwanzigsten Tag mit einer besonders teuren Politur behandelt werden musste. Mochte sie diese schöne, vom Architekten entworfene Etagenwohnung? Wirklich? Sie hörte Lasse auf dieselbe erwartungsfrohe und herzergreifend muntere Art wie immer seinen Namen sagen und wie er eine Pause machte und der Tonfall dann ein klein wenig beschwert und knarrend wirkte, als er wieder sprach. Kicki wurde warm und froh ums Herz, als sie das hörte. Sie nahm eine Chili am Stiel heraus und horchte auf Lasses einsilbige Antworten. Sie ließ die grüne Frucht hin und her baumeln und wartete – lächelte und wartete.

Lasse sagte: »Du, ich war gerade auf dem Weg unter die Dusche, aber du kannst doch ein bisschen mit Kicki reden, wenn du möchtest … Was? Ja, das glaube ich schon.«

Kicki hatte sich der Spüle zugewandt, als Lasse sich in die Küche lehnte.

»Kicki.«

»Ja.«

»Es ist Papa.«

»Ach so!«

Bewusst langsam drehte sich Kicki um und lächelte Lasse schief zu, der den Telefonhörer an der Strippe festhielt und ihn vor seinem Bauch pendeln ließ. Sie bemerkte, dass, wenn das Licht von schräg oben auf sein Gesicht fiel, die Narben unter den Augen deutlicher als sonst hervortraten. Aber das würde besser werden. Der Chirurg hatte gute Arbeit geleistet. Sie nahm den Hörer, und Lasse tat so, als würde er auf seine Armbanduhr schauen, die er doch in Wirklichkeit verlegt hatte. Sie schüttelte den Kopf, würde nur ein paar Worte wechseln, nichts Längeres. Lasse machte etwas mit dem Mund und wandte sich dann wieder seinen Dingen zu. Der Popmusik, dem Drink und dem Fernseher ohne Ton.

»Hallo, Olov.«

»Guten Tag, Kicki. Wie geht's?«

»Könnte schlechter sein. Und selbst?«

»Danke, danke.«

Kicki lächelte, und er lachte. Irgendwas in seiner Stimme verriet, dass er seinen monatlichen kleinen Rausch hatte, der Tonfall vielleicht oder das Tempo, in dem er sprach. Ihr Lächeln wurde noch breiter. Sie hatte ihn vom ersten Moment an gemocht, seit sie sich zum ersten Mal begegnet waren, vor zwanzig Jahren, ja, eigentlich schon vorher, denn sie hatte sich schon in ihn verknallt, als sie eine Postkarte gelesen hatte, die er aus Italien an Lasse geschickt hatte.

»Warte kurz!«

Sie zog einen nicht ausgepackten Karton mit Büchern hervor und setzte sich darauf.

Es war eine Karte völlig ohne Ränder, so als wäre ein schwarzes Rechteck über die weiße Fläche gelegt worden, und erst als sie genauer hinschaute, sah sie, dass es Reihe um Reihe die winzigste Schrift war, die sie je gesehen hatte, und da wimmelte es nur so von abartig schön formulierten Beobachtungen von Leben und Landschaft um San Casciano dei Bagni, den Menschen in der Bar Centrale und auf dem Marktplatz davor, den Gerüchen und den Klängen der Nacht, der Aussicht über die toskanische Kulturlandschaft im Licht der Morgendämmerung, Essen und Wein und einer Beschreibung der warmen Quellen, die tagsüber mehr oder weniger Kranke in schwefelhafte Versprechungen von Gesundung einlullten, aber in den Nächten von jungen Menschen bevölkert waren, die sich nach den Discoabenden dorthin begaben und sich erstaunlich geräuscharm entkleideten und in die dampfenden kleinen Becken stiegen, junge Italienerinnen, die sich im Mondschein rekelten, glänzende Haut, schimmernde Olivenblätter und ein schlafloser Professor, der sich für seinen Voyeurismus mehr schämte, als er gedacht hätte, und der mit Respekt und Wärme an seinen Sohn schrieb wie an einen guten Freund, dessen Gesellschaft er ersehnte, und der deshalb von der besten und schnellsten Weise, sich dorthin zu begeben, in Kenntnis gesetzt werden sollte. Ein Liebesbrief, hatte sie gedacht, verkleidet als, nein, nicht als Reisebericht, zu anspruchsvoll, sondern als Gruß, eine Postkarte, die von … ja, nennen wir es eben Hingabe, überzufließen drohte.

»Jetzt!«

»Gut. Es gibt etwas, was ich dir erzählen möchte, Kicki.«

»Das hatte ich gehofft.«

»Eine Geschichte, die das Leben schrieb, wie man so schön sagt.«

»Und da wird auch keine Schweigepflicht gebrochen?«

»Meine Liebe …«

»Ja.«

»Da kennst du mich doch wohl besser.«

Das tat sie. Er war auf eine etwas altmodische Weise moralisch und pflichtbewusst und anständig. Geordnet. Ordentlich und wieder nicht, eine Ahnung verlottert, ein

Gefühl, als würde er unter der gut gebügelten Gabardinehose vielleicht keine Unterhose tragen. Aber Kicki hatte noch nie einen so überhaupt nicht scheinheiligen Erwachsenen kennengelernt. Ganz anders als Mårten, ihr erster Freund, der im gleichen Alter sein musste, wagte Olov, erwachsen zu sein, und wollte es auch. Das empfand sie als völlig entwaffnend. Anstatt misstrauisch zu sein und instinktiv mit skandalösen Leichtsinnigkeiten und sarkastischen Einwürfen zu reagieren, konnte sie in seiner Gegenwart einen Vorstoß in Richtung der Rolle der Frau mit Verantwortung und annehmbarer Haltung unternehmen, ohne sich wie eine Heuchlerin zu fühlen. Ihn wollte sie nie in Jeans sehen, nein, nicht einmal im Manchester-Anzug. Im direkten Gegensatz zu ihr fiel es ihm schwer zu lächeln und leicht zu lachen. Er konnte komplizierte Theorien aus den unterschiedlichsten Gebieten darstellen und erklären, aber er war auch jemand, dem man Witze erklären musste. Lasses Einstellung zu der Beziehung zwischen ihr und seinem Vater war im Lauf der Jahre von stolzer Verliebtheit zu kontrolliertem Ekel übergegangen. Jetzt hatte sie wieder gute Laune.

»Gibt es in der Hölle einen Platz für spottende Frauen?«

»Bestimmt. Aber jetzt zu dem, was ich dir … du hast doch wohl Zeit? Was machst du gerade?«

»Nichts. Brate Habaneros.«

»Was?«

»Nichts.«

»Na, denn …«

»Na, denn.«

»Weil nämlich … ich vor … ein paar Wochen Besuch von einem jüngeren Kollegen hatte, den ich seit Jahren nicht gesehen hatte, ein Orthopäde, mit dem ich damals ziemlich viel zu tun hatte, weil wir zum selben Lesekreis gehörten. Doch vor einem halben Dutzend Jahren hat er eine Stelle als Oberarzt in der Sportmedizinischen Abteilung im Sahlgrenska in Göteborg angenommen. Wir hatten den Kontakt zueinander verloren, aber mir kam irgendwann zu Ohren, dass es ihm schwerfiel, in Göteborg Fuß zu fassen, und weil er immer voller Lebensfreude gewesen war, um nicht zu sagen auf eine der Gesundheit wenig zuträgliche Weise entspannt, kompensierte er die Langeweile mit Kurzen und die Arbeitssituation mit einem ausschweifenden Nachtleben. Es dauerte nur ungefähr ein Jahr, bis er das Vollbild des Konsumenten unterschiedlicher Drogen entwickelt hatte, und nach diversen Vorfällen am Operationstisch wurde er gebeten, doch Abschied zu nehmen.«

»Sofort.«

»Umgehend. Und auch wenn der Krankenhausleitung auf irgendeine Weise das Kunststück gelang, die ganze Sache vor der Öffentlichkeit zu verbergen, wussten doch alle im Gesundheitswesen, also zumindest auf der staatlichen Seite, dass es da einen Arzt gab, der es ungeheuer schwer haben würde, auch nur einen Job als Aufseher bei einer Obduktion zu finden.«

Kicki hörte, wie Lasse die Musik lauter drehte, und ihr wurde klar, dass sie etwas zu enthusiastisch »hm« und »ah« gesagt haben musste. Lächerlich. Als wäre er eifersüchtig. Auf seinen eigenen Vater. Das musste ihm doch wohl klar sein, dass es dafür keinen Grund gab. Auch wenn …

Sie kratzte sich leicht am Hals, befühlte ihre Haare.

»Es hätte vielleicht eine Möglichkeit für ihn gegeben, die Lizenz zu behalten, wenn seine Absetzung zu einem Wendepunkt in seinem Leben geführt hätte, aber die Zeit, die er jetzt zur Verfügung hatte, benutzte er dafür, um die äußersten Grenzen der Vergiftung zu erforschen, und verschrieb große Mengen von Präparaten sowohl sich selbst als auch seiner Gefolgschaft von dubiosen Existenzen, deren Geschlechtszugehörigkeit – so die Gerüchteküche – ohne eingehende Betrachtung oft nur schwer festzustellen war. Das wurde natürlich erst ruchbar, nachdem Doktor Feelgood vom Göta-Kanal die Zulassung entzogen worden war, und es ist ein Rätsel, wie er es geschafft hatte, jahrelang nicht entdeckt zu werden.«

Sie wechselte die Sitzhaltung und ließ die Erinnerung an jenen Morgen vor langer, langer Zeit aufsteigen, das erste, oder vielleicht auch das zweite Mal, dass Olov bei ihnen in Stockholm übernachtet hatte. Lasse war zur Arbeit gegangen, und als sie nach dem Duschen in die Küche kam, saß der Vater am Tisch und beendete gerade sein Frühstück. Weißes Hemd, taubenblauer Schlips, das Jackett über die Stuhllehne neben sich gehängt, als er den Blick von der Zeitung hob und sie ansah, ohne während dieser langen ersten Sekunden verbergen zu können, dass er sie attraktiv fand … als er aufstand, immer gleichbleibend höflich, und »Morg'n« sagte und sich auf seine zurückhaltende und doch sozusagen zweifelsfreie Art zu reden für den vergangenen Abend bedankte, da war sie rot geworden und hatte gestottert, denn in dem Moment hätte ein kurzer Satz, ein kleines Kompliment, eine Berührung ausgereicht, und sie hätte den Morgenmantel abgestreift und sich in seine Arme geworfen, wie man sagt … oder eher: ihm die Beine um den Hals geschlungen. Ihm die Muschi ins Gesicht gedrückt. Sich in seinem dichten, grauen, kurz geschnittenen Beckett-haar festgekrallt. Eine Geste hätte ausgereicht, um die Schamlosigkeit erblühen zu lassen … und Olov hatte – als hätte er sie durchschaut und wäre unangenehm berührt – weggesehen, zu Boden, und sie mit Wohlerzogenheit bestraft, hatte einen Stuhl für sie herangezogen, das Wetter kommentiert, Kaffee eingegossen, und sie hatte sich mit rauer Stimme entschuldigt und war fast ins Schlafzimmer zurückgelaufen und hatte keuchend Lasse angerufen, nur um seine Stimme zu hören und zu sagen, dass sie sich nach ihm sehnte, ohne das mit genau diesen Worten zu sagen.

»Darauf folgte der obligatorische Selbstmordversuch – entschuldige bitte den Zynismus –, der im Fall unseres tragischen Helden mithilfe von Tabletten vorgenommen wurde und der dank der außerordentlichen Resistenz gegen Opiate, die er entwickelt hatte, missglückte. Und als er dort in dem Krankenhaus liegt, in dem er einmal eine Position innegehabt hat, als er in die Hölle des Entzugs gerät, in Kreis um Kreis des Unerträglichen, und er weint und heult nach jemandem, nach einem guten Menschen, der Segen und Notwendigkeit der Euthanasie begreift …«

»Uh, ja«, sagte sie und dachte daran, wie sie und Lasses Vater den Rest des Tages darauf verwandt hatten, in

Stockholm umherzuwandern, ein ausgedehntes Mittagessen im Tranan zu sich zu nehmen, noch ein wenig zu spazieren, ehe es für den Vater an der Zeit war, sich ins Karolinska-Institut zu begeben, wo er den Vortrag über Hornhautablösung halten sollte, der den offiziellen Anlass seiner Reise darstellte. Kicki hatte Dinge von Stockholm erzählt, von denen sie nicht ahnte, dass sie sie wusste, und sie hatte mit einem anderen Menschen ... *geredet*. Weder während dieses Tages noch irgendwann später einmal hatte Olov auf irgendeine Weise angedeutet (und wie sie darauf gehofft hatte), dass an jenem Morgen etwas zwischen ihnen geschehen war, nicht in Tonfall, Wortwahl, Blicken, Gebärden, Körperhaltung ... es war nicht geschehen, es würde nie geschehen, die Episode war gelöscht, weggeblasen ... gänzlich! Aber sie konnte nicht umhin, sich zu fragen, ob es für einen Mann möglich war, eine solche Sache zu vergessen. Ob ein Vater wirklich vergessen konnte, dass er in jeder Hinsicht, außer der praktischen, die Frau seines Sohnes besessen hatte.

»... aber natürlich war da niemand, der diese Verantwortung übernehmen wollte oder konnte. Das Einzige, was das Personal tun konnte, war, ihn mit einer rasch geholten Zwangsjacke zu bekleiden und sich selbst Watte in die Ohren zu stopfen. Seine Qualen waren seine Sache, wie auch sein Tod, und in unvorstellbar großer Reue und Verzweiflung schaffte er es, den Kopf auf irgendeine Weise zwischen Bett und Wand einzukeilen und dann seinen Körper auf die Seite zu werfen und sich so selbst das Genick zu brechen.«

»Olov ...«

»Nein, ich lüge nicht.«

»Aber, er …«

»… ist nicht gestorben, nein, aber er war bewusstlos, eine Fraktur im dritten Halswirbel, und als er drei Wochen später aus dem Koma erwachte, war er vom Adamsapfel abwärts gelähmt. Für einen Mann, der sich immer in jeder Hinsicht sehr viel bewegt hatte, könnte man annehmen, dass die Einsicht, sein weiteres Leben in absoluter Bewegungslosigkeit zu verbringen, ihn den eigenen Tod noch heißer ersehnen lassen würde.«

Lasse drehte die Lautstärke noch weiter auf und krächzte mit: »*Sha-la-la-la, c'mon let's slip away*«, und zwar wie immer in der falschen Tonart, aber mit großem Einfühlungsvermögen, und es war schön, dass darin nichts versteckt lag. In den Worten. Keine Zeichen. Nicht bei Lasse. Bei Papa Olov hingegen …

»Aber es war, als würde er sein neues Ich mit Loyalität gegenüber der Macht oder den Umständen annehmen, die ihn gelähmt hatten, ja, fast mit Erleichterung darüber, der tyrannischen Herrschaft der Ruhelosigkeit entkommen zu sein. Er fügte sich und wurde ruhig. Über ein Jahr lang war er ruhig. Das Schlimmste in dieser Zeit – das hat er mir selbst erzählt – war, dass er den Schluckreflex verloren hatte. Er wusste nicht mehr, wie man schluckt.«

»Was?«

»Das ist in der Tat gar nicht so ungewöhnlich. Schlaganfallpatienten geht es oft genauso.«

»*Sha-la-la-la-la, c'mon …*«

»Wie schrecklich!«

»Man hat inzwischen recht gute Rehabilitationsmaßnahmen entwickelt, und im Lauf der Zeit lernte unser Protagonist zu schlucken. Die kleine Segnung brachte einen Schatten mit sich, der sich als schicksalhaft erweisen würde. Doch ehe ich erzählen kann, auf welche Weise, muss ich von der einzigartigen Veränderung berichten, die schon in der ersten Woche nach dem Erwachen in seinem Kopf geschah. Es war, als wolle sein Gehirn den Verlust von Körper dadurch kompensieren, dass es drei seiner Sinne auf eine Art Hyperniveau anhob. Gehör und Gefühl verblieben normal, aber der Geschmack, der Geruch und das Sehen wurden auf eine Weise verstärkt, dass er feinste Nuancen unterscheiden konnte, und dies so stark, dass es einem LSD-Trip gleichkam. Und damit nicht genug …«

Plötzlich wusste sie, dass Lasse hinter ihr in der Tür zum Wohnzimmer stand. Und sie musste sich nicht umdrehen, um genau zu wissen, welchen Gesichtsausdruck er aufgelegt hatte, die Geduld auf Reserve gefahren, fast ein wenig übertrieben die Augen verdrehend, etwas stilisiert nachsichtig. Sie hielt nur die Hand hoch und zeigte mit Daumen und Zeigefinger, wie wenig Zeit nur noch vergehen würde, bis sie weitermachte, und … und, verdammt, endlich das Essen angehen würde! Ungefähr so lange, wie es noch dauerte, bis Lasse ernsthaft sauer wurde und seine Augen unterschiedliche Farben annahmen. Das, was seinen Vater so furchtbar erschreckt hatte.

»Er konnte die verschiedenen Sinnesregungen auf selbstverständliche Weise übersetzen. Ein Geschmack hatte verschiedene Formen und Farbgebungen, ein Gemälde, Bild oder das Gesicht einer Krankenschwester roch und schmeckte auf seine ganz besondere Weise. Die ultrasensorischen Fähigkeiten machten es aus irgendeinem Grunde uninteressant, noch zwischen gut und eklig, zwischen schön und hässlich zu unterscheiden, alles hatte plötzlich eine außergewöhnlich interessante und erfüllende Zusammensetzung, sodass derlei Kriterien irrelevant wurden. Aber es konnte passieren, dass er in Lachen oder Weinen ausbrach. Ein Gesicht, das wie der Selbstgebrannte der Großmutter roch oder schmeckte, ein Hackfleischbraten in Winterstiefeln mit sehr lustigem Paisley-Muster. So etwas. Ärzte und Krankenschwestern empfanden seine Analysen als scharf beobachtet und sehr unterhaltsam, und es geschah immer häufiger, dass das Personal in seiner freien Zeit vorbeischaute, um mit ihm zu sprechen und sich ein wenig im Taktilen ausbilden zu lassen. Ich weiß nicht, wie die Sache dann lief, wer mit wem geredet hat und so weiter – und das ist vielleicht auch ganz gut, wenn man bedenkt, wie lange ich dich schon aufgehalten habe.«

Lasse hatte ihr erzählt, wie furchtbar erschrocken der Vater war, als sein zurückhaltender und gutmütiger Sohn seinen ersten richtigen Wutanfall bekam. Der plötzliche Ausbruch hatte beide überrascht. Lasse war acht Jahre alt, und der Auslöser für den Anfall war gewesen, dass sein Schlafanzugoberteil am Hals eingerissen war, und dann die gedankenverlorene Antwort des Vaters, das sei egal, denn der Schlafanzug sei ohnehin so alt. Lasse sah ihn an, sein linkes Auge wurde schwarz, während das andere sich zu einem Lila aufhellte. Dann brüllte er ungehemmt und lief im Zimmer Amok, völlig in seinen eigenen Wahnsinn versunken. Olov konnte nicht umgehen mit dieser Sorte brennenden Zorns, der so selbstgenügsam war und blind und seinen geliebten Sohn so unnahbar machte, dass er ihn gar nicht wiedererkannte, das gehörte nicht zu ihnen, er war völlig gelähmt von dem Hass, der aus dem einen Auge des Sohnes leuchtete, und der Verzweiflung, die in dem anderen flackerte. Er konnte nur dastehen und zuschauen, während Lasse weinend und schreiend wie … wie ein wahnsinnig gewordenes Tier herumfuhr, raste und mit Dingen warf und alles tat, um Sachen kaputt zu schlagen und sich selbst auf eine völlig psychotische Weise wehzutun. Am Ende war er halb in Panik zu Lasse gelaufen und hatte ihm, jetzt selbst schluchzend, eine Ohrfeige gegeben, die Lasse in Ohnmacht fallen ließ – und zwar mehr im Schock darüber, dass sein Vater die Hand gegen ihn erhoben hatte, als wegen der Härte des Schlages, sagte Lasse, während Olov ihr anvertraut hatte, dass er ein Mal, ein einziges Mal, das erste und das letzte Mal, seinen Sohn so fest geschlagen habe, dass dieser in Ohnmacht gefallen sei –, aber dass Lasse die Sache zum Glück völlig vergessen habe und dass Kicki ihm unter keinen Umständen (versprich mir das, bitte) weitererzählen durfte, dass er ein Mal, ein einziges Mal, sein eigenes Kind k.o. geschlagen hatte, denn wer wusste schon, was für ein Trauma das bei dem Jungen auslösen konnte? Lasse sagte ihr, dass der Vater meinte, er würde sich an den Schlag nicht erinnern, aber dass er das nur meinen würde, um die Scham zu dämpfen und die Reue über das, was er getan hatte, und dass Kicki unter keinen Umständen (versprich mir das, Liebling) dem Vater weitererzählen durfte, dass er sich daran erinnerte, denn wer wusste schon, welches Trauma das bei dem Vater auslösen konnte? Sie hatte ihre Versprechen gehalten.

»Aber nur ein Jahr später finden wir unseren Freund in einer luxuriösen Wohnung in Malmö wieder, er wird von einem Stab Krankenschwestern versorgt, die er nach klassischen Nachspeisen benannt hat. Die Wohnung im Stock darunter gehört auch ihm, sie ist zu einem Büro umgebaut, und da arbeiten fünf gut bezahlte Angestellte daran, seine lächerlich erfolgreiche Beraterfirma zu betreiben. Es erfordert nämlich eine ganze Menge Planung, einen gelähmten Mann zu transportieren, passende Quartiere zu besorgen und dafür zu sorgen, dass seinen besonderen Bedürfnissen Rechnung getragen wird. Der Chef, der gleichermaßen Produkt wie Geschäftsidee ist, muss konzentriert und ausgeglichen erhalten werden, damit er seine Geschmacksaufträge bei den Lebensmittelproduzenten in aller Welt wahrnehmen kann. Alle lieben ihn. Sein Leben ist Sonnenschein, türkisfarbene Lagunen, nackte Schwimmerinnen mit glänzender nougatfarbener Haut. Er ist der Stephen Hawking der Gastronomie. In einem Interview erklärt er seinen Erfolg folgendermaßen: Sowohl einzelne Zutaten wie auch ganze Gerichte sind wie Menschen, sie sind so komplex, zusammengesetzt und vieldeutig, dass man sie nur mithilfe von Analogien beschreiben kann. Chemische Analysen, Spektrogramme oder andere wissenschaftlich exakte Methoden können niemals eine derart verständliche Wiedergabe ermöglichen.«

»Ist das so?«, fragte Kicki. »Glaubst du das?«

»Was?«

»Dass Menschen nur in Form von Analogien beschrieben werden können.«

Doch ihre Ironie über diese Binsenwahrheit ging an ihm völlig vorbei. Und er konnte ja auch nicht wissen, dass sie genau das schon immer so empfunden hatte.

»Ja, klar. Aber auch damit nicht vollständig.«

»Okay. Ich verstehe. Wir existieren also bloß im übertragenen Sinne.«

»Da muss ich jetzt erst mal darüber nachdenken.«

»Nein, entschuldige. Erzähl weiter.«

»Er verspürt also keinerlei Verbitterung über seine Lähmung, das Einzige, wonach er sich manchmal sehnt, und das dann sehr stark, ist Sex. Die heißen Winde des Geschlechtstriebs sind es, die die dunklen Wolken über … über …«

»Den Horizont treiben«, sagte Kicki und lächelte. Sie hörte ihn lachen.

Lasse sagte, dieses Ereignis habe ihre Beziehung dauerhaft beschädigt. Der Vater habe so viel Angst gehabt, dass sich der Auftritt seines Sohnes als unbekanntes Wesen und sein eigener als ein zuschlagender Mann wiederholen könnte, dass er anfing, übermäßig vorsichtig zu sein. Es geschah eine Machtverschiebung in ihrer kleinen Familie, die Lasse sofort spürte und auf kindliche Art auszunutzen lernte. Manchmal überlegen-sadistisch, dann schämte er sich, was er wiederum am Vater ausließ.

»Jajaja. Und nun ist ein Unternehmer in Hällefors zum nützlichen Idioten für unser tragisches Schicksal geworden. Dieser Mann produziert Weine, die aus Beeren hergestellt werden: Multbeeren, Blaubeeren, Himbeeren. Dann lädt er unseren noch unschuldigen Gaumen zu einer Verkostung ein, um ihn seine Weine mit solchen, die auf gute traditionelle Weise hergestellt wurden, vergleichen zu lassen. Auch möchte er, dass er die Charaktere der Beeren und Trauben umfassend beschreibt, ihre Aussagen sollen in Worte gekleidet und bewertet werden. Vor allem ein neuer, aus Waldbrombeeren hergestellter Wein soll mit französischen Prestigeweinen verglichen werden.«

Jetzt hörte sie, wie Lasse den Barschrank aufmachte…

»Er rechnet damit, dass die zukünftigen Exporteinkünfte ihn im Übermaß für das schmerzhaft hohe Honorar entschädigen werden, das er investieren muss, um das Geschmacksmonster herbeizukarren.«

… mit dem Schloss klapperte und die Türen knallend aufklappte, und jaja, mein Lieber, message received. Du trinkst jetzt allein. Roger. Over and out. Und du erzielst einen neuen Dezibelrekord im Eingießen von Whisky. Herzlichen Glückwunsch! Sie befühlte eine borstige Stelle an der Wade, wo sie mit dem Rasieren schlampig gewesen war.

»Es mag verwunderlich klingen, doch bis hierher hat irgendein Selbsterhaltungstrieb ihn davon abgehalten, irgendeine Form von Alkohol zu sich zu nehmen, denn natürlich war er sich seines schwierigen Verhältnisses zu rauscherzeugenden Substanzen bewusst. Doch an diesem Punkt erschien es vollkommen logisch, seine Beratertätigkeit auch auf das Gebiet der vergorenen und destillierten Getränke auszudehnen. Und im Übrigen kann er auch ganz wunderbar ausspucken. Das Erste, was er dort in einem Raum (in dem sich eine Mischung aus Fichtennadeln, dem Aroma eines Weines, nasser Daunenjacke und heißem Asphalt versammelt) probiert, ist einer der Referenzweine, ein Bordeaux, ein Cheval Blanc von fünfundsechzig. Schon als er den Duft des Weines einsaugt, steigt in ihm die Vision der schönsten Frau hoch, die er je gesehen hat, und so, wie sich die Düfte in seiner Nase noch entwickeln, fällt ein Kleidungsstück nach dem anderen von ihr ab. Er führt den Wein zum Mund und dringt ebenso langsam, wie der Wein über seine Lippen rinnt, in sie ein und darf einen Liebesakt erleben, der im Genuss alles übertrifft, was er je erfahren oder sich auch nur vorstellen konnte – ein jubelnder Ruf in das Weltall, der ein ebenso hingebungsvolles Echo erhält. Eine gleißende Ekstase. Er kämpft darum, den Wein in der Mundhöhle zu behalten, doch schon bald, allzu bald, muss er den Schluckreflex einschalten und erlebt einen Orgasmus, der so intensiv ist, dass er schreit, sein Kopf schlägt gewaltsam herum und die Tränen schießen ihm aus den Augen, und er schluckt und schluckt ins Leere. Die anderen am Tisch sind natürlich zu Tode erschrocken, weil sie befürchten, dass es etwas Epileptisches sei, und sie rufen nach Hilfe, doch noch ehe die anlangt, hat sich unser Freund wieder beruhigt, auch alle Anwesenden mit selbstironischem Esprit beruhigt, und als sich die Wärme der Erleichterung über der Gesellschaft ausgebreitet hat, bittet er darum, den nächsten Referenzwein probieren zu dürfen, einen Bourgogne, Clos de Vougeot sechsundsiebzig. Dasselbe geschieht wieder, doch nun mit einem neuen, völlig anderen Typ von Frau, der Schluckreflex ist wieder stärker als sein Vorsatz eines Interruptus, aber er schafft es, die äußeren Anzeichen des Orgasmus auf ein exzentrisches Nicken zu beschränken, und ist schnell dabei, die perlmuttschimmernden Tränen wegzuwischen, die über seine Wangen kullern.«

Kicki lächelte breit und schloss die Augen, das war ihre Art, laut zu lachen. Sie konnte nur hoffen, dass Olov das auf irgendeine Weise spürte, es an ihrem Atem hörte oder so.

»Oh, Olov!«, rief sie. »Ich mag es so, wenn du einen im Kahn hast.«

»Habe ich das vielleicht zu selten?«

»Nein, ist schon gut so.«

Und so war es. Sie schüttelte den Kopf und dachte daran, wie fremd ihr diese Entschlossenheit, diese Kontrollfähigkeit war. Dass er für sich selbst hatte beschließen können, sich nach der Pensionierung jeden Monat einen anständigen Rausch zu genehmigen. Nicht mehr und nicht weniger. Genauso verhielt es sich mit den Zigaretten. Mit fünfzig hatte er angefangen zu rauchen. Zwei am Tag. Eine beim Nachmittagskaffee und eine nach dem Abendessen. Und dabei hatte Stille zu herrschen. Lasse hatte sie schon im Vorhinein gewarnt, dass die Konzentration auf das Nikotin nicht von Gerede gestört werden durfte. Mit wohlbedachten, fast gezierten Bewegungen zündete er die Zigarette mit dem alten Ronson-Feuerzeug seines Großvaters an, stützte die eine Hand in die Seite und rauchte seine Newport mit geschlossenen Augen und in perfekter Standbein-Spielbein-Haltung und sah dabei aus, als würde er sich an der amerikanischen Ostküste befinden und nicht an der schwedischen. Wenn er trank, dann allein, und zwar am Fünften eines jeden Monats. Das Datum hatte für ihn eine besondere Bedeutung, doch Olov wollte nicht verraten, welche. An einem anderen Tag einen Rausch zu bekommen, war einfach nicht möglich, und es spielte überhaupt keine Rolle, ob er sich an ebenjenem Fünften etwas unpässlich fühlte oder keine Lust hatte, da hieß es eingießen und zusammenreißen oder umgekehrt. Verrückt, aber dennoch auf eine ausgeflippte Art bewundernswert. Diese Art von Verrücktheit, die man in salonfähigen Kreisen exzentrisch nennt – Lasse war jetzt verdammt still, kein Geräusch drang durch den Vorhang von Musik, was machte er bloß?

»Die Lawine war in Gang gesetzt. Es folgten unzählige Orgien in Destillen, Brennereien, Brauereien und Weingütern in aller Welt. Alles Ausschweifungen, die natürlich ihr Recht in Form von zusätzlichen neuropathischen Beschwerden einforderten. Und diese Beschwerden sind auch der Anlass dafür, dass ich ihn jetzt getroffen habe. Aus irgendeinem Grund erinnert er sich an mich als einen Gönner und sucht mich als Ophthalmologen auf, besser gesagt, er wurde in seinem Privatflugzeug zu mir gebracht, und zwar wegen eines Leidens, das man bei einem gewöhnlichen Menschen Doppelsichtigkeit nennen würde, die jedoch bei ihm zu einer Dutzendsichtigkeit vervielfältigt worden ist, beziehungsweise manchmal ist es noch schlimmer, so als hätten sich seine Augen in eine Art Facettenaugen verwandelt, die die Umgebung einfrieren und die Welt um ihn als unzählige Wiederholungen derselben Sache darstellen. Das verursachte ihm Schwindel und Übelkeit, was ja an sich schon schlimm genug ist, doch das Schlimmste, so versicherte er mir, wie er da festgeschnallt in seinem hypermodernen Rollstuhl saß, war der unerfreuliche Übereifer der Wahrnehmung, als würde man eine Sache hundert Mal erklärt bekommen, die man doch schon längst begriffen hat – als wäre der Sehnerv der Erinnerung verlustig gegangen, oder noch treffender, als wolle das Gehirn den Zeitfluss durch Kopien des Augenblicks ersetzen oder banalisieren. Er meinte selbst, das Symptom habe mit dem Alkohol zu tun, und wollte meine professionelle Meinung dazu hören, inwieweit die Zellmassaker die Beschwerden womöglich hatten chronisch werden lassen. Wenn dem nicht so sei, dann wollte er wissen, ob es vielleicht eine andere Art der Enthaltsamkeit gäbe, die das Problem lösen könnte, denn eine Phase der Nüchternheit würde für ihn den Verlust von Millionen ausgebliebener Beraterhonorare bedeuten.«

Kicki summte und lächelte und wurde dabei immer nachdenklicher. Sie lehnte sich so weit zurück, wie es das Telefonkabel zuließ, und versuchte, ins Wohnzimmer zu schauen. Lasse war doch wohl nicht einfach … er war doch wohl nicht einfach abgehauen? Jetzt lief dieselbe Platte schon zum dritten Mal, und er tauschte sie nicht aus, sie hörte keine Schritte, kein Klirren von Eiswürfeln, kein Knarren des Sessels. Es zog in einer Sehne am Hals, und sie beugte sich wieder zurück. War er rauf ins Schlafzimmer gegangen? Suchte er im Nachttisch nach seinem Pass? Vergiss es, mein Lieber, denn der ist an einer Stelle versteckt, die du niemals … Oder war er eingeschlafen? Onanierte er da oben? Verdammt …

»Ich habe eine gründliche Untersuchung durchgeführt, hauptsächlich, um Zeit zu gewinnen und ihn dazu zu bringen, mir von seinem Leben zu erzählen. Und ich glaube, dass er das gemerkt hat, aber er ließ mich gewähren. Irgendetwas war komisch an den Symptomen, die er hatte. Der Alkohol an sich hat gewiss seine zerstörerischen Seiten, das ist klar, aber es erschien mir doch seltsam, dass diese sich auf eine solche Weise zeigen sollten. Und ich hatte schon so meine Vermutungen, die schwach glimmende Erinnerung an eine Fallbeschreibung, die ich vor langer Zeit gelesen hatte, aber ich musste noch die Antwort auf ein paar serologische Tests abwarten, um meiner Sache sicher zu sein. Um noch einmal Zeit zu schinden, schickte ich ihn zu einer MRT, einer Methode, die gerade ganz neu war und ihn auch sehr interessierte … und neugierig machte. Hörst du mir zu, Kicki?«

»JA – jajajajajaja!«

»Ich habe schon viel zu viel von deiner Zeit in Anspruch genommen.«

»Lieber Olov, bitte erzähl weiter!«

»Bist du ganz sicher?«

»Ja.«

»Was?«

»Ja.«

»Es stellte sich heraus, dass meine Vermutung richtig war. Die Tests waren nicht zu widerlegen, ja, geradezu apodiktisch einstimmig. Als wir uns am späteren Vormittag in meinem Zimmer wiedersahen, fragte ich ihn, ob es einen Duft oder einen Geschmack gebe, der mit dem Facettensehen verbunden sei. Er dachte nicht weiter nach, sondern antwortete direkt, ja, natürlich sei das so, sowohl Geschmack als auch Geruch von Melasse, Vanille, Multbeere, Waldbrand, feuchtem Leder und Hintern – also wie bei einem bestimmten Rum. Ob er denn einen Produzenten dieses Getränks besucht hätte, fragte ich weiter. Ja, doch, vor langer Zeit sei er einmal auf Martinique gewesen, bei dem guten Jean-Jacques Bleudelouf, und habe eine hochgewachsene und fröhliche Negerin probiert, die ihn prustend und trompetend vor Befriedigung hatte weinen lassen. Sie habe Fleur geheißen, erklärte er verträumt. Jetzt hatte ich genug in der Hand, um ihm die Wahrheit zu offenbaren. Ich erklärte ihm, dass der Alkohol sicherlich in seinem Körper ernsthafte Schäden angerichtet habe, dass aber die Ursache für seine Sehprobleme woanders lägen. ›Damit verhält es sich nämlich so‹, sagte ich, ›dass die, die du Fleur nennst und an die du dich mit derartigem elegischem Feuer erinnerst, sicherlich auf andere Weise ansteckend war als nur mit ihrer Leidenschaft. Du hast dir ganz einfach einen Klassiker eingefangen. Du hast Syphilis. Eine ganz gewöhnliche, altmodische Syphilis.‹ Er sah so erleichtert aus, dass ich nicht umhinkonnte zu lächeln. ›Syphilis‹, sagte er. ›Procain Penizillin‹, meinte er lächelnd, ›dann sei doch so nett und schreibe mir ein Rezept, bester Kollege.‹ ›Aber natürlich‹, sagte ich. ›Aber … ich weiß‹, unterbrach er mich, ›die Schädigungen, die ich bereits erlitten habe, werde ich ertragen müssen, aber …‹ Nun unterbrach ich ihn: ›Sie werden sich zumindest nicht verschlimmern.‹ ›Nein‹, seufzte er. Ich riet ihm, in Zukunft mit dem, was er trank, vorsichtiger zu sein. Er nickte und sah mich ernst an. ›Aber du weißt ja‹, meinte er, ›man kann Wein weder im Plastikbecher noch mit Mundschutz trinken.‹ Ich wusste, was er meinte.«

Kicki hatte schon eine Weile lang gehört, dass es sich anbahnte, und jetzt konnte sich Olov nicht beherrschen. Er lachte, machte einen tapferen Versuch, es zu unterdrücken, und sagte: »Ich wusste genau, was er meinte!« Und lachte dann weiter.

Kicki lächelte breit und drehte sich instinktiv um und sah direkt in Lasses Schritt. Sie lehnte sich zurück, hob den Blick zu seinem unschuldigen Gesicht, den hochgezogenen Augenbrauen und allem. Er sagte: »Gibt es irgendetwas, was ich in der Zwischenzeit tun kann …?«, und machte eine kleine Geste mit seinen großen schönen Händen, als wäre die Frage ein Geschenk, das er ihr geben wollte.

»Nein«, flüsterte sie und nahm den Hörer vom Ohr und legte die Hand auf die Sprechmuschel. »Ich komme jetzt.«

Das Lachen von Lasses Vater floss aus dem Telefonhörer. Er lachte und lachte. Kicki und Lasse hörten schweigend zu. Lange. Er schien überhaupt nicht aufhören zu können. Sie waren alle drei gleichsam gefesselt. Als es zum Schluss zu ersterben begann, sagte Lasse: »Bist du sicher?«

»Ja, natürlich.«

»Gut.«

»Oder, warte … nein, schon gut.«

»Was denn? Sag es doch!«

»Könntest du vielleicht …«

»Ja?«

»… ein paar Habaneros braten?«

»Kicki?«

»Wo liegen die?«

»Vorn.«

»Kicki?«

»Ja, Olov. Ich bin hier.«

»Das ist schon peinlich, wenn die Leute sich über ihre eigenen Geschichten kaputtlachen. Tut mir furchtbar leid.«

»Keine Ursache.«

»Wirklich?«

»Hm.«

Jetzt nuschelte er die Konsonanten ein wenig.

»Jedenfalls. Wir saßen dann noch eine Weile da und plauderten. Unter anderem über seinen Schluckreflex, den er ja im Unterschied zu gewöhnlichen Menschen mit dem Willen steuerte.«

Kicki hörte, wie die Dunstabzugshaube anging, die Bratpfanne aus dem Unterschrank gezerrt und auf den Herd geknallt wurde. Natürlich verspürte Lasse Verlangen. Er hatte schließlich Hunger und wusste, dass es Cochinita geben würde. Natürlich verspürte er Verlangen.

»›Das Interessanteste war‹, sagte er, ›dass …‹«

»Olov.«

»Ja, Kicki.«

»Du, ich glaube, ich muss jetzt …«

»Schon klar.«

»Ich habe versprochen, heute Abend zu kochen, und Lasse wird langsam ein wenig …«

»Ich verstehe.«

»… verschnupft.«

»Klar doch. Aber du, ich muss nur noch schnell den Schluss erzählen. Geht ganz schnell.«

»Ich weiß nicht recht, Olov. Es …«

»Doch! Es war nämlich so, musst du wissen, als das Ergebnis von der Magnetresonanztomografie da war, bekam ich es mit dem Kommentar einer Neurologin versehen geschickt, die darauf geschaut hatte – eine sehr erfahrene Frau, der ich vertraue und die … aber egal –, und es stellte sich heraus, dass die Fraktur, die unser Held am Halswirbel erlitten hatte, ganz klein und unkompliziert gewesen war, sie hätte niemals, und davon waren wir völlig überzeugt und uns darüber einig, ich und meine Kollegin aus der Neurologie, niemals seinen Zustand verursachen können. Dennoch war er gelähmt. Verstehst du, Kicki?«

»Ich glaube schon. Aber jetzt muss ich … wohl.«

»Ist das nicht unglaublich?«

»Doch.«

»Hat dir die Geschichte gefallen?«

»Aber ja. Sehr!«

»Gut.«

»Da gibt es viel nachzudenken. Ich rufe später noch mal an, wenn ich mir die ganze Geschichte noch mal durch den Kopf hab gehen lassen.«

»Ja, tu das, sei so lieb.«

Aber Kicki wusste, dass Olov wusste, dass sie wusste, dass sein Telefon jetzt für den Rest des Abends ausgesteckt sein würde. Jetzt würde die Phase der Redseligkeit und der Inspiration durch eine andere abgelöst werden. Kicki hatte noch nie zu fragen gewagt, was er denn den ganzen Abend machte, allein und mit einem Rausch, aber sie nahm an, dass er sich erlaubte, verschiedene Arten der Niedrigkeit auszuleben. Irgendwann hatte sie einmal Lasse gefragt, doch er hatte nur gebrummt und etwas peinlich berührt ausgesehen. Als wüsste er es. Aber sie glaubte nicht, dass es so war. Jetzt brannte es ihr in der Nase vom Chilidunst.

»Dann tschüss und bis gleich.«

»Tschüss, meine liebe Kicki.«

Sie saß einen Augenblick mit dem Hörer auf dem Schoß da, ehe sie auflegte. Verdammt, sie hatte vorgehabt, sich etwas anderes anzuziehen und sich ein wenig verführerisch herzurichten, geishamäßig, um ihn zum Lachen zu verleiten, indem sie einerseits die Unterwürfige spielte und andererseits Lasse an den Schwanz fasste, wenn er gerade keine Hand frei hatte. Jetzt war er stinksauer, und – sie nieste – sie hatte ein schlechtes Gewissen und nichts auf der Pfanne, was seine Laune verbessern konnte. Jedenfalls nichts, was wahr war. Sie stand auf und befühlte vorsichtig ihr warmes und schmerzendes rechtes Ohr. Wäre sie lieber bei Olov zu Hause gewesen, um an seiner monatlichen Reinigung teilzuhaben? Niemals!

Okay. Jetzt erst mal den Lassemann aufmuntern. Dann Gesicht und Haare richten. Dann Essen kochen, essen, reden und streiten und wieder vertragen und vielleicht, wer weiß? Kicki holte ein paar Mal tief Luft und schritt mit langen Schritten und wiegenden Hüften in die Küche. Lasse stand vor dem Herd, Schultern hochgezogen, die eine Hand in der Jeanstasche, die andere umfasste den Griff der Bratpfanne.

»Hallo. Tut mir leid. Jetzt bin ich da. Klappt's?«

»Ja.«

Die Antwort war so hart und klein wie ein netter Brilli fürs Ohrläppchen.

»Das brennt in den Augen, oder? Trotz der Abzugshaube, finde ich.«

»Nein.«

Und noch einen für das andere Ohr. Kicki holte eine kleine rote Zwiebel, Messer und Schneidebrett heraus. Sie stellte sich, die eine Seite Lasse zugewandt, an den Küchentisch. Mund offen, Augenwinkel.

»Mir ist heute was Peinliches passiert.«

Keine Antwort.

»Ich war auf dem Friedhof, um nach Mamas Grab zu schauen. Oder, besser gesagt, ich war auf dem Weg von dort weg und kam an der Kapelle vorbei, du weißt schon, um verwelkte Sträuße und Papier und so wegzuwerfen, ja … auf den Kompost, und auf dem Weg von dort begegne ich einem älteren Mann, der sich entschuldigt und fragt, ob ich wüsste, wo der Erinnerungshain läge. Ich bleibe stehen und bin natürlich total erfreut, zuerst, aber dann denke ich, ich darf nicht, es geht einfach nicht, das wäre *zu* … Um Zeit zu gewinnen tue ich so, als hätte ich ihn nicht verstanden, und versuche mich sozusagen zu sammeln, und er wiederholt seine Frage: ›Wissen Sie vielleicht, wo der Erinnerungshain liegt?‹ Ich stehe da und kämpfe mit mir selbst, ich kämpfe wirklich und beschließe dann, es so zu sagen, wie es ist, ganz einfach,

einfach nur zu sagen, dass ich es leider nicht weiß … Aber es geht nicht, ich versuche, was ich kann, aber es geht nicht, ich stehe einfach da und sehe ihn wahrscheinlich mit dem seltsamsten Gesichtsausdruck der Welt an, und ich kann nicht, ich *kann es nicht* bleiben lassen, und am Ende muss ich sagen: ›Der Erinnerungshain? Nein, tut mir leid, das habe ich vergessen.‹«

Es dauerte ein paar Sekunden, so war es ja immer bei Lasse, aber dann brach er in Lachen aus, drehte sich ihr zu und lachte seine schlechte Laune weg. Einfach so. Wie nur er es konnte. Kicki lächelte, ohne den Blick von der Zwiebel zu heben, die sie jetzt klein schnitt, und sagte: »Das ist doch völlig bescheuert. Der Mensch ist schlecht. So ist es einfach.«

Und Lasse lachte und schüttete die Chilis in eine Plastiktüte.

»Nur du, Kicki. Nicht alle. Nur du.«

Und band die Tüte zu und legte sie beiseite. Kicki sah aus dem Fenster, hinaus in die Dunkelheit, zum Park hinunter, wo die Baumkronen in den Windböen wogten, seufzend, herabsegelnde Blätter, die im Licht der Parklaternen glitzerten. Erledigt. Lasse räusperte sich.

»Möchtest du etwas zu …«

»Margarita. Stark. Den Rocker-Cuervo. Ich hasse es, Zwiebeln zu schneiden.«

»Ich weiß.«

»Ich muss mich umziehen.«

»Ich weiß.«

»Übernimmst du die Zwiebel?«

»Hm.«

Kicki hatte ihre Gesichtszüge mit heller Grundierung und noch hellerem Puder ausradiert. Die Nase war kaum mehr zu sehen, und die Augen waren übertrieben geschwärzt. Sie trug noch Lippenstift auf und drehte die Haare zu einem Knoten. Sie zog BH und Unterhose aus und schlüpfte in das ärmellose grüne Fiorucci-Kleid, das vorn einen durchgehenden Reißverschluss hatte. Sie blickte sich selbst mit zusammengekniffenen Augen im Badezimmerspiegel an und sah einen großen roten Mund und darüber zwei horizontale schwarze Spalten. Eine outrierte Frau. Sie war ein Mund in grünem Kleid. Sie fuhr sich mit dem Moschusstift über beide Seiten am Hals und flüsterte: »Herzlichen Glückwunsch, Lasse.« Dann trat sie aus dem Badezimmer und erstarrte, fuhr fast zurück. »Gott!«, sie faltete die Hände vor dem Bauch und spürte, wie die Panik in ihr hochstieg. Welche … welche Schuhe sollte sie anziehen?

Sie hatten den Tisch gedeckt und sich zugeprostet und sich wie zufällig ein wenig aneinander gerieben. Alte Spiele. Nach zwei Margaritas dachte sie nicht mehr darüber nach, ob alles nur ein Spiel war. Lasse hatte sein altes hellblaues Hemd mit den kleinen roten Sternen angezogen. Er stand hinter ihr und rührte die Salsa, in der neun grüne Habaneros lagen und in Limettensaft und Zwiebeln wie – sie konnte nichts anderes darin sehen – aufgeschwollene Wasserleichen herumschwappten. Der Ofen war in Brusthöhe, und sie konnte den Gusseisentopf herausnehmen, ohne in die Knie zu gehen oder sich vorzubeugen, und gerade heute Abend war es schade, dass die Ergonomie frivole Posen verhinderte. Kicki nahm den Deckel hoch, und sogleich erfüllte die Küche der Duft von Bananenblättern und Achiote. Lasse seufzte theatralisch.

»Aah! Das ist fast das Beste!«

Er lehnte sich über sie und schnüffelte am Topf.

»Ich bin so wahnsinnig hungrig. Was sollen wir dazu trinken?«

»Es gibt Bier, Wein und Champagner.«

»Was möchtest du?«

»Champagner.«

»Ich auch.«

»Wir werden auch eine Vorspeise haben.«

»Wann hast du das nur alles gemacht?«

»Jaa, also ...«

Sie drehte sich um, lächelte ihn an und hob die Hand zu seinen Augen, um ihn zu streicheln, aber er zog den Kopf mit einer Grimasse weg. Sie wandte sich dem Herd wieder zu.

»Sollen wir Reis machen oder reichen uns Tortillas?«

Er zögerte mit der Antwort.

»Ein wenig Reis wäre unnötig, aber gut, oder?«

»Ja.«

»Es ist nicht deine Schuld, Kicki. Nichts ist deine Schuld.«

»Nein.«

»Ich geh rüber und gieß uns etwas ein.«

»Sei so lieb und mach die Pretenders an. Und zwar laut!«

Als Lasse verschwunden war, lehnte Kicki sich an den Herd und flüsterte vor sich hin: »Dieses verdammte Rumgeschleiche. Dieses elende, verdammte Rumgeschleiche.«

Als die Musik ertönte und sie wusste, dass er sie nicht hören konnte, sagte sie mit lauterer Stimme: »Fick mich, Lasse. *Jetzt!* Vor dem Essen. An der Spüle, von welcher Seite du willst. Fest. Ich halte es nicht aus! Es muss endlich Schluss sein mit dieser elenden, verdammten, respektvollen Haltung in dieser verdammt lächerlichen Wohnung.«

Sie seufzte und fühlte sich erleichtert, lächelte vor sich hin. Lasse kam zurück.

»Hast du was gesagt?«

»Wie alt wirst du, Lasse?«

»Das weißt du doch.«

»Sag es.«

»Förzich.«

»Na denn, Prost! Herzlichen Glückwunsch! Ich liebe dich.«

Seine Hand zitterte ein wenig, als er sein Glas erhob.

»Prost. Ich liebe dich.«

»Bis auf Weiteres.«

»Bis auf Weiteres.«

Sie hatten gegessen. Sie hatten sich zugeprostet und getrunken. Sie hatte für ihn gesungen. Lasse hatte etwas feuchte Augen bekommen und »Außerordentlich!« und »Exquisito!« und »Sabroso!« gerufen. Über das Essen. Sie hatten »Weißt du noch?« gesagt und in Erinnerungen geschwelgt von Mexiko, La Peñita, Raul Aïda, die kleine Montaña und das Haus, das der Orkan mitgenommen hatte. Lasse fügte die Details hinzu. Und sie hatten doch in gemeinsamem Einverständnis vermieden, auf das Kinderheim zu sprechen zu kommen, hatten beim Erzählen nicht mit einem Wort an ihren missglückten Versuch, gute Menschen zu sein, gerührt. Sie hatte von der Idee berichtet, die sie zu einem vorübergehenden Star des Modemagazins gemacht hatte. Halb im Spaß, ein wenig ironisch, aber doch mit fester Miene hatte sie eine große Bildreportage mit ausschließlich nackten Models vorgeschlagen, schön fotografiert, vielleicht in einer kargen Landschaft, ohne irgendwie geartete erotische Tendenzen, und dann sollte jedes Modehaus ein Bild auswählen und seinen Namen daruntersetzen. Und plötzlich standen die Modehäuser Schlange, um dabei sein zu dürfen, ihre Kleider *nicht* zu zeigen, alle kamen sie, sogar die größten und überheblichsten.

Lasse hatte gegessen und gelacht und gegessen. Und sie hatte ihn nicht einmal ansehen müssen, um zu wissen, dass er sie mit derselben Lust am Plündern betrachtete wie auch das Essen. Wie immer. Wäre da nicht die Angst gewesen, die hin und wieder wie ein scheues Nordlicht über sein Gesicht huschte. Die war schon immer da gewesen, aber nur wie eine rasch vorübergehende Phase der Atemnot, und ebenso die Furcht, wenn sie beim Vorspiel waren, als hätte er Panik, dass der Sex allen Raum einnehmen und alle anderen Gefühle in den Hintergrund drängen würde. Diesen Reflex mochte sie eigentlich, doch nicht, wenn er so wirkte, als hätte er … Angst, geschlagen zu werden. Er tat ihr leid, und dennoch konnte sie es nicht sein lassen, die Frisur zurechtzurücken und die eine oder die andere Achselhöhle zu zeigen. War sie grausam?

Hauptsächlich fühlte sie sich jung und … ein wenig verliebt. Aber war sie auch grausam? Vielleicht.

Lasse hatte sich nicht verkneifen können, eine ganze Chili in sich hineinzufuttern, und dann saß er da und wischte sich den Schweiß von Stirn und Oberlippe. Er lachte und sagte *pffff!* und blinzelte. Er war hübsch, tiefe Falten und kurzes Haar passten zu ihm, das ließ ihn seinem Vater ähneln. Kicki wollte gern geküsst werden, redete sich aber selbst ein, dass das zu früh sei. Sie musste nicht unbedingt manipulativ sein, aber jedes Ding hat seine Zeit, und jetzt kam der Moment der Abkühlung. Deshalb sagte sie: »Dein Vater hatte seinen Abend heute Abend.«

»Redselig?«

»Nett. Einsam, glaube ich. Du solltest ihn anrufen. Du solltest überhaupt etwas öfter mit ihm sprechen.«

»Verdammt, das war lecker.«

Kicki summte vor sich hin, schloss die Augen, machte sie aber schnell wieder auf, als alles anfing, sich zu drehen. Sie sagte: »Mal ehrlich, Lasse, warum redest du nicht mehr mit ihm?«

»Ich weiß nicht. Wo hast du die Sachen nur alle her? Tortillas, Cuitlacoche, Tomatillos …«

»Er hat eine ziemlich witzige Geschichte erzählt.«

»Wie lange hat es gedauert, das hier alles zuzubereiten?«

»Bist du sauer auf ihn, Lasse?«

»Muss man das nicht Tage im Voraus einlegen? Wo hast du das nur alles versteckt?«

»Er ist so ein feiner Mensch. Warum machst du ihn traurig?«

»Hattest du gesagt, dass es warmes Essen geben sollte? Hast du einen Vortrag über die wundertätige Wirkung von Capsaicin gehört?«

»Lasse …«

»Vor allem bei der Behandlung von Herpes und Gürtelrose.«

»Du …«

»Vielleicht führen wir Gespräche, von denen du nichts weißt, Kicki.«

»Quatsch! Das macht ihr mit Sicherheit nicht.«

Lasse lachte.

»Nein. Denn wenn wir miteinander reden, dann wird das immer so … ich weiß nicht, diese Vater-Sohn-Gespräche sind so steif … wie erfunden. Er ist mir nie ein Vater gewesen. Er war … er war immer eine bessere Mutter als ein Vater. Er war eine verdammt gute Mutter!«

»Du hast Angst vor ihm.«

»Vielleicht.«

»Das habe ich gesagt, um dich zu provozieren, Lasse. Bist du plötzlich willfährig geworden? Herzlichen Glückwunsch zum Verbindlichkeitstag!«

»Danke.«

»Ich will streiten. Ich habe nichts drunter.«

»Ich weiß nicht, ob ich das schaffe. Streiten.«

Kicki sah auf seine Hände, wie sie so regungslos rechts und links neben dem Teller lagen, wachsam, aber doch ruhend – wie antike Akte. Sie betrachtete ihre eigenen Hände, die ruhelos an der Serviette zupften, knochig, weiß, mit kurzgeschnittenen Nägeln. Ältlich. Sie sah die Hand an, die das Glas umfasste, klein und lächerlich, und sie musste an die eine Wette denken, die Lasse mal gewonnen hatte, als sie sich gerade kennengelernt hatten, und er hatte recht gehabt, dass ihre Hand zu klein war, um es ganz zu umfassen. Die Verästelungen der Adern, die in ihrem Handgelenk pochten. Es prickelte auf der Zunge, wenn sie den Mund mit Champagner füllte. Lasse lehnte sich zurück und sah zur Decke.

»Mal im Ernst, Kicki, ich wünschte, ich könnte ein wenig Angst vor ihm haben. Aber er …«

Sie setzte das Glas ab, wollte schlucken, konnte aber nicht.

»… er hat mir nur Angst vor mir selbst gemacht. Weißt du, als ich vierzehn war, bin ich ihm über den Kopf gewachsen, und danach …«

Sie konnte nicht schlucken! Hatte den Schluckreflex verloren! Erst war sie nur erstaunt und stellte mit Fassungslosigkeit fest, dass sie nicht mehr wusste, wie man schluckte.

»… da hatte ich genauso viel Angst wie er, dass ich so einen Anfall noch mal zu Hause haben und über ihn herfallen würde. Ich wusste …«

Eine Fassungslosigkeit, die ganz schnell in Ungläubigkeit überging und dann zu einer angsterfüllten Panik anwuchs. Sie konnte nicht …

»… und dann würden ganz schreckliche Dinge geschehen, das wusste er, denn er konnte ja nicht nachdenken oder …«

… schlucken! Lasse saß da und sah zur Decke und versuchte, seine Worte zu ordnen, und merkte überhaupt nicht, dass nur eine Tischbreite von ihm entfernt gerade etwas Schreckliches geschah. Ihr Herz raste, und sie keuchte mit der Heftigkeit einer Gebärenden.

»... meine Wut wegreden. Neulich ... neulich habe ich von Papa geträumt. Denselben Traum mehrmals. Das ist so verdammt komisch ... es ist, als ...«

Kicki stand auf und schrie erstickt und nasal ihre Angst heraus. Lasse zuckte zusammen, sah sie erschrocken an und fiel fast hintenüber, als er versuchte, auf die Beine zu kommen.

»Kicki! Kicki, was ist denn?«

Und sie konnte nur auf ihren Hals zeigen und quieken und den Kopf schütteln.

»Im Hals? Was sitzt dir im Hals?«

Dann war er plötzlich hinter ihr, hob sie, mit den Armen um den Bauch gelegt, hoch und drückte zu. Kicki prustete den Champagner über den ganzen Tisch. Lasse hielt sie fest. Kicki strampelte, schlug auf seine Arme und stöhnte mit der wirklich allerletzten Luft, die es noch gab: »Ch krie kei Luft.«

Er lockerte den Griff und stellte sie ab. Kicki holte tief Luft, schluckte und kiekste: »Ich konnte nicht schlucken.«

Lasse runzelte die Stirn, und sein Blick flackerte ein wenig.

»Wirklich, Lasse.«

»Hab ich zu viel Platz gebraucht?«

Ohne eine Antwort abzuwarten, drehte sich Lasse von ihr weg und fing an, den Tisch abzuräumen.

Die Wut schoss wie ein Geysir in ihr hoch, und sie kreischte: »Halt die Schnauze!«

Schluckte und schluckte und schrie: »Halt die Schnauze, du träger, halbimpotenter Scheißkerl!«

Und noch ehe Lasse etwas erwidern konnte, rannte sie weinend ins Badezimmer.

Jetzt stand sie vor dem Badezimmerspiegel und sah den Mund an, der nicht hatte schlucken können, diesen fröhlichen und lustvollen Mund, der offenbar plötzlich von einem Aspekt der Geschichte so ergriffen worden war, dass er sich in einen anderen verwandelt hatte. Sie füllte den Zahnputzbecher mit Wasser und trank, schluckte sorgfältig, sah, wic sich ihr Kehlkopf unter der dünnen, rotfleckigen Haut des Halses hob und senkte. Jetzt im Nachhinein war die Erleichterung größer als die Panik, und sie setzte sich aufs Klo und atmete und trank und pinkelte und weinte ein wenig. Dann wusch sie sich die Schminke ab, löste das Haar und ging raus, um sich ihrem Lassemann zu stellen und der bösartigen Gleichgültigkeit, hinter der er mit Sicherheit seine Verbitterung verbergen würde.

Doch sie hatte sich getäuscht. Er war reuevoll, entschuldigte sich unnötig oft, umarmte sie, als hätte sie Verbrennungen am Körper, küsste sie leicht auf den Kopf und sagte: »Wir streichen einen Teil, oder? Radieren was aus.«

Sie nickte in seinen Brustkorb hinein.

»Ich weiß nicht, was ...«

Kicki machte einen Schritt zurück.

»... in dich gefahren ist«, sagte sie und lächelte zu ihm

hoch. »Du bist es doch gar nicht gewesen, der gemein war, Lasse. Ich war es doch. Du würdest ja nicht mal wissen, wie man das macht.«

Er lachte durch die Nase und strich sich mit den Handflächen über die Oberschenkel. Sie streckte die Hand zu seinem Gesicht und berührte vorsichtig die Narben unter seinen Augen. Er schloss die Augen und flüsterte: »Sie fehlen mir, Kicki. Ich glaube, das ist das Problem.«

»Wie das?«

»Ja … es … sollen wir uns nicht setzen …?«

»Wenn du willst.«

»Ja. Doch. Wie spät ist es eigentlich?«

»Verdammt! Gleich schon halb zehn. Verdammt noch mal.«

Sie warfen sich ans Fenster. Kicki stieß dabei einen Stuhl um, als sie sich an ihm vorbeidrängte und sich über das Fensterbrett beugte.

»Sie sind noch da, Lasse.«

»Aah!«

»Sie sind noch da.«

»Ja, sie sind noch da, Kicki.«

Der Park wie eine niedrige, schwarze und drohende Wolke. Auf einer Bank, ein Stück den schwach erleuchteten Weg hinauf, zur Hälfte hinter einer großen Pappel verborgen, saßen zwei kleine Mädchen dicht beieinander, jedes ein Buch auf dem Schoß. Sie schrieben beide fieberhaft, und wie meistens war das Mädchen mit den blonden Zöpfen zuerst fertig und saß dann nur da und spielte mit den dunklen Locken seiner Freundin, während es wartete. Als beide fertig waren, tauschten sie die Bücher, lasen, was die jeweils andere geschrieben hatte, kicherten sich an und schrieben dann weiter in dem Buch, das sie eben entgegengenommen hatten.

Schon an ihrem zweiten Tag in der neuen Wohnung hatte Kicki die beiden entdeckt und war fasziniert von ihnen, hatte ihre Beziehung schlichtweg ergreifend gefunden, machte sich aber gleichzeitig Sorgen, was zwei Mädchen in einem dunklen Park alles passieren könnte. Sie war am Fenster stehen geblieben, hatte Wache gehalten, völlig aus der Zeit gerissen und zugleich wütend auf die Eltern, die sich nicht besser darum kümmerten, was ihre Kinder so machten. Nachdem sich das Ganze ein paar Abende lang wiederholt hatte, hatte sie es Lasse gezeigt, und zu ihrem großen Erstaunen hatte er nicht nur gleichgültig mit den Achseln gezuckt, sondern war ebenso beunruhigt gewesen wie sie und vielleicht noch mehr ergriffen vom Anblick der beiden Mädchen da unten auf der Bank. Mit zitternder Stimme hatte er ihre Hand genommen. Seither hatten sie gemeinsam über das Paar gewacht, ohne bisher der Versuchung nachzugeben, gemeinsam deren Lebensgeschichten zusammenzufantasieren oder sich eines Feldstechers zu bedienen. Aber Namen hatten sie bekommen: Die Blonde hieß Liv und die Dunkle Signe. Ihre Mädchen. Ihre pünktlichen und heimlichen Mädchen.

Kicki saß halb in der Fensternische und spürte, wie sich Lasse hinter ihr auftürmte. Sie lehnte Schulter und Kopf an ihn.

»Sie sind zu dünn angezogen.«

»Finde ich auch.«

Die beiden Mädchen waren zur Abwechslung einmal gleichzeitig fertig und tauschten mit erstauntem Lächeln die Bücher aus.

»Sie hätten bleiben sollen, Kicki.«

»Du warst es aber doch leid, der Riese mit den Tätowierungen unter den Augen zu sein.«

Seine Stimme war noch heiserer als gewöhnlich, wie ein rhythmisches Flüstern über ihrem Kopf.

»Aber es ist, als hätte ich eine wichtige Sache aus meinem Leben ausradiert, als würde ich versuchen, eine Wahrheit über mich und auch über dich rundheraus zu leugnen. Es fühlt sich an wie eine Amputation.«

»Aber nach deinem Wehrdienst wollten wir doch etwas Neues machen, Lasse. Das hatten wir vereinbart. Wir wollten weiterkommen. Einen neuen Weg finden. Andere Wohnung. Anderer Job. Unnötige Sachen … wegschaffen.«

Signe zeigte auf etwas in ihrem Buch, und Liv nickte energisch und flüsterte dann lange in Signes Ohr, sodass ihr Gesicht ganz in deren Haarmähne verschwand.

Kicki hatte das Gefühl, als würde sich etwas – war es nicht so? – in den Büschen bewegen.

»Lasse …«

»Also, meine Meinung ist, Kicki, und das hast du ja auch schon so gesagt, dass eine schwierige Liebe interessanter und haltbarer ist als eine reine Liebe, Probleme zu meistern macht einen stärker, und so weiter und so fort … Ich glaube daran. Du hast bestimmt recht. Wie immer. Nach einem geheilten Beinbruch ist der Knochen härter. Gelbe Zähne sind widerstandsfähiger als weiße. Wenn es stimmt. Was ich sagen will, ist, dass mich dieser kosmetische Eingriff banal macht, Kicki, und er macht uns zu Lügnern und … verdammt! Wir werden dadurch richtig kitschig!«

Signe legte eine Gedankenpause ein, lutschte am Stift und drehte den Kopf, als hätte sie hinter sich etwas gehört. Da draußen ging ziemlich viel Wind. Vielleicht war es schwer auszumachen, welches Rascheln woher rührte. Jetzt schrieben wieder beide, so konzentriert, so vertieft und zerbrechlich.

»Außerdem habe ich überlegt, dass es ihr Sinn war zu bleiben, denn warum hätten sie sonst so perfekt symmetrisch sein sollen? Drei Bögen unter dem einen Auge, vier unter dem anderen, im selben Abstand, wie weit entfernte Vögel auf einem Gemälde, wie du gesagt hast. Sie waren schön, Kicki, und vielleicht waren sie als ein – wie sagt man doch gleich? – Memento für mich gedacht und ganz und gar nicht als etwas, worüber du dich schämen solltest.«

Kicki hörte, wie unerwartet sanft sie klang, als sie antwortete: »Aber, Liebling, jetzt sind sie doch weg.«

»Ja …«

»Was sollen wir tun?«

Jetzt bewegte es sich wieder hinter der Bank, als würde jemand einen Ast wegbiegen. Sollten die beiden nicht langsam mal nach Hause gehen?

»Keine Ahnung, aber ich will, dass du dir wieder die Nägel lang wachsen lässt. So wie früher. Das hast du schon lange nicht mehr gemacht.«

»Seit damals nicht mehr.«

Sah er denn nicht, dass sich da hinten was bewegte?

»Lange Nägel, Kicki.«

Seine Stimme wurde immer heiserer, bald würde sie nur noch heißer Atem sein.

»Willst du neue Zeichen haben?«

Er zögerte mit der Antwort.

»Vielleicht … jaa.«

»Auf dieselbe Weise?«

»Ja, nur … also, wie ein Ritual sozusagen.«

Liv war jetzt zumindest schon mal fertig. Signe schrieb immer noch. Liv sagte etwas. Signe nickte.

Kicki schüttelte den Kopf.

»Kurios, Lasse. Findest du nicht? Ist es nicht ein wenig krank, pervers, den schlimmsten Moment in einer Beziehung noch einmal erleben zu wollen, anstatt …«

Jetzt war auch Signe mit dem Schreiben fertig. Sie tauschten die Bücher aus, und wie immer lasen sie das Letzte, was sie geschrieben hatten, nicht, sondern standen rasch auf und gingen weg. Arm in Arm. Kicki verlor sie aus dem Blick, als sie über die Straße und um die Ecke gingen.

»Doch. Das ist es wahrscheinlich.«

»… die glücklichen feiern zu wollen.«

»Genau!«

Sie drehte sich um und beugte sich rücklings zum Fenster, um ihm ins Gesicht sehen zu können. Da glitzerte etwas Trauriges und etwas Trotziges in seinem Blick.

»Ich begreife nicht, was in dich gefahren ist, Lasse, du wirst immer mehr …«

»… immer mehr so wie du.«

»Ja.«

Das sagte Kicki mit Nachdruck und lächelte breit, während sie dachte, dass das wirklich stimmte und dass sie sich nichts Schrecklicheres vorstellen konnte. Hauptsächlich, um zu vermeiden, dass ihr Lächeln direkt vor seinen Augen erstarb, drehte sie wieder den Kopf, und da saß plötzlich eine Gestalt, ein Mann, ein junger Mann auf der Bank, der rauchte, ohne Kopfbedeckung, zusammengekauert, die Beine ragten wie abgebrochene Strohhalme aus der plustrigen Daunenjacke. Hatte er sich da hinten versteckt? War er ein junger Stalker? Einer, der auf den richtigen Augenblick wartete? Einer, der seinen eigenen Trieb nicht verstehen konnte, sein Bedürfnis, wehzutun, zu verletzen, zu schänden. Der dasaß und versuchte, seinen pochenden Ständer wegzurauchen, während die noch übrig gebliebene Wärme von den Hintern und den Oberschenkeln der Mädchen in seine hochstrahlte. Im Kopf des Jungen vermischten sich Bilder von zu Tode erschrockenen Mädchengesichtern mit nackten kleinen Körpern, alle gleichermaßen erregend. Natürlich war es nur eine Frage der Zeit, wann er zu Werke schreiten würde. Wie würde er vorgehen? Welche von den beiden würde er auswählen? Wie würde er sie trennen? Kicki wusste mehr als andere, wie brutal und rücksichtslos junge Männer sein konnten, ohne gleich das Vollbild eines Psychopathen abzugeben. Sollte sie sich nicht anziehen und runtergehen und mit dem Halbwüchsigen da mal ernsthaft reden?

Lasse räusperte sich.

»Siehst du nicht, Kicki, wie sehr er Liv ähnelt? Das muss ihr Bruder sein. Gosh, der wird sauer sein, weil er andauernd auf seine umtriebige kleine Schwester aufpassen muss. Scheißstinkig wird der sein. Auf die verdammte Mutter, die ihn dazu zwingt. Oder nein, er ist von selbst darauf gekommen. Und seine eigene Sorge hasst er genauso, wie ihm seine verwöhnte Schwester auf den Zeiger geht.«

»Glaubst du das, Lasse?«

Als sie keine Antwort bekam, drehte sie sich um und sah Lasse an, der lächelte und sagte: »Bin ich jetzt blöde?«

»Nein, aber …«

»Hab keine Ahnung?«

»Du bist nur, wie du bist, Lasse.«

»Und wie ist das?«

»Es ist gut, dass du so bist, wie du bist. Genau richtig.«

»Die sind einander doch wirklich … brutal ähnlich!«

»Weiß nicht.«

»Vielleicht sollten wir uns noch ein paar mehr Patenkinder zulegen.«

»Vielleicht.«

»Drei. Dann haben wir genau hundert.«

»Schaffen wir denn noch mehr Briefe?«

»Ich schaffe das. Alle Zeit der Welt. Mann, sieht das gut aus, wenn einer raucht. Sag mal, sollen wir uns nicht mal drinnen hinsetzen? Sollen wir nicht was trinken? Ich will nicht nüchtern werden, und du? Wir können einen GT trinken, haben wir schon lange nicht mehr gehabt. Ich mach uns einen.«

Lasse strich ihr über den Hintern und schlenderte weg, aus der Küche hinaus, auf das Katastrophengelände, das vielleicht eines Tages einmal ein Wohnzimmer werden würde, zu dem neu gekauften Barschrank aus irgendeiner vom Aussterben bedrohten Holzart mit Intarsien, die, als seien sie eine Grabinschrift, ausgerechnet Bäume darstellten.

Sie lehnte die Stirn an die Fensterscheibe.

Der Junge auf der Bank wackelte mit dem einen Bein und blies Rauch aus. Nun drehte er ganz plötzlich eine Handfläche hoch und drückte heftig und ohne zu zögern seine Zigarette darauf aus. Dann packte er das Handgelenk mit festem Griff, und sein Kopf zitterte, als er das Kinn auf die Brust drückte, und Kicki spürte richtig, wie das wehtat. Erst keuchte sie und fuhr mit der Hand zum Mund, doch dann lächelte sie und flüsterte, sodass es einen Hauchfleck auf der Scheibe gab: »Genau!«

Als sie das Fenster trocken gewischt hatte, war der Junge weg.

Sie saßen auf dem Sofa, einer galaktischen Angelegenheit in Dunkelgrau, die in dem weitläufigen Raum gestrandet war, wo entlang der nackten Wände nicht ausgepackte Kartons, nicht ausgepackte Tüten und noch mehr nicht ausgepackte Kartons aufgereiht standen. Sie tranken und hörten eine Platte an, die Kicki als Geschenk gekauft hatte. Die Sitzfläche des Sofas war so tief, dass, wenn sie mit dem Rücken an der Lehne saß, nur mehr ihre Füße über den Sitz hinausragten. Sie hasste es, es war so gierig und so … eingebildet! Als hätte es noch nicht kapiert, dass es nur ein Scheißsofa war. Kicki nahm einen Schluck und genoss so sehr, schlucken zu können, dass sie versehentlich ein wenig auf das Polster verschüttete. Lasse merkte es nicht, er saß mit halb geschlossenen Augen da und sah aus, als hätte er eine Haarsträhne im Mund – wie immer, wenn er konzentriert zuhörte. Kicki verschüttete noch etwas mehr und rieb es mit dem Oberschenkel in den Stoff. Die Unruhe fing an, in ihr zu jucken. Sie stieß Lasse an: »Ich konnte wirklich nicht schlucken, Lasse.«

Hörte, wie sie selbst lallte. Als sie keine Antwort bekam, stieß sie ihn erneut an.

»Du glaubst mir nicht.«

»Doch, natürlich tue ich das. Ich glaube dir.«

Aber er sah sie dabei nicht an, und er lallte auch ein wenig.

»Sure.«

»Doch! Ich schwör's!«

»Es war … grässlich.«

»Kann ich mir vorstellen … war es etwas, was Papa erzählt hat?«

»Ja.«

»Er tut dir nicht gut, Kicki.«

»Was? Was sagst du da?«

Jetzt sah er sie an. Nahm einen Schluck aus dem Glas.

»Es ist immer irgendwas mit dir, wenn du mit ihm geredet hast.«

»Ist das so?«

»Das weißt du doch selbst.«

Seufzend legte er den Kopf nach hinten und ließ die Augenlider sinken. Fertig geredet. Fine. Aber konnte er nicht wenigstens eine Hand ausstrecken und sie etwas berühren? Oder viel berühren? Sie sah zur Treppe, die sich in die obere Etage wand, drehte das Gesicht hoch und maß den Abstand zu dem brückenartigen Absatz, auf den die Treppe mündete. Die niedrigen Pfosten des Geländers zwischen ausgestreckten Drahtseilen – wie hoch mochte das sein? Drei? Nein, höchstens zweieinhalb. Lasses Augen waren jetzt ganz geschlossen, aber er wiegte den Kopf im Takt der Musik hin und her. Vorsichtig stand sie auf und schlich zur Treppe, stolperte ein paar Schritte hinauf, doch das Geräusch fiel mitten in einen Paukenschlag, deshalb hörte Lasse nichts. Erst als sie mit dem einen Bein auf der falschen Seite des Geländers stand, öffnete er die Augen und schrie: »Verdammt!«

Und: »Zum Teufel! Was machst du denn da?«

Und: »Kicki! Lass das!«

Und das dreimal. Dann: »Spinnst du?«

Sie balancierte jetzt mit einem Drahtseil als Halt in der Kniebeuge, lächelte ihn an und rief: »Jetzt komm ich zu dir, Lasse.«

»Nein!«

»Geronimo!«

Sie sprang, und im selben Moment unternahm er einen Versuch aufzustehen. Der Luftzug hob ihr das Kleid übers Gesicht, sodass sie nicht sehen konnte, wie sie landete. Als sie in das Sofa krachte, war es, als würde ihr Skelett ein wenig später als der restliche Körper landen, und es fiel wie ein kleines Nachbeben in sie hinein. Dann lag sie ausgebreitet auf dem Sofa und sah zu Lasse hoch, der mit offenem Mund und weit aufgerissenen Augen dastand.

»Du Idiotin! Bist du noch ganz dicht?«

Kurz darauf begann er zu lachen.

»Alles okay?«

Sie merkte, wie ihr Mund sich mit Blut füllte. Wahrscheinlich hatte sie sich die Lippe am Knie aufgeschlagen oder sich auf die Zunge gebissen oder so. Es tat nicht weh. Noch nicht.

Kicki schluckte und lächelte, konnte aber nicht verhindern, dass das Blut hervorblubberte, als sie antwortete: »Ja, schon.«

Dann lag sie mit hochgerutschtem Kleid auf dem jetzt mit Blut besudelten neuen Sofa, während Lasse ihr den Mund mit einem feuchten Tuch wischte und bekümmert aussah. Die Wunde war tief. Sie hatte sich so gestoßen, dass ein Zahn sich fast durch die ganze Unterlippe gebohrt hatte. Lasse führte ihre Hand zu dem Lappen und erhob sich.

»Ich erkundige mich mal, ob das genäht werden muss. Ich rufe Papa an.«

Sie schüttelte den Kopf.

»Doch, das muss sein.«

»Aber der geht doch nicht ran. Nicht heute Abend. Du weißt doch …«

Es brannte, wenn sie redete.

Lasse sah sie an, sein Blick konzentrierte sich auf ihren entblößten Schoß, und er ließ ein kurzes Lachen hören.

»Du solltest dich sehen.«

Sie legte die eine Hand darauf, riss die Augen auf und schürzte die Lippen. Das tat weh.

»Mit mir ist es nicht langweilig.«

»Nein, mit dir ist es nicht langweilig.«

Jetzt telefonierte Lasse, wahrscheinlich mit irgendwelchen Ambulanzen. Die Musik war zu laut, als dass sie hören konnte, was er sagte, aber inzwischen zog sich das Gespräch besorgniserregend lang hin. Die Wunde hatte fast aufgehört zu bluten, und sie lag da und zupfte an der Unterlippe, die geschwollen und gleichzeitig betäubt und empfindlich war. Lasse würde sich ein paar Tage nicht mit ihr zeigen können, ganz klar, denn wer würde schon gern von seinen Mitmenschen als einer betrachtet werden, der seine Ehefrau misshandelte? Früher hätte sie ihn bestimmt gezwungen, mit ihr durch die Stadt zu gehen, und hätte dann ein kleines Spiel daraus gemacht, hätte ihren Spaß daran gehabt, aber heute nicht mehr. Nein, heute nicht mehr.

Er kehrte zurück und setzte sich zu ihr, zog das Kleid herunter und strich ihr über das Haar. In dem Moment, als Lasse sich räusperte, war auch die Platte zu Ende. Es wurde fast unangenehm still, als gäbe es nur noch Atemzüge.

»Papa glaubt nicht, dass du genäht werden musst.«

»Papa? Olov?«

»Er meint, wir müssen nicht ins Krankenhaus fahren.«

»Ist er rangegangen?«

»An das andere Telefon.«

»Welches andere Telefon? Gibt es …«

»Ja!«

»… ein anderes?«

»Das alte Telefon, die alte Nummer, die ich immer anrufen durfte, als ich klein war.«

»Das hast du nie …«

»Der Gluckenpapa sollte immer erreichbar sein. Ich habe dir doch erzählt, wie viel Sorgen er sich ständig wegen allem gemacht hat, er hatte ja sogar Angst, mich mit seiner Ängstlichkeit anzustecken. Wenn er operierte, musste eine Schwester das Telefon bewachen. Er lässt grüßen.«

»Danke.«

Sie setzte sich auf und ließ die Haare übers Gesicht fallen. Lasse sollte nicht sehen, wie verletzt sie war. Wie verdammt ungerecht behandelt sie sich fühlte. Dass Lasse ihr die andere Nummer nicht gegeben hatte, konnte sie ja verstehen, aber dass Olov … in all den Jahren nie etwas gesagt hat … was glaubte der eigentlich, wer er war? Was sollte sie dazu sagen? Sie trank das Glas leer. Es war lauwarm. Es brannte. Sie sagte: »Ich will nicht länger in dieser … Wohnung wohnen, Lasse. Ich hasse sie. Ich kann nicht in so einem … Das ist echt zu viel.«

Sie fuchtelte mit den Händen vor dem Gesicht herum. Lasse legte die Hand auf ihren Rücken.

»Kicki.«

»Ja.«

»Ich habe die Webstühle verkauft.«

»Was? An wen?«

»An die Japaner.«

»Wie viel?«

»Abartig viel. Wir sind reich, Kicki.«

»Das waren wir doch schon immer.«

»Aber nicht steinreich. Nicht so unglaublich lächerlich reich … Wir können wohnen, wo und wie wir wollen, Liebling. In einem Palast, verdammt. Baby-Madame auf einem Herrensitz.«

»Baby-Madame?«

»Ja.«

»Das ist lange her.«

»Ja, das ist es wohl.«

Sie schwiegen. Kicki saß vorgebeugt da, den Kopf in die Hände gestützt. Es war unmöglich, nicht mehr daran zu denken, dass es eine exklusive Telefonnummer für Vater und Sohn gab. Hätte es nicht eher eine für den Vater und sie geben müssen?

»Ich will wohnen wie normale Leute. Nicht in einer Ausstellung. Nicht auf einem Messestand für Großkotzigkeit.«

Lasse stand auf, und während er zum Badezimmer ging, sagte er: »Verdammte Scheiße, wir sind doch gerade erst eingezogen!«

Er machte die Tür hinter sich zu, was ganz unüblich war. Sie zuckte zusammen, als die Klobrille mit einem Krach aufgeklappt wurde, sie hörte ihn da drinnen pinkeln und murmeln. Sie brach in Tränen aus. Schluchzte: »Er ist ja wohl auch mein Papa!«

Den größten Teil des Satzes beim Einatmen.

EROTIKON

»Du hast gute Laune, obwohl du gerade mit den Inventarlisten beschäftigt bist, die dir normalerweise einfach nur ein verdammtes Rätsel sind, aber vielleicht bist du etwas auf der Spur, das erklären könnte, wie zwölfhundert Paar Jeans verschwunden sind. Du hast das Telefon ausgesteckt, um ungestört arbeiten zu können. Pfeifend und summend bahnst du dir einen Weg durch Blätter und Symbole und bist viel zu sehr mit deinen Ermittlungen beschäftigt, um zu hören, dass jemand an deine Tür klopft, und das ist auch nicht verwunderlich, denn es ist ein sehr vorsichtiges Klopfen, fast zögerlich, als hätte die Person auf der anderen Seite der Tür es sich währenddessen anders überlegt. Weißt du, als wäre sie auf andere Gedanken gekommen oder plötzlich von Schüchternheit überwältigt worden.«

»Kicki, du weißt, dass ich gleich gehen muss, oder?«

»Ich weiß.«

»Nicht, weil ich will. Ich muss.«

»Ich weiß.«

»Gut. Möchtest du noch Wein?«

»Danke. Aber diese – einen Schluck noch –, diese Person schafft es dann doch, ihre Unsicherheit zu bezwingen, und klopft erneut. Jetzt etwas kräftiger. Vielleicht etwas zu kräftig, denn das Klopfen klingt akut, als wäre eine Situation entstanden, die deine unmittelbare Aufmerksamkeit erfordert. Das hat diese Person nicht beabsichtigt, auch wenn sie in gewisser Weise natürlich genau das herausgefordert hat. Du rufst: ›Herein! Hereinspaziert!‹ Mit gerolltem R, aber du wendest den Blick nicht von deinen Papieren, denn du hast Angst, die Witterung des verschwundenen Postens wieder zu verlieren. Diese Person betritt dein Büro, das groß und kalt und ungeputzt ist. Zigarettenkippen auf dem Fußboden und überall aufgerissene Kartons mit portugiesischem Text darauf, eine kleine Küche mit Kochplatte und einem Spülbecken voll Kaffeebecher. Mitten im Zimmer steht ein großer Schreibtisch, und der ist völlig leer, weil alles Papier auf einem großen Haufen auf dem einzigen vorhandenen Stuhl gelandet ist. Diese Person, die jetzt hereinkommt, weißt du, wer das ist? Nein, das weißt du nicht.«

»Nein.«

»Jetzt nicht lachen. Diese Person bin ich. Wir kennen uns nicht, und trotzdem bin ich es, die in dein schreckliches Büro kommt. Ich bin jünger. Ob du jünger bist oder genauso alt wie jetzt, ist unerheblich. Das kannst du selbst entscheiden. Ich trage ein kornblumenblaues ärmelloses Kleid, das halb lang, seidig und eng anliegend ist. Die Haare sind hochgesteckt, und an den Füßen habe ich Motorradstiefel. Du siehst auf und bist sehr überrascht, richtig verblüfft bist du, du meinst fast, eine Halluzination zu haben, denn … denn: Ist das nicht diese verdammt rattige Bedienung, die dich zum Stammkunden in einem Lokal gemacht hat, in das du eigentlich nicht richtig passt? Die dich stottern lässt, wenn du bestellen willst, die dich großkotzig viel Trinkgeld geben lässt und die du tatsächlich – auch wenn du auf raffinierte Weise lange gefoltert werden müsstest, damit du dir das eingestehen kannst – eine Nacht lang, nach zu vielen Drinks, verfolgt hast, um zu sehen, wo die Person wohnt?«

»Würde ich nie tun.«

»Aha.«

»Kicki, ich muss weg. Wie spät ist es? Ich darf dieses Treffen nicht versäumen. Worauf willst du hinaus? Habe ich irgendwas getan?«

»Es ist noch nicht so spät. Nun stehst du also da, halb vorgebeugt, mit dem Zeigefinger als Marke auf der Stelle, wo du aufgehört hast zu lesen, und du siehst mich mit offenem Mund und blinzelnden Lidern an. Ich lächle, ohne die Lippen zu öffnen, und streiche mir eine Haarsträhne aus dem Gesicht, sodass du einen Blick auf meine Achselhöhle werfen kannst. ›Hallo! Entschuldigung. Hallo‹, sagst du und richtest dich auf und lachst ein wenig nervös. Ich lächle noch etwas breiter, aber immer noch, ohne die Lippen zu öffnen. Ich bin auch nervös. Ich bereue langsam, meinem Impuls hierherzukommen, nachgegeben zu haben. Du siehst mein Zögern, vielleicht ist mein Blick unstet, oder vielleicht ist es auch das Lächeln, das zuckt, oder etwas an meiner Haltung, und plötzlich hast du es ganz eilig zu verhindern, dass ich fliehe. Du fängst an, von angenehmen Überraschungen zu reden, und fragst, ob ich einen Kaffee möchte und ob es in deinem Zimmer wohl sehr muffig riecht, ob du ein Fenster aufmachen sollst, dass ich die Unordnung entschuldigen soll, und die Begrüßung, aber du erstickst gerade in einer Menge idiotischer Papiere, Probleme mit Lieferungen und … Du plapperst, ich nicke. Du willst schnell die Papierstapel vom Stuhl nehmen, damit ich irgendwo sitzen kann. Ich halte dich davon ab. Ich mache ein paar Schritte auf dich zu und lege eine Hand auf deinen Arm. Ich sage, dass das nicht nötig ist. Ich stehe ganz nah. Du hörst meine Stimme. Du verspürst meinen Duft. Und ich deinen. Ich setze mich auf den Schreibtisch und kann mich vor Lachen kaum halten, als ich sehe, wie wenig deine Ratlosigkeit zu dem langen und intensiven Blick passt, mit dem du mich bedenkst. Du lachst auch und lässt den Haufen Papier wieder auf den Stuhl fallen. Ich fühle mich gar nicht mehr unsicher. Ich fühle mich sicher und unternehmungslustig und schön. Du lächelst und schüttelst den Kopf, doch du siehst mich die ganze Zeit an, und deine grauen Augen haben ihr Ziel verloren und sind ein wenig dunkler geworden. Ich sage, dass ich nicht stören will, und bitte dich, deine Arbeit, mit der du gerade beschäftigt bist, abzuschließen. Ich bitte dich um eine Zigarette. Und ich sage, dass ich dich später gern etwas fragen möchte.«

»Du hast doch nie geraucht.«

»Es ist einfach nett, wenn ich dasitze und rauche, während du so tust, als würdest du weiterarbeiten.«

»Sag, was du willst. Ich schaffe es nicht mehr. Du hast die ganze Zeit gewusst, dass ich heute Abend mal kurz weg muss.«

»Warte noch ein bisschen. Ich bin gleich so weit.«

»Kannst du mir das nicht fertig erzählen, wenn ich nach Hause komme?«

»Du schiebst ein wenig mit deinen Dokumenten herum, aber es ist offensichtlich, dass du zerstreut und unkonzentriert bist. So viele Gedanken in deinem Kopf. Aber du hältst durch, fast die ganze Zigarette lang, dann sagst du ›Sojetzt!‹ mit rauer Stimme. Du räusperst dich und stellst dich vor mich hin. ›Frag mich etwas‹, sagst du und lachst, um diese Gefühle des Flehens abzuschütteln, die sich bei dir eingeschlichen haben und die sich nicht auf deinem Gesicht zeigen sollen. Ich sage nichts. Ich fühle mich auf eine gute Weise schwer. Ich sitze so bequem hier auf deinem harten Schreibtisch. Du starrst auf meinen Mund, und ich begreife, dass der offen steht. Ich strecke das Bein zu dir hin, und du packst den Stiefel und ziehst ihn vorsichtig von meinem Fuß. ›Keine Strümpfe?‹, fragst du, und ich schüttle den Kopf. Du hältst meinen Fuß in deinen Händen und siehst ihn an. Du führst ihn zum Mund, und ich muss mich mit den Händen hinter dem Rücken abstützen, um nicht hintenüberzufallen. Er riecht nach Leder und etwas nach Seife, und du küsst ihn mit geschlossenen Augen.«

»In dem Fall bin ich jung. Wenn das heute wäre, dann hätte ich dir in die Augen geschaut. Wir sind beide jung. Du machst auch die Augen zu.«

»Nein. Aber du bist jung, und du küsst meinen Fuß, mehrmals, an verschiedenen Stellen … du küsst die Innenseite meiner Wade. Du schielst mit aufgeblähter Nase zu meinem Gesicht herauf. Du küsst meine Kniekehle. Du zitterst ein wenig. Du bist so groß und so gefangen. Du küsst die Innenseite meines Oberschenkels. Ich zucke zusammen, ich ziehe mein Bein weg. Du richtest dich auf und siehst mich mit einem Gesicht an, das freundlich fragend wirken soll, eine gewisse Aggressivität jedoch nicht verbergen kann. Ich lache und sage, dass du stoppelig bist. ›Du pikst‹, sage ich. Da lachst du auch, fährst dir mit der Hand über das Gesicht, und deine Augen sind schmal und glitzern und sehen ein wenig gefährlich aus. Ohne etwas zu sagen gehst du zur Ecke mit der kleinen Küche. Du seifst dein Gesicht ein und rasierst dich sorgfältig. Ich schaue zu. Du rasierst dich so gelassen und sicher, dass es mir vorkommt, als hättest du vielleicht schon …«

»Doch nicht *so* jung.«

»Du stehst mit dem Rücken zu mir und drehst dich hin und wieder um, als wolltest du dich vergewissern, dass ich noch da bin. Das bin ich. Ich könnte mich nicht vom Fleck rühren, selbst wenn ich es wollte. Ich sitze auf deinem Schreibtisch, ein Bein untergeschlagen, und es ist, als würde sich eine schwere und ölige Kugel in meinem Unterleib langsam nach unten drehen und mich auf deinen Schreibtisch drücken. Ich lege den Kopf auf die Schulter und sehe, wie du die Rasur abschließt, indem du dein Gesicht abwäschst und mit einem nagelneuen T-Shirt, das du aus einem Karton nimmst, abtrocknest. Du wirfst es von dir weg und gehst mit einem Lächeln auf mich zu. Als du dich vor mich hinstellst, lächelst du immer noch, aber dein Blick ist ernst, ja, fast traurig – zumindest dunkel. Du schaust auf meine Brustwarzen. Wir beide atmen sehr schwer, du und ich.«

»Ich ziehe dir den anderen Stiefel aus.«

»Auf keinen Fall. Du nimmst erneut meinen nackten Fuß in deine Hand und führst ihn zum Mund. Ich sehe, dass du am Ohr und am Hals noch Seife hast, und ziehe den Fuß lächelnd zurück. Jetzt schaust du mich fast anklagend an, aber das ändert sich sofort wieder, als ich mich vorbeuge und mit dem Zeigefinger ein wenig Seife wegwische und dir zeige. Du lächelst und zuckst mit den Schultern. Ich ziehe meine Unterhose aus und trockne dir damit sorgfältig das Gesicht ab. Du schwankst ein wenig. Dein Blick verliert an Schärfe. ›Danke‹, sagst du. ›Gern geschehen‹, erwidere ich, lehne mich zurück und strecke meinen Fuß auf dein Gesicht zu – nein, jetzt musst du gehen, Lasse.«

»Was?«

»Es ist schon spät, du bist knapp dran. Du musst dich beeilen.«

»Ich scheiße auf die verdammte Besprechung.«

»Du scheißt darauf? Das geht aber nicht. Das ist doch schließlich so ein ganz besonders wichtiger Mann.«

»Ist mir scheißegal!«

»Und so beschäftigt, dass du sehr dankbar sein musst, wenn er eine ganz ungewöhnliche Ausnahme macht und sich aus der schönen Einsamkeit des Hotelzimmers davonstiehlt und sich die Zeit nimmt, dich an einem Samstagabend zu treffen.«

»Ich verstehe. Jetzt verstehe ich. Du bist …«

»Es geht um viel Geld, Lasse. Er kann deinen Umsatz um verblüffende Prozentpunkte steigern.«

»Sei jetzt still, Kicki. Hör zu! Jetzt … jetzt ziehe ich dir den anderen Stiefel aus.«

»Nein, Lasse. Das ist das Letzte, was du mir ausziehst, und das dauert noch. Das dauert sehr lange. Nicht wahr, mein Lieber?«

»Ja, das stimmt. Ich küsse deinen Fuß. Ich küsse deine Wade. Ich küsse die Kniekehle und schiebe das Kleid hoch.«

»Geh jetzt, Lasse.«

»Soll ich nicht den Hörer neben das Telefon legen?«

»Geh jetzt, Lasse!«

»Warum machst du das, Kicki?«

»Warum soll ich allein vor Verlangen vergehen? Warum soll immer nur ich diejenige sein, die vor Verlangen vergeht?«

LASSEMANN

Lasse betrachtete sich selbst als einen im Grunde genommen fröhlichen Menschen, auch wenn er einsah, dass er ein wenig zu ernst war, um als jovial gelten zu können. Die kleinen blauen Bögen unter seinen Augen trugen natürlich dazu bei, dass er von einigen Menschen mit einer gewissen Reserviertheit oder Skepsis behandelt wurde, doch meist konnte man die Tätowierungen mit einem Witz oder einem selbstironischen Kommentar überdecken. Er hatte nichts dagegen, als gutmütig bezeichnet zu werden, wirklich nicht, auch wenn bei dieser Charakterisierung meist ein leichter Sarkasmus mitschwang. Die Problematisierungen der Existenz, in die nicht zuletzt Kicki sich stürzte und von denen er früher fasziniert, geblendet und verschluckt worden war, hatten für ihn mehr und mehr ihr Charisma verloren. Er wollte nicht als gleichgültig dastehen, aber man musste doch keine Schwierigkeiten schaffen und sich in sie hineinleben, ehe sie überhaupt da waren – dies war seine feste Überzeugung. Tatsache war, dass er mit dem Glück, das ihm, wie man wohl doch sagen musste, sowohl in der Liebe wie auch in den Geschäften widerfahren war, irgendwie nicht das Recht hatte, herumzugehen und zu jammern. Und außerdem lag ihm Schwermut auch so gar nicht – nicht einmal eine, wie er fand, für andere durchaus kleidsame Melancholie wäre für ihn passend gewesen. Gleichbleibend gute Laune war zwar nicht so interessant wie Launenhaftigkeit, doch zum Teufel, eine gewisse Beständigkeit hatte doch schließlich auch ihre Vorteile. Gegen Nachdenklichkeit hatte er nichts einzuwenden, manchmal bezeichneten ihn die Leute als nachdenklich oder gedankenversunken, vielleicht weil sein Mienenspiel nicht gerade das abwechslungsreichste der Welt war, aber er wollte mit seinem Lächeln nicht geizen, er konnte die Dinge ja durchaus aus einem humoristischen Winkel betrachten, wenn auch nicht auf eine feixende Weise, aber sein Lächeln und das Lachen sollten all jene einfangen, die dafür anfällig waren. Sanftmütig und herzlich … scheißegal, ob das nach dem Großvater klang, der er nie werden würde.

Mit der Zeit hatte er eingesehen, dass es viele Menschen gab, die anders waren, Leute, die sich der Geplagten annahmen, um Elend in Lebensfreude umwandeln zu können, Menschen, die vom Negativen genährt wurden und aus Missgelauntheit Grundnahrungsmittel machten, sie mit Neid abschmeckten und mit Misstrauen würzten. So einer war er nicht. So wollte er nicht sein. So einer war er nicht.

Die Lippen bewegten sich unbewusst, als er mit gerunzelter Stirn und langsamen Schritten durch den braunen Schneematsch auf dem Odenplan platschte. Vielleicht war er nicht der Flotteste, wenn es darum ging, Probleme zu lösen, und natürlich musste er zugeben, dass es Gelegenheiten gegeben hatte, bei denen er Probleme ignoriert hatte oder vor ihnen geflohen war, aber das waren Ausnahmen … also, seine, äh, Migrationen waren wirklich etwas anderes, das waren archäologische Ausgrabungen seiner selbst, sie waren sein einziges Mittel gegen tödliches Heimweh nach dem Fremden, und sie waren in seine Persönlichkeit geschrieben wie ein unbestreitbares Bedürfnis, keine Neigung, sich selbst vom Gleis zu nehmen, sich selbst ins Exil zu versetzen, ehe unbegreifliche und rücksichtslose Mechanismen ihm das antaten. Oder wie sollte man sonst sagen … die Nomaden ziehen weiter, wenn die Behausung heruntergekommen ist.

Ferner wäre es natürlich sowohl unwürdig als auch heuchlerisch, unter den Tisch zu kehren, dass seine stabile Seelenlage manchmal durch schwer kontrollierbare Wutanfälle aus dem Gleichgewicht gebracht wurde, aber damit verhielt es sich mehr wie mit epileptischen Anfällen, sie waren, wie Kicki gesagt hätte, Anomalien seiner beständigen Freundlichkeit. Und in der letzten Zeit hatte er nicht ins befreundete Ausland fliehen müssen, um sie auszuleben, den letzten Attacken hatte er sich tatsächlich zu Hause stellen können, hier, und auch wenn das bedeutet hatte, dass er sich selbst wehtun musste, was vielleicht auch nicht wirklich gesund war, dann war das doch ohne Frage ein Fortschritt. Das musste man zugeben.

Wenn es also nun so war, wie Lasse selbst meinte, dass er als Mann der Mittenimlebengeneration ein gewisses inneres Gleichgewicht erlangt hatte, sich mithilfe von allerlei Kompromissen zu manchen Wahrheiten über sich selbst durchgerungen hatte, einen meist fruchtbaren Gesprächston zwischen seinen verschiedenen Identitäten gefunden und sich mit der schwer erträglichen Tatsache abgefunden hatte, dass die verdammte Welt viel zu oft kompliziert, schwer zu meistern, uneinheitlich, zweideutig oder ganz einfach höllisch unverständlich war, aber … *aber* dass es im Ausgleich dazu eine gute Portion Lust und Genuss und Wärme und Liebe zu erobern gab. Und wenn es nun so war, warum war er dann jetzt so furchtbar bedrückt wegen eines gewöhnlichen, kleinen, banalen zweiten Gesundheitschecks, dass er allen Ernstes einen Umweg genommen hatte, um am Reisebüro vorbeizukommen und zu sehen, ob es nicht weit weg einen Ort gab, an dem er sich verstecken könnte? Wie unglaublich erbärmlich. So hasenfüßig und rückgratlos und … orientierungslos. Weswegen machte er sich denn Sorgen? Mit ihm war alles in Ordnung. Es ging ihm schließlich gut. Es ging ihm schließlich gut, verdammt! Okay, er hatte ein wenig Angst vor Ärzten, aber das war doch nur zu begreiflich, wenn man an all die Ärztepartys dachte, zu denen sein Vater ihn mitgenommen hatte, weil man Babysittern ja nicht vertrauen konnte, und wie er auf diesen zügellosen Orgien hatte mit ansehen müssen, wie besonders bescheuert und schweinisch es wurde, wenn intelligente Menschen beschlossen, alle Zurückhaltung fahren zu lassen. Die Schlauen waren besser darin, dumm zu sein, als die Dummen selbst, unvergleichlich viel besser. Wie Kicki. Und er hatte in irgendeinem Zimmer gesessen und mit Büromaterial, auf dem die Logos unterschiedlicher Medikamentenhersteller aufgedruckt waren, gespielt und sich fast ebenso für die grölenden und aus dem Ruder gelaufenen Erwachsenen geschämt, wie er sich für seinen Vater geschämt hatte, der nüchtern und mit eingefrorenem Lächeln auf den Lippen umherging und trocken wohlerzogen war und alle mit unerwünschter Anständigkeit anödete. Älter, obwohl er das gar nicht war. Lasse hatte bemerkt, dass nicht nur er einen Seufzer der Erleichterung tat, wenn der stellvertretende Herbergsvater Lasse als Entschuldigung heranzog, um als Erster nach Hause gehen zu können. Aber wenn er krank wurde, dann durfte ihn natürlich niemand anderes untersuchen als Papa selbst, den Kollegen traute er nicht über den Weg, vor allem nicht, wenn es sich um Frauen handelte. Es war eine etwas peinliche Tatsache, dass er sich noch bis weit ins Erwachsenenalter hinein an Papa gewandt hatte, sowie irgendetwas mit ihm war, er hatte ihn sogar einmal gezwungen, nach St. Anton zu fliegen und dabeizusitzen, als der widerliche österreichische Arzt seinen gesplitterten Fußknöchel zusammenschrauben sollte, und, ja, hatte seinen eigenen widerstrebenden Papa dazu gebracht, eine Prostatauntersuchung bei ihm vorzunehmen, als er vielleicht fünfundzwanzig war, auf der Seite liegend, mit angezogenen Beinen in seinem alten Bett im Jungenzimmer, und der Vater, der den größten Teil seines Arbeitslebens darauf verwandt hatte, den Leuten tief in die Augen zu sehen, jetzt wie ein Priester im Gottesdienst auf den Knien, mit zwei eingeschmierten Fingern in der Luft, neben sich auf dem Fußboden das Buch und ein nach Hause geschmuggeltes Rektoskop.

Jetzt stand er jedenfalls vor dem Reisebüro und betrachtete ein Plakat, das einen palmenbedeckten Berghang in der Morgendämmerung zeigte. Wie schön. Wenn man ein Hotelzimmer mit dieser Aussicht hatte, dann musste man einige Wochen gar nicht rausgehen. Wenn einem nicht danach war.

Er schob die Hände tiefer in die Jackentaschen und schauderte. Wenn er den Fokus nur ein wenig veränderte, dann konnte er sich selbst im Schaufenster sehen, sein heute ungewöhnlich bleiches und poröses Gesicht, seine zerzauste Gestalt. Machte er ein paar Schritte auf die Seite, dann konnte er sich selbst doppelt in ein anderes Plakat kopieren. Er sah sich selbst als glücklicher Vater und glücklicher Sohn in einem Pool, und wie erwartet war das Ergebnis richtig fies. Er musste sich an der Scheibe abstützen und schloss die Augen.

Amen, jetzt reiß dich zusammen, Lasse, hör auf, die Sache rauszuzögern, Doktor Lindberger wirkte doch so ganz nett. Es ist nur ein Kontrollbesuch, keine Blutabnahme, kein kaltes Stethoskop, keine Fragen zu Sachen, die nicht anders als mit lauwarmen Halbwahrheiten oder umschweifigen Ausführungen beantwortet werden konnten, die doch niemanden überzeugten, am allerwenigsten einen windhundgleichen Doktor Lindberger mit hellblauen Augen hinter dicken Brillengläsern und blondem Haar, das so dünn war, dass der kleinste Luftzug es vom Kopf schweben ließ. Auf jeden Fall war es schön, ganz wahrheitsgetreu sagen zu können, dass er seit sechs Jahren nicht mehr rauchte und dass die Heiserkeit andere Ursachen hatte, er hatte nicht erwähnt, welche, war einfach nicht aufgelegt gewesen zu erzählen, wie es sich anfühlte, unter einer Lawine begraben zu sein.

Aber das war es ja gerade. Dass es sich um einen Kontrollbesuch handelte. Wenn die Testergebnisse mit ihren entlarvenden und unverblümten Wahrheiten eintrafen. Wenn man einfach nur noch den Rücken krumm machen und die Klappe halten konnte. In finsterer Solidarität mit dem Überbringer der Botschaft nicken und auf einen kleinen Windhauch für einen winzig kleinen comic relief hoffen konnte.

Und wie konnte er so sicher sein, dass die Ergebnisse so niederdrückend und die Folgen so quälerisch sein würden? Auch das sah ihm gar nicht ähnlich. Es war doch eher Kicki diejenige, die sich eine herannahende Katastrophe vorstellte und sich dann freute … oder vielleicht tröstete, wenn sie nicht eintraf. Aber bei ihm war es doch immer anders. Sein tief verankerter Glaube an ein wohlwollendes Schicksal veranlasste Kicki regelmäßig dazu, ihn anzusehen, als hätte er wirklich nicht alle beisammen.

Die Tür zum Reisebüro ging auf, und ein Mädchen, das halb so auszusehen versuchte wie Baby Spice, schob ihren Oberkörper halb heraus und schaute ihn misstrauisch an. Wie lange hatte sie schon hinter ihrem Schreibtisch gesessen und den langen Laban beobachtet, der da draußen rumlungerte? Lasse richtete sich auf, drehte ihr den Rücken zu, merkte, dass er hätte lächeln müssen oder so, drehte sich deshalb wieder um, erkannte aber gleich, dass es zu spät war, egal, was er jetzt machte, war er doch schon als Freigänger definiert. Was war das hier eigentlich für ein Scheißtag? Lasse stieg den Karlbergsväg hoch, sah zur Kirchturmuhr und stellte fest, dass er, beeilte er sich nicht, zu spät kam. Er ging etwas schneller, drei Blocks in raschem Tempo müsste doch wohl möglich sein, ohne dieses Ziehen in der Brust zu bekommen. Es schien, als würden alle, die ihm begegneten, ausweichen, um so viel Raum wie möglich zwischen ihm und sich selbst zu haben. Kein guter Tag. Kein guter Tag für einen Mann, der ein vertrauliches und ungezwungenes Verhältnis zum Rest der Welt wünschte.

Als Lasse aus der Sprechstunde kam, stieg er die Treppen langsam hinunter und fühlte sich kurzatmiger denn je. Gedankenverloren wischte er sich die Stirn mit dem Rezept, das Doktor Lindberger ihm ausgestellt hatte. Er blieb stehen und sagte geradeheraus: »Nein! Denn ich will reich werden und Spaß haben!«, und ging dann weiter.

Herzkammerflimmern, Gefäßspasmen, unbedingt notwendig, den Lebensstil zu ändern … weniger Arbeit, weniger Stress, weniger Essen, weniger Alkohol, weniger Stillsitzen, kurz gesagt: weniger von allem, was er mochte. Er fluchte, setzte die Absätze fest auf die Treppenstufen auf und ging schneller, stolperte und fiel fast vornüber. Er riss die Tür auf und lief wie gejagt die Västmannagata entlang, bis er fand, was er suchte. Erleichtert betrat er das erstbeste leere Lokal und bestellte, noch ehe er an der Bar angekommen war, mit lauter Stimme ein großes Glas Roten.

Er ließ sich auf einen Barhocker sinken und wischte sich wieder mit dem Rezept die Stirn, ehe er es zusammenknüllte und auf den Boden fallen ließ.

Trank das ganze Glas in einem Zug leer und bestellte hustend ein neues.

Ging, während er auf das zweite Glas wartete, zu einer Frau mit rotem Haar und weißem Gesicht, die rauchte, und bat, ihr eine Zigarette abkaufen zu dürfen.

Bekam zwei und musste nicht bezahlen.

Rauchte die Zigaretten, während er das zweite Glas leerte und bestellte sich dann ein drittes, eine große Schale Chips und ein Päckchen Camel ohne Filter.

Pflückte das Rezept vom Fußboden und stopfte es in die Jackentasche.

Dachte an Kicki und wie es ihr beim Einführungskurs in Söderköping mit den anderen Helikopterpiloten wohl erging. Eine Menge kleinwüchsiger Männer mit kleinen Händen und kleinen Füßen, aber höllischem Koordinationsvermögen.

Trank einen Schluck Wein und fand, dass der fade schmeckte, und bestellte ein Bier und einen Gammel Dansk, um den Rachen zu putzen.

Trank.

Ging pinkeln und setzte sich anschließend auf die Klobrille und versuchte zu onanieren.

Schloss die Augen und dachte an, ja, an Kicki, und das war doch lächerlich, da hatte man die Gelegenheit, sich jede unerreichbare Torte der Welt vorzustellen, und dann wählte man seine eigene Frau. Aber, verdammt noch mal, das machte er doch immer … oder meistens.

Kriegte ihn zur Hälfte hoch, gab dann aber auf, als Kicki ihn durch die Finger einer winzig kleinen Hand, die nicht ihr gehörte, nur streng und vorwurfsvoll anschaute.

Machte die Augen auf und las auf der Tür: »Negerfotze schickt SOS vom Finngrund«, die Fortsetzung war weggekratzt.

Wurde fast wahnsinnig, weil er nicht erfahren würde, worin der Notruf bestand.

Roch an seinen Händen.

Ging und setzte sich wieder auf seinen Platz an der Bar, zündete sich eine Zigarette an und bestellte Kaffee und den teuersten Cognac und sah besorgt zu, als der Typ an der Bar Schwierigkeiten hatte, die Banderole am Flaschenhals aufzuschneiden, und war etwas gekränkt, als sein Angebot, ihm zu helfen, zurückgewiesen wurde.

Ging wieder zur Toilette und wusch sich die Hände und achtete sorgfältig darauf, sich nicht im Spiegel anzuschauen.

Zündete sich eine neue Zigarette an der alten an und erledigte den Cognac in zwei entschlossenen Zügen.

Erwischte den Barkeeper dabei, dass er auf seine Augen starrte, oder, um genau zu sein, direkt darunter.

Lächelte ihn an und sagte »Das hätte ins Auge gehen können!« mit so lauter Stimme, dass er über sich selbst lachen musste.

Sagte: »Gib mir einen Gin Tonic.«

Sagte: »Halt mal, ich sage dir was … ach nee, vergiss es.«

Erinnerte sich an die Abschiedsworte von Doktor Lindberger, als sie einander die Hand gegeben hatten: »Entschuldigen Sie, wenn ich frage, aber Sie haben einen ungewöhnlichen Nachnamen, und deshalb habe ich mich gefragt, ob Sie möglicherweise verwandt sind mit Professor …«

Erinnerte sich, wie er ihn unterbrochen hatte: »Ja, das ist mein Vater.«

Wie der Doktor völlig aus dem Häuschen geraten war und sich an Sachen erinnerte und gar nicht oft genug beteuern konnte, was für ein wunderbarer Lehrer und Wissenschaftler sein Vater sei.

Lächelnd gesagt: »Sie sind nicht in seine Fußstapfen getreten?«, und sich dann so eilig hingesetzt hatte, dass die Haare einen Augenblick lang zu Berge standen, doch da war das schon nicht mehr lustig gewesen.

Nur den Kopf geschüttelt.

Zu spät draufgekommen, was er eigentlich hätte antworten sollen.

Wie immer.

Verdammte Scheiße.

Die Tür ging auf, und eine junge Frau kam ein paar Schritte herein und sah sich um, als würde sie jemanden suchen. Lasse bemerkte, dass sie Jeans seiner Marke trug, und versuchte, sie zu sich zu winken, um … um irgendwas, aber sie machte nur eine abwehrende Geste und verschwand wieder nach draußen. So kann es gehen. Manche haben es zu eilig, lassen das Leben nicht an sich herankommen und verpassen deshalb … Jeans gratis für den Rest ihres Lebens. Hübsch war sie auch. Sie hätte sich zu ihm setzen sollen, und dann hätten sie geredet und es auf einmal verdammt nett gehabt und wären unbewusst näher aneinander rangerückt, und nach einem Lachen hätte es eine Pause gegeben, in der sie einander in die Augen geschaut hätten, und er hätte sich abgewandt, und sie hätte ihm eine Hand auf den Oberschenkel gelegt und gefragt, was denn los sei, und er hätte nichts geantwortet, aber nach einer Weile doch hinzugefügt, dass er sie so gern küssen würde, und sie hätte ein wenig gekichert und sich vorgebeugt und die Lippen gespitzt, und er hätte sich rübergelehnt und ihr ins Ohr geflüstert, nicht hier, und sie hätte gekeucht … und verdammt, was hätte er gemacht, wenn sie die Einladung ernst genommen hätte, das Angebot angenommen und gesagt hätte, erst zahlen wir, dann gehen wir? Was hätte er dann gemacht? Herz und Gefäßverengungen vorgeschoben? Warum nicht? Das war doch die Wahrheit. Es war die Wahrheit! Vielleicht hätte er wieder anfangen können zu flirten. Ein Spielchen spielen und einen Ausweg haben, der weder eine hervorgestotterte Lüge war noch die aufrichtige Wahrheit, die die Verschmähte ausnahmslos beteuern ließ, wie schön, dass es Männer gab, die ihren Frauen treu waren, und wie glücklich seine Frau doch sein musste mit einem Typen wie ihm – ohne jede Enttäuschung beteuerte sie das, aber doch mit einem ätzenden Unterton der Verachtung, der noch lange, lange nach dem Abschied weiterklingelte. Der Schamtinnitus. Hat eine lange Halbwertszeit, sag ich dir.

Gab es in ihm ein ererbtes Gen, das entschied, dass es in seinem Leben nur eine Frau geben sollte? Waren er und sein Vater gleich? Er hatte sich keine neue Frau gesucht, nachdem … Mutter, nachdem die, die seine Mutter gewesen war … verschwunden war. Aber warum musste er alle Fotos von ihr verbrennen? Schwäne … welche Tiere gab es noch, die eine lebenslange Partnerschaft pflegten? Adler? Kicki wüsste das jetzt. Zwergschimpansen. Nein, jetzt war er wirklich gemein. Aber es war ein schönes Gefühl, sich an Gelegenheiten zu erinnern, bei denen sie ein … ein richtig schlechter Mensch gewesen war, das durfte man doch mal sagen. Wie zu Anfang ihrer Beziehung, als sie ihn auf die Partys ihrer intellektuellen Freunde mitgenommen hatte, die schlau, gebildet und belesen waren und ihn anschauten, als sei er ein hochkopierter Gartenzwerg oder so, und Kicki hatte ihn einfach ignoriert und sich von einem zum nächsten treiben lassen und hatte mit allen geredet und gelacht. Abendessen mit ekligen Gemüsegratins oder Linseneintöpfen, bei denen er sich manchmal tatsächlich ein Herz gefasst und den Mund geöffnet hatte und dann nur ein etwas peinlich berührtes Räuspern oder Summen zur Antwort erhalten hatte, als Geräuschkulisse für Kickis herablassendes Lächeln. Aber wenn sie das Wort ergriff, dann verstummten alle und hingen an ihren Lippen, denn, genau genommen, war sie der Star, schließlich war ihr Aufsatz über dieses russische Ikonenmosaik sowohl in einer deutschen als auch in einer französischen Kunstzeitschrift veröffentlicht worden. An einige ihrer Äußerungen erinnerte er sich noch heute. Den genauen Wortlaut. Kicki, die sagte: »Ein Staat, oder, besser gesagt, eine Herrschaftsordnung, die ihre Bürger nicht länger schützen will, hat ihr Recht verwirkt, Einfluss auszuüben, und muss deshalb ignoriert werden.«

Und all die hochmütigen Menschen in scheißhässlicher Kleidung nickten und sagten »Genau« und nickten und sagten »Genau«. Und Kicki sagte: »Obwohl … na ja, dann wird die ganze Novelle ja nur zu einer psychologischen

Anekdote, und … und ich für meinen Teil ziehe es doch vor, sie als eine … eine Sage mit religiösen Vorzeichen zu sehen, fast so wie eine Ekphrasis über eine Ikone.« Nicken und zustimmendes Brummen auf ganzer Linie. Wenn sie ihren großzügigen Tag hatte, dann sagte sie: »Auf seiner jüngsten Geschäftsreise nach Budapest hat Lasse etwas Interessantes erlebt, was hast du noch gleich gesagt, Lasse? Also, du warst gerade aus dem Badehaus gekommen …«, und so weiter. Und *dann* durfte er in Kickis Geschichte Dinge einflechten, die sein Eigen waren, und wurde eingeladen, noch ein wenig dabei zu sein. Doch bald war alles wieder wie zuvor, die meisten der Freunde sahen ihn an, als würden sie ihn gern fragen, wie es sich anfühlte, der lebendige Beweis dafür zu sein, dass Größe und Intelligenz im umgekehrten Verhältnis zueinander standen. Wenn sie erzählte, dass es Lasse war, der dafür sorgte, dass eine Menge Oststaatler in Jeans herumliefen, die amerikanischer waren als die, welche die Amerikaner selbst trugen, dann war das ein beredtes und urkomisches Beispiel für irgendwas mit scheißviel Buchstaben. Wenn er dieselbe Sache erzählte, dann war das nur ein spießiges Kuriosum aus der Krämerwelt. Als sie später Theaterproduzentin wurde und sich der Bekanntenkreis veränderte, wurde es besser, und zwar nicht, weil die Schauspieler weniger anstrengend gewesen wären, sondern weil die auf eine lustige Art schnodderig sein konnten.

Er konnte immer noch den kompletten Text von Bill Withers' *Use Me Up* auswendig.

Und Kicki, die sagte: »In deinem Zustand hätte es jede sein können!«

Aber als sie das sagte, waren sie allein. Er hatte ihr die Geschichte erzählt, wie er sich in sie verliebt hatte. Der Kommentar war mit Abstand das Verletzendste, was jemals irgendjemand zu ihm gesagt hatte. Er hatte recht daran getan, abzuhauen. Dieses Mal bereute er es nicht. Er hatte keine andere Wahl gehabt. Auch wenn es zu seinem ersten Konkurs geführt hatte. Malaga war heilsam gewesen. Osterprozessionen mit der traurigsten Musik, die er je gehört hatte. Kicki, die ihn, als er zurückkam, mehr zu lieben schien. Ihn mehr zu lieben schien als er sie. Zum ersten Mal.

Verdammt, wie gut er sich erinnerte. Und Kicki, die kreischte, die ihm direkt ins Gesicht brüllte: »Die ficken nicht mich, Lasse, die werden weggefickt, es gibt nur einen, der mich ficken darf, und das bist du!«

Aber das war erst kürzlich. So vor einem Jahr ungefähr.

Welche Tiere paarten sich noch auf der Flucht?

Er zündete eine Zigarette an, nippte am Schnaps und brachte es fertig, eine neue anzuzünden, ehe er entdeckte, dass die erste noch im Aschenbecher lag und vor sich hin kokelte. Er bestellte mehr Chips. Verdammt, wie lächerlich das hier war. Na klar, das war es. Er lachte auf und blinzelte dem Barkeeper zu, als dieser die Schale vor ihn hinstellte. Plötzlich fühlte er sich warm und seltsam erleichtert, als hätte er die Antwort auf eine wichtige Frage erhalten, auch wenn er sich gerade weder an die Frage noch an die Antwort erinnern konnte. Und lagen nicht Erleichterung und Glück sehr dicht beieinander? Wie Geschwister. Oder Zwillinge. Siamesische. Gemeinsamer Blutkreislauf. Geteilte Organe. Man muss eine rauchen. Man zündet sich eine Zigarette an. Man genießt. Man verspürt Erleichterung darüber, dass es Zigaretten gibt. Man wird glücklich.

Lasse hinterließ einen Fünfhunderter, einen Haufen Münzen, einen halb getrunkenen Gin Tonic und einen überquellenden Aschenbecher, als er das Lokal verließ. Weil es sich herausgestellt hatte, dass alle fünf Leute, die sich noch im Lokal befanden, nette Menschen waren, hätte er gern jeden Einzelnen von ihnen umarmt, doch er begnügte sich damit, auf dem Weg zur Tür die Arme auszubreiten und ein spaßiges »Tschüss, Kinder!« zu rufen. Draußen auf der Straße angekommen, rutschte er aus und wäre fast hingefallen, konnte sich aber mit Unterstützung der Hauswand davor bewahren. Auch wenn es ein graudiesiger Tag war, mit einem Licht, das alle Konturen verwischte, war ihm doch klar, dass es ihm nicht deshalb schwerfiel, den Blick fest auf etwas zu richten. An solch einem Nachmittag war es wohl eher nicht angesagt, ins Büro zu gehen. Die mussten ohne ihn zurechtkommen, da freuten die sich doch bloß – nee … nee, er war ein anständiger Chef. Er war ziemlich beliebt.

Er bohrte den Blick in ein Hinweisschild, und als die Buchstaben sich einigermaßen sortiert hatten, fing er an, nordwärts zu gehen. Die Hauswände schienen sich ein wenig nach innen zu neigen, und es war, als würde man in einem Tunnel laufen. Immer noch kein Licht am Ende, aber das würde sicher bald kommen. Soweit er es beurteilen konnte, pochte das Herz mit loyalen Schlägen, und er atmete ohne Anstrengung. Vielleicht war das Ganze eine Geschäftsidee … natürlich war es das, erst wird man in zwei Phasen zu Boden geworfen, und beim dritten Besuch erfährt man, dass alles viel besser aussieht, und überglücklich über diese Nachricht ist man dann gern bereit, so oft zu kommen, wie der Doktor es für nötig hält, und danach gibt es nur noch positive Nachrichten auf ganzer Linie, und plötzlich sehnt man sich richtig danach, zum Doktor gehen zu dürfen und gesagt zu kriegen, wie unglaublich viel besser alles ist, jetzt, da man die verschiedenen Anordnungen des Doktors befolgt, obwohl man damit vielleicht erst so circa eine Woche vor dem Besuch angefangen hat, und man schmilzt fast dahin, wenn der Doktor sagt, wie brav man war, dass man Lust kriegt, richtig Trinkgeld draufzulegen, wenn man seine Rechnungen bezahlt. Verdammt …

Lasse wurde etwas kurzatmig und verlangsamte seinen üblichen Trott in eine noch gemäßigtere Gangart. Kein Mensch zu sehen, nur Autos, die dastanden und versuchten, persönlich auszusehen. Er blieb stehen und zündete sich eine Zigarette an. Er könnte einen Spaziergang durch den Hagapark machen, einen verdammt langen Spaziergang, um diesen elenden Herzkranzgefäßen mal klarzumachen, dass sie nicht beim kleinsten Mist gleich Theater machen müssen. Jawoll!

Er spuckte ein paar Tabakkrümel aus und lockerte die Schultern.

Aber erst an einem Alkladen vorbeigehen.

Nein, warum sollte er? Er war doch schon betrunkener, als er es seit Jahren gewesen war. Aber es fühlte sich richtig an. Jetzt war mal Schluss mit dem Salontrinken, das dazu führte, dass er alle Tage auf einer kleinen Alkwelle surfte, die nie abbrach. Dann lieber hin und sich mal wieder richtig besaufen. Das Hirn wegsaufen. Er war so ein Manschettenknopfheini und Geschäftsessenverdrücker geworden. Fehlte bloß noch, dass er anfing, Sachen zu sagen wie: »Weißt du, ich interessiere mich gar nicht in erster Linie für Geld«, wenn es auch in seinem Fall – im Unterschied zu den Leuten, die das immer sagten – wirklich stimmte. Er musste wieder mehr rock-'n'-roll werden. Sich mehr damit beschäftigen, geboren zu werden, als sich darauf zu konzentrieren, sich sterbeklar zu machen. Die Tyrannei der Routine musste gestürzt werden! Etwas unternehmen. Wie Kicki. Aber ohne jedes zweite Jahr den Job wechseln zu müssen.

Lasse kam an einem Laden vorbei, wo er zwei Bier, ein Päckchen Zigaretten und ein Feuerzeug kaufte. Die Kassiererin legte ohne zu fragen von sich aus ein Päckchen Kaugummi dazu. Es fühlte sich jung an, eine Tüte mit ein paar Bier zu tragen. Das war wie eine Verbindung zu früher, ein Vorstoß zur Wiedereroberung des alten Lasse. Das fühlte sich richtig an. Das Schlimmste an einer Diagnose, in der von Herzproblemen die Rede war, war nicht die Angst vor operativen Eingriffen oder das erhöhte Risiko eines Herzinfarkts oder eines plötzlichen tödlichen Zusammenbruchs, nein, es war, dass dies ein dead giveaway dafür war, dass man alt geworden war. Das Startsignal, jetzt mal langsam über Gott und Rückzugsorte in der Sonne nachzudenken, sich allmählich für

Kreuzworträtsel zu interessieren, Biografien zu lesen und sich jedes Mal nach dem Pinkeln den Pimmel abzuputzen und die tapfere kleine Vorsteherdrüse anzuflehen, allen Widrigkeiten zum Trotz die Stellung zu halten. Es gab kluge Menschen, die behaupteten, dass es der Kontakt zur Endlichkeit des Daseins sei, der einem Menschen Tiefe verleihen würde. Was auch immer man damit anfangen sollte. Sich selbst durch Einsichten lähmen?

Er musste es zugeben. Er hatte mehr Angst vorm Altwerden als vorm Sterben.

Nun war er hungrig und hatte schon nasse Füße, als er am Stallmästaregård vorbeikam, doch er schaute mit der wiedergefundenen Haltung des unbeirrbaren Radikalen zu den späten Mittagsgästen hinein und schlenderte weiter. An den Ufern des Mälaren lag Eis, und vom Wasser her wehte der Wind kalt. Lasse schauderte, und er schob die Hände tiefer in die Jackentaschen und ließ die Tüte mit jedem zweiten Schritt an den Oberschenkel klatschen, um einen Takt zu finden, der ein wenig Swing hatte. Er dachte an verschiedene Songs, denen er den Schritt anpassen könne, und fand schon selbst, dass es von gewissem Galgenhumor zeugte, als ihm *Don't break my heart* von Vaya Con Dios einfiel, aber verdammt, der Song hatte wenigstens das richtige Tempo. Die Leute, denen er begegnete und die ihn überholten, warfen ihm verstockte und misstrauische Blicke von der Seite zu. Er gab sich Mühe, so verbindlich zu wirken, wie er nur konnte, aber es schien dennoch etwas Suspektes an ihm zu sein. Darüber musste er sich hinwegsetzen. Etwas zu groß, etwas zu lange Haare, ein wenig zu schräg. Es war ja auch nicht leicht zu erkennen, dass er ein erfolgreicher und bekannter Firmeninhaber in der Textilbranche war. Wenn man etwas genauer hinschaute und ein wenig von Kleiderlabels verstand, dann musste einem doch aufgehen, dass er nicht war, was er zu sein schien. Doch dazu hatte niemand Zeit, alle schienen es so entsetzlich eilig zu haben … etwas hinter sich zu bringen!

Lasse blieb stehen und zündete sich eine Zigarette an, sah über die Bucht hinaus, die leichte Brise, die tanzend die übellaunige graue Fläche aufriss. Plötzlich richtete er sich gerade auf, als hätte ihm jemand einen Finger in die Seite gepikst. Sollte er nicht … war das nicht eine klasse Idee? Sollte er nicht mal einen Haken an die Sache machen und ein Musikstudio aufbauen? Ja! Natürlich. Ein großes und feines und topmodernes Studio, wohin Bands und Künstler aus der ganzen Welt kommen konnten, ihre Platten aufnehmen – und es würde auch satt Zeit für vielversprechende und unbekannte Interpreten geben, sie würden subventioniert werden oder ganz einfach auf Kredit da sein, und das Studio würde das Risiko übernehmen, wenn sie es wagten, die Sache auf gut Glück zu machen, und wenn sich dann später rausstellte, dass keine Plattenfirma interessiert war, dann wäre es der Verlust des Studios und nicht der der Band oder des Künstlers. Verdammt, ja, das sollte er tun!

Lasse sank vom Gewicht seiner Überzeugung ein wenig in sich zusammen, doch dann richtete er sich wieder auf, nahm lächelnd einen Zug von der Zigarette und ging weiter. Verdammt, ja, das sollte er tun!

Er hörte mehrere Dankesreden von großen Galas in aller Welt an, in denen preisgekrönte Künstler *einem* Menschen besonders danken wollten, weil dieser an sie geglaubt und ihnen eine Chance gegeben hatte, als niemand anderer das Talent erkannt hatte, das jetzt für alle offenbar war… Manchmal wurde er gezwungen, auf die Bühne zu kommen und verlegen Umarmungen von Musikern entgegenzunehmen, die ihm nur bis zum Bauchnabel reichten. Und nachdem er eine Reihe von special awards bekommen und mit Neil und Lou und Keith und Chrissy und Joni backstage fraternisiert hatte, musste Lasse dringend pinkeln und bog auf einen kleinen Pfad ab, der sich zur Uferböschung hinunterschlängelte. Hinter einem dicken Baumstamm fand er Windschatten und stützte sich mit dem einen Arm gegen den Baum, während er die Plastiktüte abstellte und seufzend den Druck rausnahm. Guter Strahl, gute Farbe. Nach zwei heftigen Kälteschauern kriegte er mit einigen Schwierigkeiten den Reißverschluss wieder hoch und wanderte weiter. Ein Schwarm Vögel – Dohlen, Krähen, Möwen – hob sich von einem Steg, als Lasse sich näherte, und als er am Steg angekommen war, sah er, was sie angelockt hatte. Erst dachte er, es sei eine Katze oder vielleicht ein kleiner Hund, erkannte aber bald, dass es sich um ein Schwanenjunges handelte, das in der Eisdecke festgefroren war, und was er zunächst für einen Schwanz gehalten hatte, war der lange Hals, den der Wind über das Eis hin und her rutschen ließ, wobei der Kopf über die Unebenheiten im Eis holperte. Daunen und Federkiele waren in eine Schilfpflanze daneben geweht worden, und in der einen

Flanke des jungen Schwans klaffte eine tiefe weinrote Wunde. Lasse wollte den Kopf abwenden und gehen, doch er zwang sich selbst, stehen zu bleiben und zu kontrollieren, ob das Schwanenjunge wirklich tot war. Erst als die erste Dohle wiederkehrte und halb in dem mit braunen Daunen bedeckten Körper verschwand, drehte er sich um und ging weg. Er fror und spürte, wie die Kopfschmerzen den Nacken hochgekrochen kamen. Plötzlich sehnte er sich ganz stark nach Kicki und konnte sich kaum vorstellen, nachher nicht mit ihr reden zu können, sie nachher nicht umarmen zu können, nachher nicht mit ihr einschlafen zu können … Verdammt, das war absolut der falsche Tag, um weg zu sein! Er hatte sie gefragt, warum um Himmels willen sie denn Helikopterpilotin werden wolle, und hatte ihr schiefstes Lächeln geerntet und die Antwort erhalten: »Um in der Luft stehen zu können, Lasse. Ist doch klar, oder?«

Es wurde ihm bewusst, dass er ihr niemals von dem festgefrorenen Schwanenjungen erzählen könnte, das wäre rücksichtslos und im Hinblick darauf, wie ihr Vorstellungsvermögen beschaffen war, geradezu sadistisch. Er sah vor sich, wie er von dem Tier erzählen und wie sie Wie eklig! sagen und sich schütteln würde – wie ein normaler Mensch es täte, wie man es eben tut, aber dann würde eine Stille folgen, und dann würde sie Details hören wollen, und dann würde wieder etwas Zeit vergehen, eine Stunde oder länger, und mit einem Mal würde sie anfangen zu weinen, und er würde fragen, was denn los sei, und dann würde sie sagen, dass sie nicht aufhören könnte, an das arme, festgefrorene Schwanenjunge zu denken, das da lag und vor Schmerzen den Kopf hin und her warf, während die anderen verdammten Vögel es bei lebendigem Leibe auffraßen, noch ein wenig zum Spaß in ihm herumpickten, hin und her trippelten und noch etwas pickten … und es würde kein bisschen helfen, wenn er sagte, dass es ja bereits tot gewesen sei, das würde gar nicht bei ihr ankommen, und es würden noch mehr Sachen hinzugefügt werden, eine übler als die andere, die halb aufgefressenen Eingeweide, die heraushingen, die rosafarbenen Flecken überall auf dem Eis, das Schwanenjunge, das nie-niemals sterben konnte, auch wenn er sie zum Schluss anschrie: Verdammt noch mal, Kicki, hör mal zu! Es. War. Bereits. Tot. Sie würde ihn mitten in der Nacht wecken und nach dem Schwanenpaar fragen, das in hilfloser Verwirrung wegflog und wiederkam, wegflog und wiederkam, und er würde fragen, wovon sie eigentlich redete, und sie würde ihm den Rücken zudrehen und alle unfassbaren Qualen der Schwäne und der Schwanenjungen in Einsamkeit erleiden, unerreichbar für den Trost seiner Zärtlichkeiten.

Jetzt dröhnten die Kopfschmerzen so heftig und schonungslos, dass es ihm vor den Augen flimmerte. Um seine Füße quatschte es geräuschvoll, Fingerspitzen und Zehen begannen taub zu werden, während er sich zitternd und mit gebeugtem Rücken zum Restaurant Koppartälten hinaufarbeitete. Wenn er nicht aufpasste, dann würde dieser Zustand ihn an Dinge, an Episoden aus seiner Kindheit erinnern, die er sich definitiv nicht wieder ins Gedächtnis rufen wollte, denn dann würde es ihm noch schlechter gehen, als das ohnehin der Fall war. Er hatte ein gutes Erinnerungsvermögen, in gewissen Situationen erstaunlich exakt, aber er war inzwischen recht gut darin, schmerzhafte Erinnerungen aus der Jugend zu blockieren – nicht, weil sie unerträglich gewesen wären, so zu kokettieren war nicht seine Art, sondern mehr, weil sie … traurig waren. Und es machte ihn so schrecklich traurig, an sich selbst als ein lebensmüdes Kind zu denken. Traurig und gelähmt. Tatsache war, dass er so erfolgreich im Kampf gegen schlechte Erinnerungen geworden war, dass es ihm gelungen war, manche von ihnen wirklich ganz zu vergessen. Wenn Kicki, die sich nun wirklich an gar nichts erinnerte … oder nicht erinnern wollte, etwas aus seiner Kindheit wusste, das er erzählt hatte, als sie sich gerade kennengelernt hatten, dann konnte er ganz ehrlich und zu ihrem großen Erstaunen sagen, dass er nicht wisse, wovon sie sprach. Aber wenn er wirklich bedrückt war, dann konnten sie angekrochen kommen, die Erinnerungen an Passivität und Tatenlosigkeit, in langer Reihe, wie eine Serie resignierter Seufzer.

Dann wieder war sein Erinnerungsvermögen eine Quelle der Faszination für Kicki. Und eine Methode, mit der er bei ihr ein wenig Eindruck schinden konnte. Zum Beispiel, wenn sie ihm etwas laut vorlas und er am nächsten Tag beim Frühstück ein langes Stück davon auswendig wiedergeben konnte … mal sehen …: »Um die Mitte des Tages aß er von dem gerösteten Fleisch und trank ein paar Mundvoll Wasser. Die Brise – sie war noch immer beständig, westlich, man merkte kaum die Dünung – floss fein und gleichmäßig in das Segel hinein, und das Sonnenzelt, das er über sich ausgespannt hatte, flatterte. Das Floß schaukelte leicht; manchmal schwappte das Wasser mit einem Glucksen über die Stämme und spritzte so, dass die Relingstaue nass wurden. Die sonnenheißen Balken dampften. Er lag halb auf der Ruderbank und sah hinauf zu der Ruderstange und zum Segel: das blähte sich schön, es stand rot und strotzend von Sonnenlicht und Windfreude, es war wie der Bauch eines hoffnungsvollen und satten Mannes; es blähte sich der Zukunft entgegen. Die Schoten hatte er an Klampen an beiden Enden der Sitzbank festgemacht, es knarrte in den Riemen – entlegene Laute aus der Vergangenheit –, es knarrte in der Scharte des Steuerruders. Er duselte ein, erwachte mit einem Ruck, als der Riemen vom Steuerruder um seinen Arm straffer anzog. Er lag lange Stunden im Halbschlaf. Als Helios weiter nach Westen kam, zog er das Sonnenzelt etwas nach achtern herunter. Über ihm kreisten schreiende Möwen, sie sollten ihn ein gutes Stück begleiten auf seinen Wegen zwischen den großen Inseln und den festen Ländern. Am Bug vorbei glitt ein Schwarm Thunfische südwärts; er starrte lange auf das Glitzern.«

Ha!

Er hatte ihr nicht gestanden, dass er denselben Abschnitt zehn Jahre zuvor im Zusammenhang mit einer Schulaufgabe von seinem Vater vorgelesen bekommen hatte. Zum einen war ihm das, ja, unnötig erschienen, und zum anderen war es ein wenig beängstigend gewesen, dass Kicki und sein Vater denselben Textabschnitt mochten. Lasse konnte es nicht leiden, wenn der Zufall falsche Spuren auslegte, um es so wirken zu lassen, als gäbe es hinter allem einen Plan, der alles erklären konnte. Vor dieser Sorte verführerischer Zusammentreffen musste man sich in Acht nehmen.

Lasse blieb stehen und murmelte lächelnd: »Er lag halb auf der Ruderbank und sah hinauf zu der Ruderstange und zum Segel: das blähte sich schön, es stand rot und strotzend von Sonnenlicht und Windfreude, es war wie der Bauch eines hoffnungsvollen und satten Mannes; es blähte sich der Zukunft entgegen.«

Und als er am nächsten Tag im Krankenhaus lag und die Nachwirkungen des Herzinfarktes in dumpfen Schmerzwellen durch seinen ganzen Körper waberten, dachte er, dass er wahrscheinlich, eben weil er so beschäftigt damit gewesen war, nicht an sich selbst als Kind zu denken, auf das Geräusch von lärmenden Kindern zugegangen war, anstatt in einem Haus Zuflucht zu suchen. Es war kein zwangsläufiges Schicksal, das ihn dorthingelockt hatte, keine Berichtigung des Karmas, nein, so war er eben, so waren eben alle Menschen, mehr oder weniger absurd und widersprüchlich und nicht einschätzbar.

Da saß Lasse nun auf einer Bank bei einem Spielplatz und schaute Kindern zu, die spielten. Er zündete sich eine Zigarette an und machte ein Bier auf. Eine Frau, die entweder Erzieherin in einem Kindergarten oder eine Mutter sein konnte, sah zu ihm hin, erwiderte aber seinen Gruß nicht, sondern bemühte sich vielmehr, sein freundliches Nicken und das sanftmütige Lächeln zu ignorieren. Sie wandte ihm den Rücken zu und ging zu zwei anderen Kindergärtnerinnen oder Müttern, die da standen und sich Kaffee eingossen. Lasse war das scheißegal. Es war angenehm, einfach dazusitzen und Kindern zuzuschauen, die herumrannten und voller Leben waren. Und wenn er die Augen schloss und blinzelte, sie schloss und blinzelte, dann war es, als würde er in ein Kaleidoskop schauen, jedes Mal neue Muster und neue Kombinationen, fast als würde man in sich selbst hineinsehen, all die kleinen, losen, gefärbten Glasstückchen, die Scherben, die die Persönlichkeit ausmachten. Er nahm ein paar große Schlucke und einen tiefen Zug. Wie sehr hatten Kicki und er es versucht, aber es schien, als wären ihre Geschlechtszellen von einer unsinnigen Antipathie füreinander besessen. Eine Untersuchung nach der anderen, und sie hatte etwas bekommen, das sie sich in die Nase sprühen sollte, sodass sie Beschwerden wie in den Wechseljahren bekam, mit Hitzewallungen und noch größeren Stimmungsschwankungen und alldem. Dann sollte die Menstruation wieder in Gang gesetzt werden, sie wurde neu als geschlechtliches Wesen geboren, und es musste zu festgelegten Zeit gefickt werden und in scheißanstrengenden Situationen, sodass sie sich schließlich meist schämten, miteinander zu schlafen. Um das Gezwungene bei der ganzen Sache etwas zu überspielen, hatte er sich einmal angeschlichen und sich brüllend auf sie gestürzt, als sie zusammengerollt unter der Decke lag. Sie hatte geschrien: »Jeh! Das Thermometer! Du hast das Thermometer abgebrochen. Glas. Quecksilber. Hilfe!«, und er hatte wahrscheinlich gebrüllt: »Nein!« und »Entschuldige!« und »Das wollte ich nicht, was soll ich jetzt machen?« und wurde mit diesem schiefen Blick angesehen, der ihm sofort klarmachte, dass er wieder mal reingefallen war. Und nach einer Weile, als er sich eingekriegt und sie sich entschuldigt hatte:

»Aber mal im Ernst, Lasse, was glaubst du, was für Folgen das hätte, wenn es wirklich passiert wäre? Analer Galvanismus?« Sie konnte es einfach nicht lassen, seine Kicki. Aber danach war es leichter gewesen mit dem Geschlechtsverkehr auf Befehl.

Direkt bei ihm spielten zwei Mädchen und ein kleiner, knubbeliger Kerl mit runden Brillengläsern, die von den Rändern her ein wenig beschlagen waren. Das Spiel war nicht zu durchschauen, es schien um nichts anderes zu gehen, als sich zu schubsen, erfundene Wörter zu sagen und die Mützen zu verlieren. Lasse sah den runden kleinen Jungen an und war gleich verzaubert. Er konnte den Blick nicht von seinem Gesicht abwenden. Es wirkte so unverstellt glücklich, fast als hätte er heute zum ersten Mal entdeckt, dass es möglich war, aus sich selbst heraus froh zu sein, ohne einfach nur andere nachzuahmen. Jetzt verlor er die Mütze und sammelte sie lachend wieder auf. Als er sie auf den Kopf setzte, drehte er sich herum, spielte den Clown und begegnete dabei Lasses Augen. Die Mütze saß ganz schief und war eingedellt, und als Lasse in das Lachen des Jungen einstimmte, verstummte dieser, sah aber immer noch fröhlich aus. Seine beiden Spielkameradinnen liefen weg. Der Junge hob und senkte den Kopf, um zwischen den beschlagenen Stellen durchsehen zu können, und Lasse winkte ihn zu sich. Ohne zu zögern kam der Kleine und richtete den Blick sofort auf die Stelle unter Lasses Augen. Frech und aufgedreht.

»Schwalben«, sagte Lasse, »die hoch fliegen, weil das Wetter schön ist.«

Der Junge hob den Blick.

»Hast du Halsweh?«

Lasse schüttelte den Kopf und lachte. Drückte die Zigarette aus und klemmte sich die Bierdose zwischen die Knie.

»Wie heißt du?«

»Wie heißt du denn?«

»Lasse.«

»Ich heiße Orvar Jonatan Bastin.«

»Was du nicht sagst!«

»Darf ich mal probieren?«

Lasse schüttelte den Kopf, beugte sich vor, nahm ihm die Mütze ab, schüttelte etwas harschigen Schnee ab und setzte sie ihm wieder richtig auf.

»Soll ich dir die Brille putzen?«

»Nee.«

»Okay.«

Der Junge sah ihn weiterhin mit amüsierter und neugieriger Miene an. Lasse konnte nur lächeln und musste daran denken, wie …

»Möchtest du dann vielleicht ein Kaugummi?«

»Okay.«

Lasse nahm das Päckchen aus der Tüte, machte es auf und hielt es ihm hin, merkte dann aber, dass die Handschuhe von Orvar Jonatan Bastin mit Gummibändern an den Ärmeln vom Overall festgemacht waren. Zitternd vor Kälte zupfte Lasse ein Kaugummi heraus und schaffte es nach zwei Versuchen, ihm das in den Mund zu stecken.

Irgendetwas brannte auf Lasses Stirn. Er sah auf und merkte, dass die beiden Frauen mit den Kaffeebechern in seine Richtung starrten. Die dritte, die seinen Gruß nicht hatte erwidern wollen, war nicht zu sehen. Der Junge sagte: »Darf ich neben dir sitzen?«

»Jonatan!«, rief eine der Frauen und machte ein paar Schritte auf sie zu.

»Ich glaube nicht. Die rufen dich schon.«

»JONATAN!«

»Beeil dich! Hier! Gib den anderen auch was ab.«

Der Junge nahm das Päckchen, fuhr herum und lief hüpfend davon. Lasse füllte seinen Mund mit Bier, lehnte sich zurück und war so gerührt, dass er blinzeln und die Zähne zusammenbeißen musste. Er versuchte wirklich, an etwas anderes zu denken, aber alles, was vor seinem inneren Auge erschien, war ein Medley aus sentimentalen Bildern, auf denen er und Orvar Jonatan … auf denen er und Jonte spielten, aßen, badeten, einander gute Nacht sagten, schweigend nichts taten, Kicki aus dem sorgfältig geplanten Hinterhalt überfielen, Ski fuhren – Jonte mit Geschirr und einem Seil daran und Lasse im Schneepflug hinterher mit dem anderen Ende des Seils, um abbremsen zu können, wenn es zu schnell ging, unbedingt notwendig, denn der Junge hatte anscheinend überhaupt keine Furcht vor Tempo, eine rote Kugel auf der schwarzen Piste, mit Comicfiguren auf dem Helm, stinkig auf den Papa, der hinterherfuhr und alles kaputt machte, sowie es mal anfing, richtig lustig zu werden, und Papa, der besser als jeder andere die Anziehungskraft der Schnelligkeit kannte, der ein wenig Angst hatte, dass der Sohn sich wie der Vater zu Geschwindigkeiten würde verlocken lassen, bei denen andere Dimensionen der Wahrnehmung wirksam waren, und Kicki zu Hause im Hotel, weil sie das Rausfahren verabscheute, oder nicht das Rausfahren selbst, sondern die Lifte und die klobige Ausrüstung und die geschmacklose Kleidung und Coverbands und Brancamenta-Drinks und Hasch und die süße Bergmelancholie, die aber trotzdem auf der Reise in die Berge dabei sein wollte und praktischerweise ihren Job als … als etwas, das so interessant und verschlingend war, dass sie nicht einmal Lust hatte, mit dem gut aussehenden Hotelbesitzer zu flirten, und das trotz seiner aufdringlichen Aufwartung – es war natürlich nicht nur der fordernde Job, sondern auch das starke Familiengefühl, das Orvar Jonatan mit sich brachte und das es völlig undenkbar machte, jemals wieder über die Stränge zu schlagen. Das ging sogar so weit, dass sie sich den alten Herrensitz unten am See angeschaut hatten und …

Lasse musste tiefer geschlafen haben, als er dachte, denn als er spürte, wie ihn jemand an der Schulter packte und schüttelte, und er die Augen aufschlug, wusste er nicht richtig, wo er war. Eine Frauenstimme schräg hinter ihm sagte etwas, das er nicht verstand. Er drehte sich um und stieß eine Art Geräusch aus.

»Ich habe gefragt, was hier los ist.«

Eine süße Blondine in Polizeiuniform, deren barsche Art so gar nicht zu ihrer Erscheinung passte, hielt seine Schulter fest gepackt und schüttelte ihn erneut.

»Haben wir die Stimme verloren?«

Noch ein Polizist, fünf Meter direkt vor ihm. Männlich, ebenfalls jung, unvorschriftsmäßig ohne Kopfbedeckung, breitbeinig, die Hände in die Hüften gestützt. Tutmirleid. Und weit dahinter: die ganze Gruppe, die Kinder mit weit aufgerissenen Augen in einer Traube um die drei Frauen. Jonte nur zur Hälfte zu sehen, er stand hinter einer von ihnen und hatte ihr Bein fest umschlungen, der Mund offen, Angst. Lasse sagte: »Was? Nee.«

Er sah hinter dem Polizistenmädel her, als sie um die Bank herumging und sich vor ihm aufbaute, er folgte ihrem Blick, der über sein Haar strich, das Gesicht, die Hände und etwas zu lange auf seinem Schritt verharrte. Er sah hinunter und entdeckte, dass er die halbe Dose Bier über seinen Schoß ausgeschüttet haben musste, ohne es zu merken, verdammter Mist …

»Können Sie sich ausweisen?«

»Was?«

»Aus-wei-sen!«

»Natürlich. Natürlich. Ist doch klar. Aber … warum muss ich das?«

Der männliche Polizist wechselte von Händen in den Hüften zu verschränkten Armen.

»Hol jetzt mal den Ausweis raus und frag nicht so verdammt *viel*. Verdammt, was bin ich all die *Erklärungen* leid, wir sind *Polizisten*, und das bedeutet, dass wir eine Reihe von *Befugnissen* haben, so zum Beispiel dich zu bitten, dich auszuweisen, ohne dass wir erklären müssen, *warum*. Jetzt raus damit!«

Lasse betrachtete die beiden Polizisten. Sie waren so jung. Vielleicht konnten sie nicht gerade seine Kinder sein, aber doch fast. Die Art und Weise, in der sie Blicke austauschten, beide gleichermaßen bemüht, es vor dem anderen recht zu machen. Das Respekteinflößende wie ein Zahnprovisorium, schon auf die Gemeinheiten der

Menschen losgelassen … warum sahen sie nicht, dass er sie nicht schlimm fand, dass er sie verstand, warum sahen sie nicht, dass sie bei ihm ganz entspannt sein konnten?

Lasse lächelte und zuckte mit den Schultern, er stand halb auf, um die Brieftasche aus der hinteren Hosentasche zu holen und bekam augenblicklich einen derart harten Schubser, dass er zurückknallte und sich das Schulterblatt an der Kante der Rückenlehne stieß. Es tat verteufelt weh. Als sein Kopf nach hinten geschleudert wurde, knackte es im Nacken. Lasse war erstaunt, kalt, stocknüchtern, und die Kopfschmerzen explodierten jetzt und waren schneidend zugleich.

»Was?«, sagte Lasse. »Aber … was machen Sie denn?«

Und am nächsten Tag im Krankenhaus dachte er: Wenn sie sich in dem Augenblick einfach entschuldigt hätte – eigentlich hätte schon ein Huch! oder ein Oje! genügt, wenn sie nur irgendetwas gesagt hätte, dass es nicht beabsichtigt gewesen sei, ihn so hart anzufassen –, er hatte ihr schließlich angesehen, dass sie nicht richtig begriff, was in sie gefahren war, es war doch offenbar, dass sie selbst es unnötig fand, hier … tätlich zu werden. Wenn sie nicht gezwungen gewesen wäre, ihrem Kollegen gegenüber die Fassade aufrechtzuerhalten. Wenn sie sich nicht genötigt gesehen hätte, das Spiel weiterzuspielen. Wenn der andere noch Verstand genug besessen hätte, einzugreifen. Wenn sie begriffen hätten, wie gefährlich es war, zu demütigen. Wenn sie beide nicht schon ihre vorgefasste Meinung darüber gehabt hätten, wer … und *was* er war.

»Du bleibst sitzen!«

Und es war, als würde irgendetwas fehlen: eine Anrede, eine Bezeichnung für ihn, Säufer!, Penner!, Alter Sack! Lasse dachte jetzt zum ersten Mal seit längerer Zeit wieder völlig klar und begriff, dass die Polizisten immer noch nicht wussten, wie sie ihn nennen sollten: Alki, Penner oder … großer Gott, natürlich …! In seinem Magen breitete sich eine Hitze aus, wie eine innere Blutung ohne Schmerzen. Das Gefühl war nur allzu vertraut. Jetzt musste er sich zusammenreißen. Er sah zu der Traube Kinder hinüber, versuchte, sie im Blick zu behalten. Er holte tief Luft und sagte, so ruhig er konnte: »Ich habe die Brieftasche in der Hosentasche.«

»Die wirst du schon im Sitzen rauskriegen, heb einfach den Hintern ein wenig an, halb hoch genügt schon.«

Lasse tat genau, was sie sagte, langsam wie in einem amerikanischen Film, die ganze Zeit mit den Kindern vor Augen, öffnete die Brieftasche, nahm seine Ausweiskarte heraus und gab sie dem Polizistenmädel, die sie ihm ohne ein Wort aus der Hand riss und dann, ohne ihn aus den Augen zu lassen, zu dem Jungenpolizisten rüberstreckte, breitbeinig, den einen Fuß ein wenig vor dem anderen, in Bereitschaftsstellung, als fürchtete sie, dass er fliehen würde. Der Kollege ging zum Polizeiwagen.

»Kann ich die Brieftasche wieder einstecken?«

»Das kannst du.«

Ihr Tonfall war so beißend verächtlich, dass Lasse die Brieftasche zu Boden fallen ließ, wo sie aufgeschlagen liegen blieb, ein paar Kreditkarten fielen heraus, und das Bündel Scheine wurde sichtbar. Wohl kaum die Brieftasche eines Pennersäufers und … und was blieb dann noch? Die

Hitze breitete sich nach oben aus, füllte den Brustkorb und machte es ihm plötzlich schwer zu atmen. Er nahm die Brieftasche auf, steckte die Karten ein und merkte, dass er sich den Ellenbogen gestoßen haben musste, denn der Arm fühlte sich total taub an, er schaffte es kaum, die Brieftasche wieder einzustecken. Der Blick des Polizistenmädels fiel erneut auf seinen Schritt, und er erkannte an ihrem verzogenen Mund, dass sie anfing, an andere Körperflüssigkeiten als Urin zu denken. Lasse holte das Päckchen Zigaretten und das Feuerzeug heraus.

»Steck das weg!«

»Warum denn? Ich habe ja wohl das Recht zu rauchen, wenn ich will.«

»Steck es weg, sag ich!«

Und Lasse wusste, dass es jetzt zu spät war. Jetzt war nichts mehr zu machen. Es war, wie es war. Jetzt musste es so kommen, wie es kommen musste. Die Kinder waren nur noch schwer zu erkennen, sie schmolzen zu einem Haufen zusammen. Er zündete sich eine Zigarette an und schaffte es noch, einen Zug zu nehmen, ehe das Mädel sie ihm aus dem Mund nahm und wegwarf.

»Du hast doch gehört, was ich gesagt habe!«

Lasse holte eine neue Zigarette heraus, steckte sie sich in den Mund und zündete sie an. Er sah ihr in die Augen und erkannte, wie sie vor einem schwarzen und einem lilafarbenen Auge zurückschrak. Aber sie wusste ebenso gut wie Lasse, dass sie das hier nicht auf sich beruhen lassen konnte, hier mussten ein paar Prinzipien aufrechterhalten werden, und da saß er nun mit der Zigarette im Mundwinkel und starrte sie an. Diesmal schlug sie ihm die Zigarette mit dem Handrücken aus dem Mund, und im nächsten Augenblick war Lasse auf den Beinen und ging auf sie los. Da er mit der offenen Hand schlug, hörte und spürte man gleichzeitig, wie etwas kaputtging, etwas knackte weg und gab nach. Sie fiel in sich zusammen. Lasse brüllte heiser. Es war, als würde er ersticken. Der andere Polizist kam eilig herbei und schrie: »Zum Teufel! Bist du wahnsinnig!« Lasse lief los, wollte ihm auf halbem Weg entgegenkommen, aber er schaffte nur zwei Schritte, als eine Brandbombe in seiner Brust detonierte und er nur noch ein abgehacktes »AU!« brüllen konnte, ehe er bewusstlos zu Boden fiel. Doch noch in der roten Dunkelheit, die ihn umschloss, konnte er die Kinder weinen und schreien hören, und er schaffte es zu denken, dass Kicki wahnsinnig werden würde, wenn er starb. Wie könnte sie denn ohne ihn leben?

KONFIRMATION

Sie verabredeten sich in einem Café am Mariatorg. Kicki hatte das entschieden. Soweit sie sich erinnerte, war das Lokal hell mit großen Fenstern, die auf einen breiten Bürgersteig hinausgingen, die Tische standen relativ weit auseinander, und die Decke war hoch. Da würde man sich nicht eingesperrt fühlen. Sie war eine halbe Stunde zu früh gekommen und hatte versucht, ihre Nervosität zu dämpfen, indem sie um den Block spazierte. Nach vier Runden hatte sie genug von den unverhohlen taxierenden Blicken der Pflasterer und bezog in einem Eisenwarengeschäft Stellung und betrachtete das Sortiment französischer Schrauben, während sie das Café im Auge behielt. Sie wusste nicht, warum es so wichtig war, den Eindruck zu erwecken, als würden sie gemeinsam kommen. Oder vielleicht wusste sie es doch, aber ... Das hier war schrecklich. Ihr Mund war trocken, sie kramte in den Schachteln herum und studierte die Größenangaben. Vielleicht war es keine gute Idee, sich zu treffen. Viel zu nervenaufreibend. Als hätte man eine Harnwegsinfektion im ganzen Körper.

Als Kicki ihn erblickte, wurde sie plötzlich ganz schwer und konnte sich nicht mehr vom Fleck bewegen. Als wäre sie in so einen Traum versetzt worden, in dem man von

Muskellähmung gepackt ist und sich nicht mehr rühren kann. Lasse spazierte daher, auf diese besondere Weise, die ihm eigen war, er ging mit einer fast raffinierten Gemächlichkeit, schaffte es aber dennoch, es so wirken zu lassen, als habe er es eilig. Er trödelte und beeilte sich zugleich. So … erotisch. Hier waren sie nun, weit voneinander entfernt und ins Gegenteil von dem verwandelt, als was sie sich scherzhaft immer bezeichnet hatten: er Schnelligkeit und sie Leichtigkeit, Prince Speed und Señorita Weightless. Er war sonnengebräunt, neue Sonnenbrille, frisch gewaschenes Haar und sorgfältig ausgesuchte Kleidung, schwarze Jeans und die Lennonjacke, von der er wusste, dass sie ihr gefiel, und sie konnte leicht erraten, welches Hemd er darunter trug. Er war so … schön. Er war so … schön! Sie konnte sich nicht rühren, es fiel ihr sogar schwer zu atmen, als wären die Atemwege in einer Art sentimentalem Asthma verkrampft.

Jetzt stand er vor der Tür des Lokals und sah sich um, warf einen raschen Blick zum Himmel hinauf und ging hinein, aus alter Gewohnheit duckte er sich, obwohl das nicht nötig war.

Kicki konnte nur dastehen und ihm nachschauen, dann wurde sie von einem Verkäufer, der fragte, ob er ihr behilflich sein könne, aus ihrer Erstarrung erlöst. Sie zuckte zusammen, wandte sich ihm zu und sagte: »Nein. Mir ist momentan nicht zu helfen.«

Sie ging schnell hinaus, setzte ihre Sonnenbrille auf und lief den ganzen Weg zum Café.

Und natürlich stießen sie an der Tür aufeinander. Kicki auf dem Weg hinein und Lasse auf dem Weg hinaus, um nach ihr Ausschau zu halten. Sie gerieten dicht aneinander, und es entstand ein verlegenes Stammeln von »Oh« und »Hallo!« und eine Menge Hin-und-her-Getrippel und unstete Blicke hinter dunklen Gläsern, und es war, als wollte das schier unerträgliche Filmklischee niemals ein Ende nehmen. Der Komödienwaber. Lasse sagte: »Da bist du ja!«

Und als sie seine raue Stimme hörte, richteten sich ihre Brustwarzen auf, wie es zu Beginn ihrer Beziehung immer gewesen war, vor … Gott! Vor zehn Jahren. Noch mehr! Kicki erwiderte: »Hast du gedacht, ich würde nicht kommen?«

Mit zu lauter Stimme, es kam total falsch raus, wie eine Beschuldigung, eine verbitterte Gegenwehr. Und sie sah, wie er erstarrte und die eine Schulter ein wenig anhob, wie immer, wenn er verunsichert war.

»Also … Natürlich habe ich das gedacht.«

Er hielt ihr die Tür auf, und sie ging unter seinem ausgestreckten Arm hindurch.

Dann sprachen sie nicht mehr miteinander, bis jeder mit einer Tasse Kaffee und unbegreiflicherweise mit einer grünen Marzipanrolle mit Schokoladenenden Platz genommen hatte. Sie saßen einander schweigend gegenüber und rührten konzentriert in den Tassen. So jung und ängstlich waren sie noch nie gewesen. Schließlich schob Kicki sich die Brille auf den Kopf und sah Lasse an. An der einen Schläfe hatte er ein paar graue Strähnen bekommen. Am Kinn hatte er sich geschnitten. Er hatte vergessen, die Nasenhaare zu schneiden. Lasse sah zu ihr hin, und sie konnte in dem dunklen Glas ihr eigenes verschobenes Gesicht sehen. Seine Hand zitterte, als er den einen Bügel griff und seine Pilotenbrille abnahm. Obwohl Kicki von Lasses Verkaufsleiter, ihrem Verbündeten in der Firma, vorgewarnt worden war, konnte sie ein lautes Keuchen nicht unterdrücken, als sie die blauen Narben unter seinen Augen sah. Lasse machte ein Gesicht, das entschuldigend wirkte und als würde er traurig eine Tatsache feststellen. Sie senkte den Blick wieder und spürte, wie er ihr Gesicht eingehend betrachtete, um die Reaktion abzulesen. Sie dachte, nur nicht … nie-nicht anfangen zu weinen. Sie würde diese dummen, verdammten Tätowierungen ignorieren. Sie würde sie wie Muttermale behandeln, als ob er sie schon immer gehabt hätte. Sie würde niemals die Sprache darauf bringen. Das musste er schon selbst machen. Kicki hob den Kopf, sah ihm in die Augen und bemühte sich, sachlich zu klingen, als sie sagte: »Ich habe genau das gemacht, was du wolltest, Lasse.«

»Das habe ich gehört. Aber … aber eigentlich …«

Eine blonde Frau mit einem Kinderwagen steuerte auf den Nachbartisch zu. Kicki sah sie an, und die Blondinenmami begriff rasch, dass es in dem halb leeren Lokal noch viele andere und nettere Tische gab.

»Was wolltest du sagen, Lasse?«

»Nichts.«

»Doch!«

»Also … eigentlich hast du ganz und gar nicht gemacht, was ich wollte. Du hast nur gemacht, was ich gesagt habe.«

Zu diesem Einwand von ihm gab es so viele mögliche Kommentare, dass sie sich in ihr stauten, und sie atmete etwas aus und blieb dann stumm. Er würde alle ihre

Gegenargumente doch nur als sophistische Ausweichmanöver ansehen. Was sie vielleicht auch waren. Lasse schwieg ebenfalls und sah sich um, nahm einen Schluck Kaffee, setzte die Tasse ab, wischte sich die Handflächen am Oberschenkel ab, nahm noch einen Schluck Kaffee.

»Nun sag schon, Lasse!«

»Wer ist es geworden? Wer ist es? Mit dem du zusammengezogen bist. Wer?«

»Klas.«

»Klas. Ah ja.«

Lasse drehte die Tasse und nickte. Kicki sah ihn an und wartete, wollte ihn nicht quälen, aber es schien unvermeidbar, vielleicht notwendig. Nach einer Weile kam es.

»Was für ein verdammter … entschuldige. Was für ein Klas?«

»Du kennst ihn nicht.«

»Nee, klar.«

Er wischte sich die Handflächen am Oberschenkel ab, kratzte sich am Kinn, in den Haaren. Das Mitleid wurde so stark, dass es Kicki für einen Moment taub machte, wie wenn man etwas sehr Schweres hochhebt. Sie schluckte.

»Und du, Lasse? Warst du verreist? Du bist braun. Wohin bist du gefahren?«

»Geflohen, meinst du.«

»Lasse …«

»Okay. Mexiko.«

»Nein, wirklich?«

»Ja. Weil du andauernd davon geredet hast, dorthin zu fahren. Jedenfalls damals, als du den Aufsatz über Remedios Varo schreiben solltest.«

»Woran du dich so erinnerst.«

»Ja. Ja, genau! Ich habe einen Druck für dich gekauft, von diesem Gemälde mit den Frauen, die am Mantel der Erde sticken.«

»Gab es das? Danke.«

»Ich habe nur vergessen, es mitzubringen.«

»Wie lange warst du da?«

»Wo?«

»In Mexiko.«

»Ich weiß nicht … lange.«

Er nahm die Marzipanrolle und legte sie sich auf die Handfläche.

»Es … es ging mir nicht sonderlich gut. Ich war … einmal hatte ich so ein verdammt schlechtes, äh, Selbstwertgefühl, dass ich an meiner eigenen Tür geklopft habe.«

»Ach komm.«

»Als ich rausgehen sollte!«

Kicki lächelte breit und sah, wie Lasse erstarrte, und sah, wie er den Blick in ihr Gesicht bohrte, wie seine Augen sich plötzlich mit Tränen füllten, wie er blinzelte, wie einige von den Tränen überflossen und herabfielen.

»Lasse … Du weinst ja!«

»Du hast ja keine Ahnung, wie sehr ich mich nach diesem Lächeln gesehnt habe, Kicki. Du kannst dir gar nicht vorstellen, wie ich das vermisst habe. Wie leer und hässlich die Welt ohne dieses Lächeln ist.«

»Lasse …«

Sie konnte nichts dafür, dass es wie ein Wimmern klang, sie wollte nicht winseln, wollte nicht, dass ihre Stimme zu viel verriet.

Er flüsterte: »Entschuldige. Ich wollte nicht ... du weißt schon.«

Er drehte sich und setzte sich rittlings auf den Stuhl, öffnete die Hand und betrachtete die massakrierte Marzipanrolle, schüttelte den Kopf, zusammengesunken, klein.

»Ich geh nur mal eben aufs Klo und ...«

Lasse stand auf und bewegte sich plötzlich ganz schnell zwischen den Tischen hindurch. Kicki sah ihm nach, wühlte einen Stift aus der Tasche und schrieb auf das Tischtuch:

Hält ihn auf. Erhebt sich. ~~Packt seinen~~ Wirft die Kaffeetasse um. Kaputt. Packt seinen Arm. Drückt ihn auf den Stuhl. Nimmt seine Hand in ihre. Biegt seine Finger auf. Führt sie zu ihrem Mund. Leckt seine Handfläche sauber. Das ist doch lächerlich, Lasse. Ich liebe dich, ich liebe dich, ich liebe dich. Mehr als das Leben. Komm, lass uns nach Hause gehen. Komm, lass uns nach Hause gehen. Komm, lass uns nach Hause gehen. Komm. Komm.

Komm komm komm kommkokommkommkomm kommkommkomm kommkommkomm komm komm kommkommkommkommkommkommkommkomm kommkommkommkommkommkommkommkomm kommkommkommkommkommkommkommkomm kommkomm kommkomm kommkomm kommkomm kommkommkommkommkomm

Lasse kam zurück, und sie ließ den Blick auf seinem Gesicht ruhen. Sie waren zwei schüchterne Menschen im frühen mittleren Alter, die versuchten, nicht so verbissen oder verkrampft auszusehen. Die mit den Schultern atmeten. Eingeschlossen. Jeder in seiner Gruft. Sie sah auf den Tisch und zog schräge Striche über das, was sie geschrieben hatte. Lasse räusperte sich. Sie sah wieder zu ihm auf und versuchte zu lächeln. Er holte tief und schwankend Luft.

»Darf ich dich etwas fragen?«

»Nein.«

Er lachte. Sie sagte: »Was willst du wissen?«

»Wie ihr es so habt. Du und … Klas.«

»Warum willst du das wissen?«

»Wo ihr wohnt und so. Wo wohnt ihr?«

»Gärdet.«

»Was arbeitet er?«

»Er ist Filmproduzent.«

»Welche Filme hat er denn schon gemacht?«

»Lasse …«

»Liebt er dich?«

»Das sagt er jedenfalls.«

Lasse legte die Hände auf den Tisch, faltete sie locker.

»Liebst du ihn?«

Kicki wandte den Kopf ab und sah zu der jungen Frau mit dem Kinderwagen. Sie saß mit dem Baby auf dem Schoß und versuchte es zu stillen, aber das Kind war mehr an ihrer Halskette als am Trinken interessiert. Das milde Lächeln der Mutter wurde immer gezwungener, und als sie die Hand mit Gewalt löste, durchschnitt das Schreien des Babys das Lokal. Kicki spürte, wie sie wütend und von einem völlig irrationalen Hass auf die junge Mutter erfüllt wurde, die da saß und so verdammt geplagt aussah. Sie wandte sich wieder Lasse zu, der sie mit einem Blick ansah, der trauriger war als …

»Das hier ist doch lächerlich, Lasse.«

»Werdet ihr heiraten? Werdet ihr eine Familie gründen? Hat er Stoff in den Eiern? Werdet ihr euch testen lassen? A-adoptieren? Warum sind wir so verdammt steril? Liebst du ihn? Sag es! Sag, dass du ihn nicht liebst! Sag es!«

»Das hier ist doch lächerlich, Lasse.«

Sie hörte ihre Stimme gurgeln und brechen und wusste, wenn sie noch etwas sagte, würde sie weinen müssen und nicht mehr aufhören können. Und der Hass, der rechtmäßige Hass, der sich gegen die Umstände richten müsste und gegen die Welt und die bestialische Ordnung, die ihr schaden wollte, die nicht für sie sorgte, würde in etwas Kleingeistiges und Hässliches verwandelt werden und sich auf das leichteste aller Ziele einschießen: Lasse. Kicki nahm die Marzipanrolle und legte sie sich auf die Handfläche. Sie ballte die Hand so fest zur Faust, wie sie nur konnte, und sah zu, wie eine grüne und graubeigefarbene Masse zwischen den Fingern hervorquoll. Sie öffnete die Hand, schüttelte das Mus auf den Teller, beugte sich vor und hielt Lasse die Hand vor den Mund. Er nahm sie, schloss die Augen und leckte sie sauber, öffnete die Augen und sah sie an, intensiv, gierig, ehe er wieder die Augen schloss und weitermachte. Langsam und gründlich. Plötzlich fühlte sich Kicki ganz selbstsicher, alle widerstreitenden Gefühle wurden durch eine helle und formvollendete Leichtigkeit ersetzt wie Feuer durch einen Kristall. Sie sagte: »Ich liebe dich, Lasse. Ich liebe dich. Mehr als das Leben. Komm, lass uns nach Hause gehen. Komm!«

Ohne ihre Hand loszulassen, stand er auf, zog sie hoch und geleitete sie mit etwas, das ein gravitätischer Tanzschritt hätte sein sollen, aber eine stolperige und linkische Geschichte wurde, um den Tisch und führte sie mit sich aus dem Café hinaus. Kicki erkannte an den Blicken der anderen Gäste, dass sie schon eine Weile lang das Zentrum der Aufmerksamkeit gewesen waren. Und es kostete sie einige Kraftanstrengung, nicht in der Tür stehen zu bleiben und zu rufen: »Da könnt ihr mal sehen, das ist echte Romantik!«

Aber ein derart ernstes Spiel durfte man nicht zerstören, das war klar.

Sie gingen die Hornsgata hinunter nach Slussen. Lasse beschleunigte das Tempo und hatte seine Aufmerksamkeit auf die Straße gerichtet, um ein Taxi heranzuwinken. Kicki umschlang seinen Arm mit ihren beiden und bat ihn, langsamer zu gehen.

»Können wir nicht laufen, Lasse?«

»Bis nach Vasastan?«

»Wenn ich müde werde, musst du mich auf den Rücken nehmen.«

Er lachte und gab ihr einen flüchtigen Kuss auf den Kopf.

»Okay.«

Diesen Weg waren sie so viele Male gegangen, als sie jung gewesen waren. Kicki versuchte sich zu erinnern … versuchte wirklich, ihrem Gedächtnis zu entlocken, wie es gewesen war, als sie das erste Mal hier gingen … und sie erinnerte sich tatsächlich … tatsächlich! Aber das war wohl nur, weil sie es so schrecklich gern wollte. Damals waren sie in die entgegengesetzte Richtung gegangen, auf dem Weg nach Hause zu ihm. Ihr erstes Treffen … und es war ungefähr an dieser Stelle gewesen, als sie seinen Arm mit ihren beiden umschlungen hatte und sich im Stillen gefragt hatte, ob es nun so werden würde. Es war Spätsommer gewesen, feucht, und über der Stadt hatte ein schwacher Duft von Waschküche gelegen. Sie hatten zu Abend gegessen, und sie war so müde gewesen, nach, ja, erst Gotland, dann Ibiza und schließlich Kiew.

»Kiew?«, hatte Lasse gefragt. »Was hast du denn da gemacht?«

Und sie hatte von dem Aufsatz über die Sofia-Kathedrale in Kiew erzählt, der langsam die Ausmaße einer Abhandlung annahm, von der Ikone in der Hauptapsis, die, in unzähligen Scherben blauen Mosaiks glänzend, eine andere Art von Maria darstellte, eine gelassene und sichere und starke Madonna, eine, die nicht vom Heiligen Geist ergriffen war, sondern eine stattliche und erotische Frau, die ihn mit ihrer Ausstrahlung zu sich lockte, eine Maria, die so verführerisch war, dass nicht einmal Gott ihr widerstehen konnte. Lasse hatte zugehört und gelacht. Er war ein wenig erstaunt gewesen. Über ihren Ernst. Diese andere Seite von ihr. Sie hatte von den Amöben erzählt und dass sie deshalb so abgehärmt und blass war, und er hatte nur den Kopf geschüttelt und gelächelt und sie mit etwas feuchten Augen angeschaut. Ansonsten hatte meist er geredet, von seinen Plänen, ohne Unterbrechung, natürlich aus Nervosität, und es passte so gar nicht zu ihm, dazusitzen und so dermaßen redselig zu sein.

»Weißt du, woher das Wort Denim kommt? De Nîmes, aus Nîmes, die französische Stadt, weißt du, ganz einfach Stoff aus Nîmes. Und weißt du, woher das Wort Jeans kommt? Die Hosen, die die Seeleute aus Genua trugen, nannte man ›Gênes‹, und daraus wurde Jeans. Weißt du, warum an den Taschen Nieten sitzen?«

Was wusste sie von Indigo? Nicht das Geringste. Aber es war sehr schön gewesen, nicht reden zu müssen, einfach dasitzen zu können und diesem großen, knochigen Mann zuzuhören, der ziemlich attraktiv war, und zwar hauptsächlich, weil es ihm nicht im Geringsten bewusst war. Dieses fleischige Gesicht, das immer noch ein wenig pickelig war, seine heisere Stimme, dass er gut roch, der seltsam gebogene Nacken. Aber so unglaublich ärgerlich, dass er dasaß und sie zu gewinnen versuchte, indem er sich mit Prognosen über bevorstehende Erfolge innerhalb der Modebranche wichtig machte. Als wäre sie ein Weibchen, das mit einer vorgeblichen Besonderheit ins Nest gelockt werden sollte. Das konnte er gleich vergessen. Was ihn rettete, war seine Schüchternheit und, natürlich, die Anbetung, die sie in seinen dreieckigen braunen Augen lesen konnte, die Aufmerksamkeit, die er jeder kleinen Bewegung, die sie machte, schenkte … fast anstrengend, aber nur fast.

»Pirre, also Pierre, weißt du, der besitzt aus irgendeinem Grund die alten Webstühle von Levis, und die stehen da bloß rum, in irgendeinem Lagerhaus in Portugal, und ich werde mir Geld leihen und sie kaufen, und richtige … richtig echte Jeans herstellen.«

»Was du nicht sagst.«

»Die werden die Leute bald haben wollen. Da bin ich ganz sicher. Glaubst du nicht? Glaubst du nicht?«

Um irgendetwas sagen zu können, hatte sie vorgeschlagen, dass er seine Jeans nach Russland verkaufen solle, denn da wäre die Nachfrage riesig.

Ja! Verdammt, wie recht sie hatte.

Gelacht. Sie auch.

Auf dem Weg vom Restaurant hatten sie geschwiegen. Sie ging mit ihm, ohne richtig zu wissen, warum, wollte vielleicht einfach nicht allein sein, und sie hatte es als angenehm und entspannt in Erinnerung, neben diesem großen Jungen zu gehen und zu hören, wie ruhig er atmete.

Sie mussten eine halbe Stunde gegangen sein, ohne etwas miteinander gesprochen zu haben, als er sie fragte, ob sie sich seine Wohnung anschauen wolle, und sie hatte geantwortet »Gern«, aber nach einer Weile hinzugefügt, dass sie ihre Tage hatte, also … Da blieb er abrupt stehen, sah sie an und lachte und sagte: »Du verstehst mich nicht, Kicki, ich will nicht mit dir schlafen. Ich will dich heiraten.«

Ihr erstes Treffen. Sie war peinlich berührt gewesen, wurde dann irgendwie übel gelaunt, und mit einem Mal war das Schweigen so erdrückend gewesen, dass sie, um es zu brechen und gleichzeitig das Thema zu wechseln, ihn gefragt hatte, wie er denn an eine Wohnung am Skinnarviksring gekommen sei. Sie gingen weiter, und je länger sie über seine unverfälschte und naive Aufrichtigkeit nachdachte, desto fröhlicher wurde sie, hörte etwas zerstreut seiner Erzählung vom Großvater und der Großmutter zu, die in jungen Jahren nach Stockholm gezogen waren, um dem scheißvornehmen Militäradel zu entkommen, dem die Großmutter entstammte, diesen Leuten, die es nicht ertragen konnten, dass der Großvater zu einem Viertel Jude war und ein einfacher Schlosser. Aber in Stockholm wurde er Industrieller und machte ein Vermögen damit, dass er Paternosterwerke herstellte.

»Was?«

»Diese Sortiermaschinen und Lagerschränke, aber auch Fahrstühle, du weißt schon, die ohne Türen, wo immer einfach der eine nach dem anderen kommt.«

»Habe ich nur im Film gesehen.«

Obwohl sie nur mit halbem Ohr zugehört hatte, konnte sie sich an alles erinnern. Hatte sie da seinen Arm umschlungen und sich gefragt, ob es nun so werden würde? Es kam ihr sehr interessant und spannend vor, dieser Frage auf den Grund zu gehen.

»Mein Vater ist hier aufgewachsen«, sagte er, als sie ihre Mäntel ausgezogen hatten und durch die großen Zimmer gingen.

»Wolltest du denn am selben Ort wohnen wie dein Vater?«

»Nein, eigentlich nicht.«

Er hatte sie angeblinzelt.

»Wir werden wohl woanders hinziehen müssen.«

Daraufhin hatte sie so lachen müssen, dass ihr Tränen in die Augen schossen.

»Ja, das müssen wir wohl«, jammerte sie, denn jetzt wollte sie bei dem Spiel mitmachen.

Als sie all ihre Kleider ausgezogen hatte und vor seinem offenen Mund und erschrockenen Blick stand, hatte sie völlig die Fassung verloren, war ganz zittrig geworden und gedankenverloren und hatte gesagt: »Zieh mich aus.«

Welche Erinnerungen.

Sie umschlang seinen Arm und fragte: »Erinnerst du dich an unser erstes Treffen, Lasse?«

»Und ob.«

Jetzt lagen sie im Bett und hielten einander an den Händen. Lasse hatte immer noch seine Strümpfe an, und sie hatte es nicht geschafft, den BH auszuziehen. Es war intensiv gewesen, aber nicht richtig … intim. Als müsste sie sich vor irgendetwas in Acht nehmen, das sie beide hinters Licht führte. Als würden sie so sehr über das nachdenken, was sie taten, dass sie anfingen zu stottern. Nicht, dass sie etwas vorgetäuscht hätte, aber sie hatte doch ein wenig übertrieben. So vieles, an das man denken musste, so vieles, das … hervorgeholt werden musste. Und sie wusste, dass Lasse dalag und darüber nachdachte, was jetzt kommen musste, nach der Preisverleihung, nein, das nicht … nach der Besiegelung. Sie drehte sich auf die Seite und fluchte, als einer ihrer Ohrringe sich in ihren Oberschenkel bohrte. Lasse wandte ihr den Kopf zu und versuchte, zufrieden und erheitert und entspannt auszusehen, aber irgendetwas in seiner Atmung, oder vielleicht war es auch, dass er sich so anstrengte, ganz entspannt zu wirken, wies doch auf etwas anderes hin. Vielleicht stellte er sich dieselbe Frage wie sie: Reicht es nicht aus, dass wir uns lieben?

»Lasse«, bat Kicki, »erzähl von meinem Vater.«

Und das tat er, ohne zu zögern, legte sich so nah zu ihr, dass sie seine Stimme einatmete. Die Kopenhagenversion. Sie liebte dieses Märchen.

»Deine Mama und dein Papa haben sich in einem kleinen Club in Kopenhagen kennengelernt. Er spielte Altsaxofon in einer Jazzband, die ansonsten aus schwarzen Amerikanern bestand. Dein Vater war so blond und so blauäugig, dass man meinen konnte, er sei nur als ein Ausdruck der Ironie engagiert worden, eine Art Requisite um des Kontrastes willen, doch das dachte man nur so lange, bis man ihn spielen hörte. Er war ganz einfach ein Genie. Ein Virtuose!«

Die ganze Zeit, während er erzählte, sah sie ihm in die Augen, die vor Konzentration ihren Fokus verloren hatten, und es war, als würden sie beide direkt durch den anderen hindurch und noch weit über ihn hinausblicken können. Lasse erzählte, fast ohne ins Stocken zu geraten, wie ihre Mutter, die damals das dänische Königliche Konservatorium besuchte, um Opernsängerin zu werden, obwohl sie doch viel lieber Jazz singen wollte, wie sie also plötzlich von ihrem Tisch aufstand und vor Kickis Vater zu tanzen begann, als er eines seiner unendlichen Solos spielte, und wie es nach einer Weile war, als würden sie gemeinsam ein Stück aufführen, als würden sie einander mit Assoziationen bestäuben, die Figuren des anderen modellieren, während der Rest der Band tat, was auch die Gäste taten, nämlich mit großen Augen lächelnd zuzuschauen und ab und zu wie im Reflex einzufallen.

»Deine Mutter hatte lange Beine und viele Rundungen, und ihr glänzendes rotes Haar reichte ihr bis zum

Po. Der Pianist schrieb viel später ein Stück über sie, das *You were a dish, truly* hieß.«

Er erzählte weiter, wie sie in der Morgendämmerung in sein Zimmer in Norrbro gegangen waren und wie sie gesagt hatte, dass er nicht mit ihr schlafen dürfe, ehe sie nicht ein paar Songs mit der Band gesungen hatte, ein Ultimatum, das zu der Zeit nicht von großer Schlagkraft war, da er sowieso mehr daran interessiert war, seinen Joint zu rauchen und dann nur dazuliegen und ihr über die Beine oder die Haare zu streichen, sich davonzuträumen und an einem schwachen Drink aus Rum und Limonade zu nippen. Aber ihre Mutter bekam doch ihren Willen und ging als Sängerin mit der Band auf Tour. Sie kriegte kein Geld, aber sie und Kickis Vater kamen mit seinen Gagen ganz gut über die Runden.

»Manchmal geschah es, dass sie von der Bühne herunterstieg und wie beim ersten Mal vor deinem Vater tanzte, sodass sie gemeinsam ein kleines Werk schaffen konnten – das war ihre Art, ihre Liebe zu bekräftigen, nicht die einzige, aber die zuverlässigste. Und dann kamst du, Kicki.«

Wie ihre Mutter und ihr Vater nach Stockholm gezogen waren. Wie ihr Vater, unter Drogen und mit ruinierten Nerven, schon im Kreißsaal gebrüllt hatte, das dunkeläugige, schwarzhaarige Mädchen, das ihm gezeigt wurde, könne nicht seins sein. Wie sein Misstrauen im Lauf der Zeit immer häufiger aufblühte und wie ihre Mutter schließlich, als er ihr alles Lachen weggenommen hatte, als alle Worte gesagt und alle Tränen geweint waren, gezwungen war, ihn zu bitten, sie zu verlassen.

»Dein Papa fuhr um die Welt und spielte mit immer größeren Namen. Er war der Einzige, den Miles Davis ertragen konnte, und sie waren Freunde, bis Miles deinen Vater dabei erwischte, wie er eine komplizierte Melodieführung übte, da wurde er rausgeschmissen. So was machte man einfach nicht, Kicki. Er spielte mit Oscar Peterson und sah mit eigenen Augen, wie dieser Mann, der die stärksten Finger der Musikgeschichte hatte, so spielte, dass die Tasten brachen und aus der Klaviatur sprangen.«

Und so weiter. Wie ihr Vater nach vielen Jahren wieder anfing, zu Besuch zu kommen, und wie sie schon im Treppenhaus wegen des Geruchs von französischen Zigaretten und Lauge wusste, dass er da war. Wie widerwillig er sie auf den Schoß nahm, seine traurigen blauen Augen, die gelblichen Augäpfel. Unfähig, die Wärme und die rückhaltlose Liebe des Mädchens aufzunehmen, wenn sie sich an ihm festklammerte und mit dem Mund am Jackenaufschlag flüsterte: Papa, Papa, Papa, Papa.

»Du warst siebzehn, als er starb. Sie riefen nach dir und deiner Mutter, als er im Karolinska im Koma lag. Er sah aus wie eine Ascheflocke an Schläuchen. Deine Mutter erlitt einen hysterischen Anfall, also musstest du dich um alles kümmern, Kicki. Und das hast du getan. Für ihn und für dich selbst. Deine Mutter hatte dir alles erzählt. Ein paar Tage nach der Beerdigung gingst du mit einem Umschlag in der Hand zu seinem Grab. Du legtest den Umschlag auf den ansehnlichen Haufen von Kränzen und Blumen, die aus aller Welt gekommen waren. Darin lag das Ergebnis einer Laboruntersuchung, in der mit

99,99-prozentiger Sicherheit festgestellt wurde, dass dein Vater dein Vater war.«

Lasse blinzelte und lächelte.

»Okay?«

»Ja.«

»Jetzt bist du dran. Erzähl von meinen ...«

»Man sagt, deine Mutter habe dem fahrenden Volk angehört, Lasse. Aber eigentlich war sie von einer anderen Art. Sie war Zigeunerin, eine echte Roma, und gehörte einem uralten Clan mit großer Ahnenreihe an. Die Sagen, die von ihren Vorfahren erzählt wurden, erstreckten sich durch die Jahrhunderte bis ins mittelalterliche Byzanz, Lasse. Und in ihren Augen konnte man die Gene der indischen Kriegerkaste blitzen sehen, wie Sonnenreflexe auf blank polierten Krummsäbeln. Als sie und dein Papa sich zum ersten Mal begegneten, da war sie neunzehn Jahre alt und hatte zu dem Zeitpunkt bereits viele Gesetze des Clans gebrochen. Zum Beispiel, sich von ihren Pflichten davonzuschleichen, sich Gajé-Kleider anzuziehen und sich ohne Begleitung in die Ambulanz des Krankenhauses von Gävle zu begeben, wo dein Vater sein Assistenzjahr absolvierte. Schon beim ersten Anblick der hochgewachsenen dunklen Schönheit, die ins Sprechzimmer schritt und deinen Vater mit ihrem intensiven, fast dämonischen Blick anschaute, war er verloren. Er wusste sofort, dass er eine Königin vor sich hatte und dass er neben der hippokratischen nun noch eine weitere Verpflichtung hatte, nämlich bei dieser Frau, die ihr Haar in einem dicken Zopf über der Schulter trug, zu sein und sie glücklich zu machen. Sie weigerte sich, Platz zu nehmen, und klagte über Schmerzen in der Brust und einen Husten, der trotz der lang erprobten Hausmittel nicht weggehen wollte. Dein Vater bat sie, sich obenherum frei zu machen, was sie nach langem Zögern auch tat, und mit geschlossenen Augen ließ sie deinen Vater, der einen Kopf kleiner war als sie, um sich kreisen und horchen und ihr Aufforderungen erteilen, denen sie jeweils erst nach einigen Sekunden Bedenkzeit widerwillig Folge leistete. Als sie ihre Bluse wieder anhatte und das Rezept für Antibiotika gegen Lungenentzündung ausgestellt war, sagte dein Vater, sie solle binnen einer Woche zur Nachkontrolle kommen. In Wirklichkeit hatte er die größte Willenskraft aufbringen müssen, nicht irgendeine Komplikation herbeizulügen, die es erforderlich machen würde, dass sie jeden Tag käme, aber er schaffte es, dieser größten Anfechtung seines bisherigen Lebens zu widerstehen. Und sie, sie verspürte natürlich seine Versuchung, bemerkte seine Verehrung und war von seiner Vorsicht und Selbstkontrolle erstaunt und fasziniert. Als sie sich trennten, gaben sie einander die Hand, und als sie sein Lächeln beantwortete, musste er sich am Schreibtisch festhalten, wo er noch lange, nachdem sie gegangen war, stand.«

Kicki konnte es sich nicht verkneifen, sich in einen langen Exkurs zu verwickeln, wie das Leben des Vaters in Gävle ausgesehen hatte und wie der Alltag von Lasses Mutter im Lager in Furuvik. Sie erzählte langatmig, aber Lasse schien nichts zu bemerken. Allmählich kam sie zum zweiten Treffen und wie Lasses Vater es gewagt hatte, sie noch am selben Abend einzuladen.

»Als sie aus dem Restaurant kamen, sah er ihr in die Augen und sah dort ein schwach honiggelbes Lichtlein flattern wie eine rembrandtsche Laterne. Plötzlich beugte sie sich vor und küsste ihn, fest, und dein Vater erlitt einen Schwindelanfall, der ihn zu Boden geworfen hätte, wenn er sich nicht an ihr hätte festhalten können.«

Des Weiteren beschrieb Kicki, wie sich ihre Liebe entwickelt hatte, wie sicher sich Lasses Mutter in der Ruhe und Rationalität von Lasses Vater fühlte, wie eine Welt ohne Mystizismus, unbegreifliche Gesetze, halb gedichtete Aussprüche über das Schicksal oder das Eingesperrtsein in Pflichten zu ihr passte. Als Lasses Vater seinen Dienst abgeleistet hatte, beschlossen sie mit der rücksichtslosen Arroganz der Liebe in eine andere Stadt zu fliehen und dort gemeinsam zu wohnen.

»So kamen sie in deine Heimatstadt, Lasse. Und sie waren glücklich. Ihre Liebe war stark. Auch wenn deine Mutter sich, wie sie sagte, anstrengte, ein moderner Mensch zu werden, waren doch manche Gewohnheiten so tief in ihr verankert, dass es ihr nicht gelang, sie abzulegen. Das betraf natürlich Essen und Hygiene, aber vor allem war es der Umgang mit der körperlichen Liebe. Wie der Akt aussehen sollte, was man tun durfte und was nicht, Regeln, die dein Vater zu befolgen gelernt hatte, und ich sage dir, es war nicht wenig, was er sich jetzt anzueignen genötigt sah.«

Kicki kreiste dann ein wenig um die anstrengende Schwangerschaft, die es mit sich brachte, dass Lasses Mutter die letzten Monate im Krankenhaus verbringen musste. Eine Nebengeschichte über eine Weissagung, die Lasses Mutter erhalten hatte, als sie ihre erste Regel bekommen hatte, und die besagte, dass Kinder vor dem dreißigsten Lebensjahr ihr Unglück bringen würden. »Das war nicht gut, aber sie hatte nun damit angefangen, jetzt musste sie es auch zu Ende bringen. Puh. Eine Woche vor der Niederkunft bekam dein Vater Besuch von einem kleinen, sehnigen Mann, der redete, ohne die Lippen zu bewegen, und der aus diesem Grunde überhaupt keine Mimik zu haben schien. Er sprach schlecht Schwedisch, aber für deinen Vater war es ganz leicht, die Botschaft zu verstehen, die zu überbringen er ausgesandt worden war. Es lief ganz einfach darauf hinaus, dass die Familie deiner Mutter sie bisher in Ruhe gelassen hatte, weil sie hoffte, deine Mutter würde wieder zur Vernunft kommen, aber jetzt war die Schonzeit vorüber, und dein Vater sollte, da die Familie deiner Mutter nicht aus rachelüsternen Monstern bestand, sein Leben behalten, wenn er das Mädchen aufgab. Dein Vater weigerte sich, und der Mann nickte kurz und verschwand. Unter keinen Umständen durfte dein Vater bei der Entbindung dabei sein. Die Diskussion darum entwickelte sich zu ihrem ersten und einzigen Streit, aber es kam so, wie deine Mutter entschieden hatte: Dein Vater musste versprechen, dass er zu Hause bleiben und sich nicht dem Haus nähern würde, in dem sie gebären sollte, denn das würde Pech bedeuten, ernsthaftes Unglück. Natürlich brach dein Vater dieses Versprechen und benutzte den Paternosteraufzug am Hintereingang, um sich in den Kreißsaal zu schleichen. Er schnappte sich eine Krankenschwester, die ihm berichtete, dass alles gut gegangen sei, ein Junge, groß und gesund. Dein Vater konnte durch einen Türspalt ein kurzes Bild erhaschen von deiner Mutter und dir, der du in ihrem Arm lagst, dann fuhr er wieder nach Hause und hörte Musik und lachte und weinte abwechselnd. Am nächsten Tag würde er mit seiner Familie zusammen sein. Mit seinem Sohn! Seinem geliebten Sohn!«

Kicki machte eine Pause. Lasse konnte sich nicht beherrschen und flüsterte mit kratziger Stimme: »Nachts wurde er davon geweckt …«

»Still, Lasse! Nachts wurde er davon geweckt, dass jemand an seinem Bett stand und schwer und keuchend atmete. Dein Vater setzte sich abrupt auf und tastete nach dem Schalter der Nachttischlampe. ›Lass das!‹, hörte man eine tiefe und heisere Stimme. ›Lass das Licht aus. Hör zu!‹ Dein Vater sah zu Tode erschrocken zu der gigantischen Gestalt am Fußende, die die Umrisse eines Riesen mit breitkrempigem Hut hatte und langsam und mit Nachdruck sprach: ›Du bist ein Dieb‹, sagte er. ›Du bist Dreck und Kot. Möge deine Mutter in Sperma ersaufen. Mein Hass und meine Verachtung sind dir sicher. Du hast das Angebot erhalten, unser Mädchen an uns zurückzugeben und dadurch dein Leben zu bewahren. Du hast dich geweigert. Das war ehrenhaft. Du bist ein ehrenhafter Dieb. Wenn du unser Angebot angenommen hättest, wärest du augenblicklich getötet worden. Auf unsere Weise. Deine Liebe ist ehrenhaft, und deshalb darfst du am Leben bleiben. Unser Mädchen wirst du nie wiedersehen, aber du darfst das Leben und dein Kind behalten. Adieu, Dieb!‹ Er stellte einen großen Korb auf das Bett deines Vaters und wandte sich zum Gehen. Dein Vater schoss aus dem Bett und rannte zu dem hutbekrönten Berg von einem Mann, um … ja, er wusste nicht, um irgendetwas zu tun. Der Mann konnte sich umdrehen, noch ehe er bei ihm war, und es blitzte in den Augen des Menschen auf, und plötzlich konnte dein Vater sich nicht mehr bewegen. Er war versteinert. Wie ein Pferd. Eine Ewigkeit lang stand er wie erstarrt da und konnte sich nicht rühren, bis er plötzlich aus dem Korb dein Jammern hörte. Dein Vater nahm dich auf den Arm und lief zum Telefon, um das Krankenhaus anzurufen. Seine Vorahnungen wurden bestätigt. Deine Mutter war weg. Für immer. Einen kurzen Tag konnte sie für dich da sein. Dir von ihrer Wärme geben und dich ein paar Mal stillen, ehe sie weggebracht wurde.«

Kicki schob die Hand unter Lasses Nacken und spürte, wie er seine Hand auf ihren Oberschenkel legte.

Als sie noch einmal miteinander schliefen, war es, als wäre etwas freigelassen worden. Sie brachen eine Menge Regeln.

Etwas später das Middle-of-the-Road-Spiel: »*Tak tobadoba-disch dottoka dop dop-tap doppopta doppop-ta dap-disch braka braka braka braka.*«

»Nein, Lasse, so geht es nicht. Es ist *tak ta-TA-dobadisch dottoka dop po-dop ta po-podop ta ta-ta dap-disch braka braka braka braka.*«

»Ganz und gar nicht, Kicki! Es ist genau so, wie ich sage: *Tak tobadoba-disch dottoka dop dop-tap doppopta doppop-ta dap-disch braka braka braka braka.*«

»Ich begreife nicht, warum du nicht hörst, wie es sein muss. Hör mir mal zu, Lasse! Es ist *tak ta-TA-dobadisch dottoka dop po-dop ta po-podop ta ta-ta dap-disch braka braka braka braka.*«

»Ich spiel's mal ab, dann werden wir's ja hören.«

»Gut, mach das.«

»Okay, jetzt hast du es gehört.«

»Dass ich recht hatte, ja.«

»Verdammt, Kicki, du hast sehr wohl gehört, dass es so ist, wie ich sage. Also: *Tak tobadoba-disch dottoka dop dop-tap doppopta doppop-ta dap-disch braka braka braka braka.*«

»Hörst du schlecht, Lasse? Warte mal, ich mach ganz langsam. *Taak too baa dooo …*«

Lasse brach in Lachen aus. Kicki sagte: »Ich habe den Streit gewonnen.«

»Jajaja.«

»*Prrr, miau.*«

SYMPOSION

Wie viel Zeit und Energie kann man eigentlich auf eine Geste verwenden? Lasse stand vor dem Spiegel im Flur und band seinen neu erstandenen Schlips. Er war gestreift, grellbunt und breit. Der Verkäufer hatte ihn durch die Finger gleiten lassen und gesagt, dies sei etwas für den aristokratischen Rebellen, und das Bild von einem jungen, charmanten Freiherrn der unausstehlich arroganten Art hatte Lasse dazu verleitet, leise vor sich hin kichernd sechshundertfünfzig Kracher für einen Schlips hinzulegen, den er allerhöchstens zwanzig Minuten lang um den Hals haben würde. Und mehr Zeit hatte er nun schon darauf verwendet, einen verdammten Knoten hinzukriegen, der nicht wie ein großer Bauchnabel aussah, jetzt, da er sich endlich so weit getrialt und geerrort hatte, dass er wusste, wie viel länger das breite Ende als das schmale sein musste. I. Die Einleitungsphase. Drüber. Drunterdurch. Drüber. Drunterdurch. Und d-durch. Mit geschlossenen Augen, um nicht vom Spiegelbild verwirrt zu werden.

Er machte die Augen auf und zog den Knoten zusammen. Enttäuschung! Aber es musste reichen. Keine Zeit mehr. Er klappte den Hemdkragen herunter und bemerkte, dass die Hände ein wenig zitterten. Aus Vorfreude, dachte er sich, darüber, Kicki zu treffen und mit der unvorstellbaren Kombination aus ihm und Schlips ihr großes, stilles Lachen hervorzurufen. Und er würde den Verständnislosen spielen: Was denn? Ist doch wohl klar, dass man sich fein macht, wenn man zum ersten Mal die Eltern seiner Freundin und zukünftigen Frau trifft. Selbstverständlich. Und dann würde sie sich an ihn drücken, und er würde die lächerliche Seidenschlinge abmachen, sie in die Tasche der Lederjacke stopfen, Kickis Hand nehmen und auf den Zug springen und zum Familienessen nach Björkhagen fahren.

Die Stiefel waren immer noch so eng, dass er sich Plastiktüten über die Füße ziehen musste, um hineinzukommen. Dann ein Halstuch, um den Schlips vor der Öffentlichkeit zu verbergen, Jacke drüber und ein letzter Blick in den Spiegel. Die Haare lagen ungewöhnlich gut.

Lasse warf sich die Treppe hinunter und war schon zwei Etagen weit gekommen, als er wie angewurzelt stehen blieb, sich dann umdrehte und die Treppen wieder raufrannte. Er riss die nicht abgeschlossene Tür auf und stürmte durch die komplette Siebenzimmerwohnung, um in das Zimmer zu gelangen, das so etwas wie eine Bibliothek werden sollte, wenn er mal die Zeit dafür finden würde. Noch war der ganze Raum aber völlig kahl, abgesehen von Großvaters altem Ledersessel, diversen Plastikkisten voller Platten und einer neu angeschafften Stereoanlage mit Lautsprechern, so groß wie Kachelöfen, in jeder Ecke des Zimmers. Lasse warf den Plattenspieler an, kratzte sich vor bis zum Ende von Nummer drei, drehte die Lautstärke auf und stand dann mit geschlossenen Augen da, wippte mit dem Oberkörper und schnippte mit den Fingern. Als das Stück verklungen war, machte er alles aus und rannte wieder durch die Wohnung, raus aus der Tür und mit langen, fliegenden Schritten die Treppen hinunter. Im Takt. Heiser summend: *Money wouldn't change it, bo-bo-bo, no no.*

Die Frau an der Kasse im Kiosk war heute extrem langsam, und er lächelte breit, während er das Zigarettenpaket in die Tasche steckte und auf das Wechselgeld wartete. Jetzt war er wirklich spät dran. Es war fraglich, ob er es noch rechtzeitig schaffen würde. Wirklich fraglich. Und das war wie immer schön. Der Begriff »in der letzten Minute« übte tatsächlich eine phänomenale Anziehungskraft auf ihn aus. Lasse verabscheute es ebenso, warten zu müssen, wie er es hasste, zu spät zu kommen, und das machte genau den zusätzlichen Kick aus: nicht zu wissen, ob sich die Zeit auch diesmal würde ausdehnen lassen. Ob ihm der Lustmord an »Warten ohne Folgen« gelingen würde. Vor allem heute, da er in so ungefähr eineinhalb Minuten seine Liebe an der U-Bahnstation Zinkensdamm treffen würde. Und es gab Regeln. Man durfte nicht laufen, und man musste sich an alle Verkehrsregeln halten. Es durfte also auf keine Weise erkennbar werden, dass man es eilig hatte. Lasse zündete sich eine Zigarette an, nahm einen tiefen, gründlichen Zug und ging los.

Er bemerkte, dass die Leute, die ihm entgegenkamen, auf ihn aufmerksam wurden. Manche bogen sogar unbewusst von ihrem Kurs ab, um näher an ihm vorbeigehen zu können. Die Anziehungskraft eines glücklichen Menschen. *Money wouldn't change it, bo-bo-bo, no no.*

Im selben Moment, als Lasse auf den Bahnsteig kam, neigte sich ein Zug quietschend aus dem Tunnel. Er schnippte die Zigarette weg, rückte das Halstuch zurecht und sah suchend am Gleis entlang. Die Türen öffneten sich und im vorletzten Wagen sah er aus der Menschenmenge, die sich herausschob, eine schwarze Mähne glänzen. Er spürte, wie sich sein Schwanz zusammenzog und sein Mund widerstandslos in ein breites Lächeln hinüberglitt, als er losmarschierte.

Er hatte wirklich daran geglaubt, dass sie auf irgendeine telepathische Weise gleichzeitig ankommen würden. Irgendwann musste ja das erste Mal sein, und heute hätte es gepasst. Lasse starrte die fremde junge Frau mit einer derart erstaunten und vorwurfsvollen Miene an, dass sie stehen blieb und einen Schritt zur Seite machte, ehe sie an ihm vorbeiging, wobei sie den Blick fest auf den Bahnsteig gerichtet hatte, als könne man sich darin spiegeln.

Während der zwanzig Minuten, in denen Lasse dasaß und wartete, wurde Unruhe zu Enttäuschung, zu mehr Unruhe, Unmut, Wut und am Ende zu der Angst, dass ein Missverständnis vorliegen könnte, wann und wo – oder noch schlimmer, dass Kicki aus irgendeinem Grund die Lust verloren haben könnte, ihn zu sehen, dass … dadass sie auf dem Weg hierher irgendeinen scheißspannenden Typen kennengelernt hatte und jetzt mal wagte, das Leben auf sich zukommen zu lassen, indem sie eine spontane und freiwillige und selbstständige Wahl traf.

Er spürte den Schlipsknoten durch das Halstuch.

Wie viel Zeit und Energie kann man eigentlich auf eine Geste verwenden?

Dämliche Bemühungen. Leere Gebärden.

Kalkgeschmack im Mund.

Er zündete sich eine Zigarette an.

Verdammte Scheiße! Fotze!

Und völlig ungehindert strömten die pornografischen Tagträume von Kicki mit anderen Partnern auf ihn ein und erfüllten ihn mit Bildern von der übertrieben detaillierten Sorte, wie sie nur panikartige Eifersucht zeichnen kann. Aber sie verschwanden mit einem Schlag, als sie kam. Alles war vergeben und vergessen. Die Welt wurde neu und sauber und farbenfroh. Es war doch erstaunlich, dass das noch kein Ende hatte. Immerhin waren sie jetzt schon seit vier Monaten zusammen. Sollte es nicht langsam mal aufhören, dass ihn bei ihrem Anblick die Erleichterung überfiel? Erleichterung darüber, dass es sie gab? Wann würde ihr – wiehießesdochgleich? – Charisma Routine werden? Wann würde er anfangen, sich gegen die Macht, die sie über ihn hatte, zu wehren? Autoritäten waren schon immer etwas gewesen, gegen das er aufbegehrte oder das er ignorierte, doch sie gab ihm niemals das Gefühl, dass er sich in … Kehlezeigen erging. Nun kam sie auf ihn zu, dunkel und ernst, und erst als Lasse von der Bank hochschoss, lächelte sie groß und breit, und die Lücke zwischen ihren Vorderzähnen ließ es in seinem Nacken brummen. Natürlich spiegelte sie sich in seiner … ja, Anbetung. Was für ein Glück für ihn, dass sie das wollte. Sie hatte einen dicken gelben Pullover an und eine Wildlederhose, die er für sie hatte nähen lassen, und sie lief auf diese etwas windschiefe Weise mit dem einen Bein leicht nach außen gedreht, als ob sie die Innenseite des Oberschenkels zeigen wolle. Sie bewegte sich wie eine große Frau, aus einiger Entfernung sah sie hochgewachsen aus, doch erst als sie in seinen Arm kam und den Kopf an seine Brust legte, merkte er einen Augenblick, wie klein sie doch war, ehe er selbst auf durchschnittliche Größe schrumpfte.

»Hallo, Lasse.«

»Hallo, Kicki.«

Sie küssten einander nicht, weil Kicki fand, das sei, als würde man öffentlich ficken, und Küsschen gab es nur bei Verwandten oder Bekannten. Das war ein Witz, den sie zu einer Vereinbarung gemacht hatten. Sie drückte sich an ihn, und obwohl er sich wand, ließ sie ihn erst los, als seine Erektion ausgewachsen und spürbar war. Aber sie kommentierte das nicht.

»Bin ich zu spät?«

»Was?«

»Wartest du schon lange?«

»Ja.«

»Was?«

»Nein, ich war auch spät.«

»Warst du gar nicht.«

Er lachte. Sie lächelte und sagte: »Mal im Ernst. Weißt du, warum ich so spät bin?«

»Nein.«

»Weil ich finde, dass ich ein bisschen besser bin als du.«

Er musste lachen, so sprachlos machte ihn ihr Gesichtsausdruck von unverblümter Ungezogenheit.

»Jetzt komm!«, sagte sie und nahm seinen Arm mit beiden Händen. »Wir gehen nach ganz hinten.«

Sie gingen den Bahnsteig entlang, und Lasse dachte: Nein, nicht besser, aber ich liebe dich mehr als du mich. Aber jetzt war es zu spät, das zu sagen. Sonst war es so, dass sie einander Sachen sagten, indem sie Wahrheiten so verkündeten, als wären sie zu pompös, um ernst gemeint zu sein. Sie kannten sich noch nicht so gut. Was sie hatten, war so zerbrechlich, dass es gut eingepackt werden musste, aber gleichzeitig so wertvoll, dass sie sich beide willig halfen, das zu tun. Klartext musste noch warten. Die innigen nächtlichen Gespräche, die sie führten, während der Schweiß auf ihren Körpern trocknete, waren immer noch anekdotisch und zurückhaltend. Aber das machte gar nichts. Nicht, solange es so viele andere und unausgesprochene Wege gab, sich einander zu nähern.

Als sie im Zug saßen, sagte Kicki: »Vorgestern warst du verspätet, Lasse.«

»Was? Nein.«

»Du kamst eine Viertelstunde nach mir zum Kino.«

»Du warst eine Viertelstunde zu früh, Kicki.«

»Aber Lasse, was spielt das denn für eine Rolle?«

»Also …«

»Gott, was rede ich denn? Entschuldige. Ich glaube … ich glaube, ich bin ein wenig nervös wegen dieser Sache. Bist du sicher, dass du das willst?«

»Willst du denn?«

»Willst du?«

»Willst du?«

»Sie sind ein wenig speziell.«

»Alle sind speziell, Kicki.«

»Ja, Lasse. Alle sind speziell.«

Kicki verzog den Mund ein wenig und strich ihm mit einem Finger über die Wange, so wie man eine Träne wegwischt.

Bei Slussen wechselten sie die U-Bahnlinie und sprachen von Kickis Doktorvater, der bei einem Nachtreffen errötend und mit zittriger Stimme gestanden hatte, dass er jedes Mal beim Einkaufen eine Stange Rollo mitgehen ließ. Lasse war sicher, dass sich der geachtete Dozent nur mit ihnen gemeinmachen wollte, um, jaa… Während Kicki sich fragte, ob es nicht auch niedlich und komisch sein könnte, dass die Übersättigung des Bürgertums sich bis ins verborgene Leben hineingedrängt hatte. Lasse lachte und behauptete, diese Formulierung habe sie sich schon vorher ausgedacht, was Kicki leugnete, aber Lasse ließ sich nicht überzeugen, obwohl Kicki darauf bestand, dass das nicht der Fall sei. Sie redeten laut. Sie hatten Spaß. Und die Leute, die in Hörweite saßen, auch.

Jetzt gingen sie einen sonnenumfluteten und windigen Hügel in Björkhagen hinauf. Kicki hatte Lasses Arm umschlungen, aber sie war ein wenig abwesend und antwortete nur mit Lauten auf die klugen und witzigen Beobachtungen, die er zu äußern versuchte.

Sie blieb stehen und ließ ihn los.

»Du weißt doch, dass das nicht mein richtiger Vater ist?«

»Das hast du erzählt. Ich weiß das.«

»Ich kenne ihn kaum.«

»Nein, klar.«

»Mama kann manchmal etwas unausgeglichen sein. Je nach Stimmung.«

»Launisch war das Wort, das du gebraucht hast.«

»Was habe ich noch gesagt?«

»Dass sie sich in Solvalla kennengelernt haben, dass er Lagervorarbeiter bei Kodak ist und dass er nicht gern spricht, weil er eine so hässliche Stimme hat – etwas, wofür ich vollstes Verständnis habe.«

Kicki lächelte etwas schief und sah einem kleinen rothaarigen Mädchen nach, das mit aufgeknöpftem Mantel auf seinem Fahrrad vorbeisauste.

»Deine Mutter heißt Solveig und ist dir nicht sehr ähnlich.«

»Bist du denn gar nicht nervös, Lasse?«

»Sie ist zweiundfünfzig. Was immer du willst.«

Kicki sah ihn forschend an.

»Natürlich bin ich nervös. Ist doch klar. Oder ich bin es jetzt geworden. Durch dich.«

»Lüg nicht.«

»Ich lüge nicht. Ich lüge nie.«

»Ich aber! Jetzt komm.«

Sie ging weiter, und Lasse musste ein paar lange Schritte machen, um sie einzuholen.

»Tatsache ist«, sagte Kicki, »dass es mir brutal schwerfällt, Leuten zu vertrauen, die nicht lügen.«

»Da tust du vollkommen recht«, sagte Lasse und heimste damit eines dieser widerwilligen Lächeln ein, die er so sehr mochte, weil sie nicht vorgetäuscht werden konnten. Er lachte selbst und bot ihr seinen Arm an. Jetzt fing er an, verdammt nervös zu werden.

»Wirst du es finden?«

»Ich finde es.«

Aber sie fand es nicht. Oder sie tat so, als würde sie es nicht finden. Nachdem sie eine Viertelstunde zwischen den Mietshäusern herumgeirrt waren und er Kickis etwas sehr heftige Aufgebrachtheit über die gehirnlose Stadtplanung und ihr eigenes hoffnungsloses Gedächtnis angehört hatte, fing Lasse an, sich auf Letzteres zu verlegen. Als Kicki zum vierten Mal stehen blieb, sich im Kreis drehte und zu den Hausfassaden hinaufschaute, sagte er: »Sollen wir vielleicht mal fragen?«

»Nein.«

»Doch.«

»Nein! Jetzt erkenne ich es wieder. Jetzt weiß ich.«

»Na, also. Super.«

»Du, ich habe hier nie richtig gewohnt, und es ist lange her, dass ich sie besucht habe.«

»Ich verstehe schon. Du musst gar nicht so …«

»Verkrampfen?«

»Nein …«

Sie warf das Haar zurück und zog ihn mit sich. Sie waren bereits fünf Minuten zu spät, und Lasse war inzwischen so nervös, dass er anfing, im Passgang zu laufen. Wenn auch mit leichtem Schritt und dem Duft von ihrem Shampoo in der Nase. Ein großer und dummer und glücklicher Bär. Oder Hund. Auf jeden Fall kein Wolf. Scheiße auch.

Kicki überraschte ihn mit einem schnellen Kuss, ehe sie klingelte. Lasse wich zurück, und das war ein Glück, denn die Tür wurde augenblicklich heftig aufgestoßen. Sie verfehlte ihn nur um einige Zentimeter. Im Flur stand, die Hände hinter dem Rücken, ein kleiner Mann. Er trug einen roten Trainingsanzug und Holzschuhe. Das Haar war nach vorn gekämmt und ein paar Nuancen grauer als sein Gesicht. Er sah Kicki und Lasse an, ohne etwas zu sagen. Lange standen sie nur da und blickten einander an. Schließlich brach Kicki das Schweigen mit einem »Hallo, Edvin!«.

Da lächelte Edvin mit den längsten Zahnhälsen, die Lasse je gesehen hatte, senkte den Kopf und machte einen hofdienerartigen Schritt zurück, um sie in die Wohnung zu lassen. Kicki drängte sich an ihm vorbei, schüttelte die Schuhe ab und pflügte in die Wohnung. Lasse streckte die Hand aus, machte ein paar Schritte nach vorn, stieß sich den Kopf an der Flurlampe und sagte: »Au, verdammte Scheiße! … Lasse.«

Edvin sah ihn an.

»Eins neunundneunzig«, erwiderte Lasse.

Edvin hob die Augenbrauen, senkte die Mundwinkel und nickte verständnisvoll. So standen sie eine Weile in stiller Kontemplation über die Unerbittlichkeit des metrischen Systems, und erst als Lasse seine ausgestreckte Hand zurückzog und sie zur schmerzenden Stirn führte, streckte Edvin seine Hand aus. Lasse hörte sich selbst ein nervöses kleines Kichern ausstoßen und erntete dafür einen verwirrten Blick. Das Händeschütteln blieb flüchtig, und Lasse bemerkte, dass Edvin hinterher seine rechte Hand an der Hose abrieb, während er mit der linken die Tür zuzog. Lasse spürte, wie ihm auf der Stirn und zwischen den Pobacken der Schweiß ausbrach. Er fragte sich, wohin Kicki wohl verschwunden war. Es war nicht gerade nett, ihn einfach hier zurückzulassen. Edvin streckte sich nach einem Bügel und gab ihm den mit einer Miene, als würde er ein kostbares Geschenk überreichen.

»Leg ab«, sagte er, und Lasse zuckte vor der gellenden, kratzigen und nasalen Stimme unwillkürlich zurück. Edvin zeigte mit zwei Fingern auf seine Kehle.

»Ich hab mich mal aufgehängt«, sagte er.

»Achsoverstehe«, haspelte Lasse.

Edvin nickte, schüttelte den Kopf und nickte dann erneut. Lasse pellte sich aus der Jacke und stülpte sie über den Bügel. Edvin nahm ihm den ab und hängte ihn auf.

»Danke!«, sagte Lasse und steckte das Halstuch in den einen Ärmel.

»Das war richtig blöd«, fuhr Edvin fort.

»Echt jetzt?«, fragte Lasse und sah Edvin an.

»Hmm!«

»Also, oder … das kann ich mir vorstellen … also, kann das verstehen … bin selbst mal bei einem dabei …«

»Entschuldige mich«, unterbrach Edvin und verließ rückwärts den Flur.

Abgesehen vom Mund, der trocken und kalt war, war Lasses ganzer Körper feucht und heiß von der aggressiven Verlegenheit, die sich seiner bemächtigt hatte. Er holte tief durch die Nase Atem und spürte sofort, dass die ganze Wohnung von Zigarettenrauch geschwängert war. Sauer und beißend und erstickend. Sogar als Raucher wagte er kaum zu atmen, und … und wohin, zum Teufel, waren denn alle verschwunden? Lasse stand ganz still da und horchte, doch alles, was er noch vernehmen konnte, war der aus dem Treppenhaus widerhallende Lärm eines weinenden Kindes und einer wütend schimpfenden Frauenstimme. Er verspürte den plötzlichen Drang, sich einfach wieder anzuziehen und davonzuschleichen, weg von dem Gestank und von dieser Stimme, die wie eine kaputte Klarinette klang, doch zum ersten Mal fiel ihm keine gute Ausrede ein. Er holte ein paar Mal kurz und kräftig Luft und beugte sich dann hinab, um sich die Schuhe auszuziehen. Die Stiefel saßen fest wie alte Eheringe, und es linderte wahrhaftig nicht seinen bereits tropischen Zustand, alle Kraft aufwenden zu müssen, um aus ihnen herauszukommen. Als Kicki kam und ihn fragte, was er denn mache, stand er an die Wand gelehnt da und versuchte, sich ein wenig zu fassen.

»Warum kommst du denn nicht?«

Lasse richtete sich auf und versuchte ein Lächeln, und er wollte gerade etwas einigermaßen Entwaffnendes sagen, als Kicki auf ihn zeigte, während ihr Kehlkopf zu hüpfen begann.

»Was denn?«, fragte Lasse.

»Aber Lasse!«

»Was denn, was denn?«

»Aber ...«, stammelte Kicki mit der Hand vor dem Mund. »Du hast ja ...«

In diesem Augenblick kam Kickis Mutter und stellte sich schräg hinter die Tochter.

»... einen Schlips!«, rief Kicki.

»Herzlich willkommen!«, sagte Lasse.

Die Frau war fett und komplett in Moosgrün gekleidet. Eine Art gestricktes oder gehäkeltes Kleid mit passenden Nylonstrümpfen und dazu Espadrilles mit hohen Keilabsätzen. Um den Hals trug sie mehrere Ketten in verschiedenen Grüntönen. Das Gesicht war braun gebrannt und der strenge Mund rosa angemalt. Ihre roten Haare waren zu einem riesigen Knoten mitten auf dem Kopf aufgetürmt. In der Hand trug sie ein angezündetes Zigarillo, mit dem sie auf Lasse zeigte, als sie sich jetzt Kicki zuwandte und mit dieser tiefen Stimme, die nur solche Frauen haben, die in großem Stil rauchen, sagte: »Ist er das?«

»Was denkst du denn? Das ist ja wohl klar«, gab Kicki zurück.

Die Mutter rückte die große grüne Brille zurecht und sah an Lasse vorbei, nahm einen tiefen Zug von dem Zigarillo und wandte sich erneut Kicki zu.

»Warum hat er Plastiktüten an den Füßen?«

Es entstand eine Pause, in der alle drei auf Lasses Füße schauten.

»Scheißegal!«, rief die Mutter. »Und selber willkommen!«, setzte sie hinzu und wogte wieder in die Wohnung zurück.

»Das hier …!«, begann Lasse.

»Sieh mich nicht an«, sagte Kicki, »denn wenn wir uns ansehen, dann werden wir uns niemals beherrschen können, und dieses ganze Abendessen wird die Hölle werden, deshalb sehen wir uns jetzt nicht mehr an, und ich gehe auf die Toilette und mache mich … irgendwas, und du gehst da rein und – oder? Und nimmst den Schlips ab.«

»Nie im Leben!«

Kicki drehte ihm den Rücken zu, und Lasse riss sich die Plastiktüten herunter und trat mit wohlgesetzten Schritten ins Wohnzimmer. Die Wände waren von übervollen Bücherregalen bedeckt, über denen wie ein Mosaik dicht an dicht Bilder hingen. Der Raum war fast völlig von einem Flügel und einer Sitzgruppe ausgefüllt, und überall standen Hähne. Auf dem Flügel, auf dem Sofatisch, hier und da im Bücherregal, auf dem Fernseher, auf dem Fensterbrett – auf nahezu jeder freien Fläche stand ein Hahn. Hunderte von kleinen und großen Hähnen aus Keramik, Holz, Bast, Porzellan, Stoff, Glas, Rattan, Plastik, Marmor. Lasse blieb stehen und sah sich um. Einen so schrecklich vollgestopften Raum hatte er noch nie betreten. Man würde niemals alles wieder hineinbekommen, wenn man es einmal ausgeräumt hätte. Er nahm einen nahezu papageienhaft bunten Porzellanhahn in die Hand, dessen Schwanzfedern die Form einer Schale hatten, die Reste von Erdnüssen enthielt. Er war von einer öligen, nikotingelben Schicht überzogen, weshalb der Hahn Lasse aus der Hand glitt. Zwar fing er ihn mit beiden Händen kurz vor dem Fußboden wieder auf, doch packte er ihn dabei so fest, dass der Kopf abbrach. Ratlos stand er da und sah auf die beiden Teile. Aus der Küche war Klappern zu hören, und Lasse steckte den Hahnenkopf schnell in seine Hosentasche und stellte den Körper hinter einen Bücherstapel. Der kurze Edvin tauchte in der Küchentür auf und sah ihn mit einer Miene an, die Lasse als etwas zwischen Trauer und Skepsis interpretierte. Sie standen so lange unverwandt da, dass Lasse schon dachte, nicht nur mit dem Film, in dem er mitwirkte, sei etwas nicht in Ordnung, sondern auch den Projektor habe eine ernsthafte Betriebsstörung heimgesucht. Dann gluckste Edvin ein wenig, ging mit raschen Schritten auf Lasse zu, nahm ihm den Schlips ab, legte ihn sich selbst um den Hals, machte einen neuen Knoten, schlang ihn wieder Lasse um und zog zu. Ein Räuspern veranlasste Lasse, sich umzudrehen, und da stand Kicki und sah in eine andere Richtung, während sie verbissen die Buchrücken auf dem obersten Regalbrett studierte. Der Schlips saß viel zu fest.

Die Küche war ungefähr halb so groß wie eine normale Küche. Trotzdem war sie durch einen massiven Paravent abgeteilt, der den Blick auf Herd und Spüle verwehrte.

Am Fenster stand ein kleiner Tisch, und Edvin setzte Kicki und Lasse nebeneinander auf die eine Seite. Hinter dem Paravent klapperte und lärmte es, und in regelmäßigen Abständen stiegen über der Kante Rauchwolken auf. Der Tisch war mit großem Silberbesteck, kleinen zarten Kristallgläsern und Tellern, die mit Motiven aus der afrikanischen Fauna verziert waren, gedeckt. Lasse versuchte, ein wenig witzig zu sein. Er nahm seine Zigaretten heraus und fragte mit einem kleinen Lachen, ob man rauchen dürfe. Edvin lachte tonlos.

»Bloß nicht«, blökte er, »sie verträgt keinen Zigarettenrauch.«

Lasse lachte noch etwas mehr und klopfte eine Zigarette aus dem Päckchen. Edvin sah ihn mit ernster Miene an.

»Ich habe doch gesagt, sie verträgt keinen Zigarettenrauch«, zischte er, und Lasse hatte das Gefühl, als würde er unter dem Tisch die Hände ringen. Er steckte das Päckchen weg, doch nicht, ohne zuvor ein Zögern lang darüber nachgedacht zu haben, dass von allen schlechten Ideen seines Lebens, die, hierherzukommen, sich augenblicklich unter den ersten drei platziert hatte.

»Mama, brauchst du Hilfe?«, rief Kicki atemlos und fuhr vom Tisch hoch, um hinter dem Paravent zu verschwinden. Lasse sah aus dem Fenster. Es wurde schon dunkel. Der Wind schien sich ein wenig gelegt zu haben. Den Bäumen nach zu urteilen. Und den Baumkronen. Dem Laubwerk. Er rückte den Schlips ein wenig zurecht. Der Knoten war groß, aber trotzdem fest. Unglaublich.

»Möchtest du ein Zigarillo?«, fragte Edvin. Lasse zuckte vom Klang der Reibeisenstimme zusammen.

»Was?«

»Du kannst ein Zigarillo bekommen, wenn du willst. Willst du? Willst du ein Zigarillo?«

Hinter dem Paravent nahm das Klappern zu, und manchmal konnte man ein unterdrücktes Räuspern vernehmen, das Lasse wohlbekannt war. Er lächelte Edvin zu und schüttelte den Kopf.

»Gut, dass es jetzt gleich etwas zu essen gibt«, sagte Edvin.

»Ja, Gott sei Dank!«, stimmte Lasse zu, und diese emphatische Zustimmung war für lange Zeit das Letzte, was Lasse äußerte, denn dann kam das Essen auf den Tisch, und abgesehen davon, dass Kohlrouladen, Kartoffelbrei, Erbsen, Preiselbeerkompott, Krabben, Radieschen, Hüttenkäse und verschiedene Schimmelkäse und das alles gleichzeitig aufgefahren wurden, hielt die Mutter einen Monolog über den himmelschreienden Verfall der Welt, wie er sich in Waschküche, Treppenhaus, Lebensmittelgeschäft, U-Bahnsperren und Fernsehen widerspiegelte, der nur von rasch verschlungenen Bissen und hastigen Zügen am Zigarillo oder Kickis beiseitegefegten Einwänden unterbrochen wurde. Lasse hatte noch nie erlebt, dass Kicki sich so leicht zum Schweigen bringen ließ, sie war so gefügig, als hätte sie ein wenig Angst. Aber es war richtig nett, einfach dazusitzen und nur der Mutter zuzuhören und zu sehen, wie sie es so völlig unverstellt genoss, unzufrieden zu sein. Sie rechnete auf eine infame, ungerechte und schlagfertige Weise mit den Dingen ab, von denen einige sie so glücklich verärgert machten, dass das Fleisch auf ihren Armen in Schwingung geriet und sie gezwungen war, das qualmende Zigarillo aus dem Aschenbecher neben dem Teller zu nehmen, einen gierigen Doppelzug einzusaugen und den Rauch durch die Nase hinauszuschnauben, während sie gleichzeitig das Weinglas in großen Schlucken leerte. Und in gewisser Weise war es auch interessant, ganz normale Essgewohnheiten völlig durcheinander und in eine Form geraten zu sehen, wo alles gleichzeitig gegessen wurde. Auf ein Stück Schimmelkäse folgte ein Bissen Kohlroulade, danach wurde ein Radieschen mit etwas Kartoffelbrei verziert, woraufhin man ein neues Gericht aus Hüttenkäse und Preiselbeerkompott kreierte und das Ganze mit einem halbtrockenen deutschen Landwein herunterspülte. Und nicht weniger faszinierend war zu beobachten, wie lange die Mutter es vermeiden konnte, ihm in die Augen zu blicken.

Nach ungefähr drei Glas Wein fand Lasse es nur noch rührend zu sehen, wie Edvin die ganze Zeit dafür sorgte, dass seine Frau Essen auf dem Teller hatte, mit welcher Zärtlichkeit er Krabben pulte und ihr hinlegte, wie schön er die Gerichte arrangierte. Lasse befühlte den Schlipsknoten, nahm einen Schluck Wein und sah auf seinen Teller, auf dem in einem Teich aus brauner Soße eine Giraffe stand und ihren langen Hals nach einer halben Kohlroulade ausstreckte, die hoch in einer Akazie hing, über die eine Wolke aus Kartoffelbrei hinwegzog. Lasse beherrschte sich, er legte keinen Klacks Preiselbeerkompott als Giraffenlosung hin. Kicki drückte ihr Bein an seines, und die Berührung ließ ihn einen trockenen Mund bekommen. Er befühlte den Schlipsknoten, so samtig wie Kickis Haut, wie seine … seine Eichel. Langsam nahm er kleine Bissen von allem und war erstaunt, wie gut es schmeckte. Die Laune der Mutter hatte eine Verwandlung durchgemacht, und jetzt erzählte sie urkomische Geschichten von einer Charterreise nach Fuengirola. Sie war eine fantastische Erzählerin, und alle lachten, sie selbst nicht ausgenommen, und das war so ansteckend, dass alle am Ende nicht anders konnten, als ihr Besteck hinzulegen und sich dem Lachen zu ergeben. Hustend und mit einer gefährlich kurzen Zigarillokippe im Mundwinkel wischte sie sich die Augen hinter der Brille, deren Gläser davon, mit fettigen Fingern auf einem schweißglatten Nasenrücken hochgeschoben zu werden, inzwischen schon ganz schmutzig waren, sodass sie mit ihr ebenso wenig sehen konnte wie ohne sie. In der abklingenden Heiterkeit entstand ein Schweigen, und Lasse ergriff die Gelegenheit. Er räusperte sich, lehnte sich ein wenig vor und sagte: »Nein, war das gut!«

Das Gesicht der Mutter wandte sich zum ersten Mal ihm zu, und er durfte annehmen, dass sie ihn anschaute.

»Unglaublich lecker!«, setzte Lasse hinzu. »Wirklich.«

Sie legte die Handflächen auf den Tisch, arbeitete sich hoch, beugte sich vor und gab Lasse eine schallende Ohrfeige.

»Jetzt sitz nicht hier und lüg mich an, du ungeschlachter Kerl!«

Lasse zuckte zurück und schlug mit dem Knie an das Tischbein, sodass die Gläser umfielen.

»Mama!«, kreischte Kicki. »Spinnst du?«

»Ja, verdammt noch mal, Kicki! Was ist denn das für ein Typ, den du da mitgebracht hast? Sitzt der Mensch da und stochert im Essen rum wie ein ... wie ein zu lang geratener Spatz und sieht so erzbescheuert eingebildet aus mit seinen hochgezogenen Augenbrauen und in seinem lächerlichen, verdammten Schlips, und am liebsten hätte er Plastiktüten an den Händen, um nicht ... nicht angesteckt zu werden, oder was weiß ich. Der sollte verdammt froh sein, dass ich ihn nicht auf der Stelle erwürge. Elender, gespreizter Pfau. Unglaaaaublich läääcker. Wüüüürklich. So ein Flegel! Ist doch wahr!«

Keuchend ließ sie sich wieder auf den Stuhl fallen. Lasse war versteinert vor Erstaunen. Paralysiert und hilflos saß er da und lauschte dem Klingeln im Ohr, und dahinter hörte er, dass Kicki angefangen hatte zu weinen und ihre Mutter anzuschreien.

»Verdammte alte Vettel! Du bist doch nicht ganz dicht. Du bist ja wahnsinnig. Jetzt gehen wir. Lasse, komm! Wir gehen jetzt.«

Sie zog ihn am Arm, aber Lasse hatte noch nicht kapiert, was hier abging, und er musste einfach noch ein wenig sitzen bleiben, um das zu ordnen. Noch war die Kluft zwischen Wirklichkeit und erlebter Wirklichkeit zu groß, und es mussten irgendwelche Brücken gebaut werden, damit man von der einen Seite auf die andere und wieder zurückgelangen könnte, wenn man wollte.

Jetzt fing die Mutter an zu weinen, sie jammerte laut und schaukelte so heftig, dass sie vom Stuhl fiel und auf allen vieren auf dem Fußboden landete.

»Nein!«, brüllte sie. »Geh nicht, geh nicht«, jammerte sie und kroch hoch und legte den Kopf auf Kickis Schoß. Kicki hielt beide Arme hoch und zog eine angeekelte Grimasse. Edvin schluchzte und warf sich vom Stuhl und auf die Mutter und legte die Arme um sie.

»Tu das nicht, Liebling. Tu das nicht«, ließ er mit einem Falsettwimmern hören.

Kicki streckte die Hand nach einer Gabel aus und erhob sie in der offenkundigen Absicht, sie in den Nacken ihrer Mutter zu rammen, und das erweckte Lasse zum Leben, der ihr Handgelenk packte und rief: »Schluss damit! Hört sofort auf!« In der Sprache der Kindheit. Wie Großvater und Großmutter es immer zu ihm gesagt hatten, wenn er sich allzu sichtbar gemacht hatte.

»Teufel noch mal, verdammte Scheißmama«, zischte Kicki, und wie in einer grotesken Oper wiederholten sie alle eine Weile lang gegenseitig ihre Sätze, ehe es still wurde und die Mutter Edvin abschüttelte und sich wieder auf den Stuhl hievte. Edvin nahm die Brille vom Fußboden und setzte sie ihr auf. Die war jetzt von Staub und Brotkrümeln, die daran klebten, völlig undurchsichtig geworden. Die Mutter tastete keuchend über den Tisch nach ihrem Wein. Edvin gab ihr ein volles Glas in die Hand und wischte ihre Brille mit einem Topflappen ab. Lasse legte den Arm um die zitternde Kicki und zog sie an sich. Eine Gabel fiel auf den Fußboden. Edvin zündete ein Zigarillo an und steckte es seiner Frau in den Mund, die fünf Lungenzüge tat und dann »Kaffee« murmelte, sich vom Tisch erhob und hinter dem Paravent verschwand.

Die drei Übriggebliebenen saßen da und lauschten auf fließendes Wasser, knallende Schranktüren, Porzellangeklapper und ein Moped, das irgendwo weiter unten auf der Straße hartnäckig im Leerlauf aufheulte. Lasse hielt den Blick fest auf die Zierknöpfe der Gardinenstange gerichtet und spürte, wie Kicki sich an ihn lehnte und langsam ruhiger wurde. Edvin unternahm ein paar halbherzige Versuche, den Tisch abzuräumen, gab aber schnell auf und blieb mit einer Streichholzschachtel in der Hand sitzen, die er aus unterschiedlichen Winkeln betrachtete. Unter der Decke waberte blauschimmernd und seidenzart der Rauch. Plötzlich hörten sie, wie die Mutter leise zu singen begann, ein gedankenverlorenes Trällern, das sich bald zu einem lauten Summen mit gepfiffenen Einlagen auswuchs, und Lasse erkannte die Melodie sofort. Unbewusst richtete er sich auf – das war doch *Alfie*, verdammt noch mal, der Lieblingssong seines Vaters, den er wieder und wieder abgespielt hatte, wenn ihn irgendjemand oder irgendetwas an seine Jugend erinnert hatte, immer in der falschen Tonart mitgesungen und im falschen Takt mit den Fingern dazu geschnipst. Was für ein verdammt seltsames Zusammentreffen, fast ein wenig unheimlich. Kicki richtete sich auf dem Stuhl auf, seufzte tief, schüttelte ergeben den Kopf und sandte Lasse einen herzzerreißend beschämten Blick. Lasse zuckte mit den Schultern und arbeitete ein Lächeln heraus. Kicki seufzte und begann dann, Teller zu stapeln und Besteck einzusammeln. Edvin stand auf, um alles wegzutragen, und winkte abwehrend, als Lasse dazu ansetzte, ihm zu helfen. Kicki drehte sich zu ihm, legte die Hand auf sein Geschlecht, umfasste es leicht und murmelte etwas, was Lasse nicht verstehen konnte, was aber eine ängstliche Bitte an seine Männlichkeit sein konnte. Sie stand auf und verschwand aus der Küche. Jetzt ein neues Lied hinter dem Paravent: *Congratulations*! Verdammt noch mal! Er hatte Kopfschmerzen und massierte seinen Nacken, aber das machte die Sache nicht besser, sondern verursachte nur Übelkeit und Flimmern in den Augenwinkeln. Er lockerte den Schlips. Ohr und Wange brannten, und er fragte sich, ob man das wohl sah, ob man in seinem Gesicht Abdrücke von den Ringen der Mutter erkennen konnte. *I want the world to know …* Laut sang sie, und sie kannte den kompletten Text. Fügte sogar Trompeten, oder was auch immer, hinzu. Aber sie hatte eine schöne Stimme. Dunkel und tragend. Da war ihm klar, woher Kicki ihre Stimme hatte, doch das war die einzige Ähnlichkeit, die er bisher hatte erkennen können.

Kicki kehrte mit einem neuen Gesicht zurück. Dicke Lage Grundierung, roter, körniger Lippenstift und so viel Schwarz um die Augen, dass es wirkte, als sei die Iris gesprungen und übergelaufen. Sie setzte sich und nahm Lasses Hand, und er hörte, wie sie versuchte, im Takt mit ihm zu atmen. So wie sie es manchmal machte, wenn sie nicht schlafen konnte, aber glaubte, dass er es schon täte. Mit langsamen und überlegten Bewegungen zündete er eine Zigarette an. Nach einigen Zügen verstummte der Gesang. Lasse sah aus dem Fenster und tat so, als würde er Edvins auftauchende Gestalt nicht bemerken. Das Lied wurde wieder angestimmt. Diesmal in etwas schnellerem Tempo. Edvin räumte die letzten Sachen ab, ohne etwas zu sagen. Lasse sah auf seine warm gerauchte Zigarette und fühlte sich jung. Immer noch dieselbe sechzehnjährige hassdurchzogene Schwermut. Kicki bohrte ihre Nägel in seine Handfläche.

Edvin stellte kleine tulpenförmige grüne Gläser und eine Flasche Cointreau auf den Tisch. Er goss ein und achtete sorgsam darauf, jedes Glas bis zum Rand zu füllen, und dann noch ein wenig mehr, sodass nur noch die Oberflächenspannung die Flüssigkeit im Glas hielt. Kicki und Lasse sahen zu, widerwillig gespannt. Die Mutter kam mit einem altersschwachen Tablett angeschwankt.

»Jaha, jaha, jaja«, sagte sie fröhlich. »So ist es also mit meiner kleinen Kicki.«

Sie stellte das Tablett ab und schob die Brille hoch.

»Meine kleine Trollprinzessin. Mein kleines Zigeunerkind. Hast du endlich gelernt zu weinen, mein Liebling? Ist es Hasse, der dir das beigebracht hat?«

»Lasse.«

»Du hast das noch nie gekonnt. Nicht einmal, als du ein Baby warst. Du warst immer nur wütend. Schenk Kaffee ein, Edvin. Unglaublich wütend warst du. Darüber, kein Essen zu kriegen, nicht rülpsen zu können oder weil es irgendwo wehtat. Aber niemals Tränen. Als du ein paar Jahre älter warst, wurdest du sauer, das schmolligste kleine Mädchen von ganz Schweden, und dann wurdest du der enttäuschteste kleine Teenager, aber niemals habe ich irgendwelche Tränen gesehen, nicht einmal als …«

»Gott, wie du lügst.«

»Im Lachen warst du auch nicht gut.«

»Es ist nur nicht so laut.«

»Nicht einmal, als du dir den Arm gebrochen hast, hast du geweint. Du hast nur voller Hass auf diesen schwächlichen Körperteil gestarrt, als hätte er dich verraten.«

»Daran erinnere ich mich.«

»Du warst … vielleicht zwölf.«

»Wahrscheinlich war ich besoffen.«

»Du warst einfach nur kaltherzig. Ein hartgesottenes Kind.«

»War das wirklich so?«

»Einmal habe ich dich weinen sehen, mein kleines Herz, und das war, als du im Gården Theater gespielt hast. Als es im Stück stand, dass du es tun solltest. Da hast du geheult. Jesses! Ganz überraschend. Die Tränen schossen nur so.«

»Ich erinnere mich nicht. Oder, besser gesagt, ich erinnere mich an das Stück und … Aber ich erinnere mich nicht, nie geweint zu haben. Natürlich habe ich geweint. Alle weinen. Habe ich das nicht getan? Ich kann mich nicht erinnern.«

»Doch, das tust du. Prost, sage ich, darauf, dass du gelernt hast zu weinen.«

»Ich …«

»Prost!«

Sie erhoben ihre Gläser, bekamen etwas Likör über die Finger und tranken aus. Kicki hustete, wandte sich Lasse zu und flüsterte laut: »Und ich habe doch geweint.«

Und Lasse hatte den Impuls, sie auf den Schoß zu nehmen, ihr Gesicht sauber zu wischen und ihre Finger abzulecken und der Mama zu sagen, dass Kicki natürlich geweint hatte. Aber es wurde nur ein dummer Gesichtsausdruck daraus, der solidarisch wirken sollte, und ein Manöver zur Kaffeetasse hin, das nicht sonderlich ablenkend wirkte. Eine gewisse Hitze, die nicht vom Alkohol herrührte, begann sich in seinem Bauch auszubreiten, und die war wohlbekannt und gefürchtet. Lasse fing an, wütend zu werden. Auf sich selbst und die Umstände und den ganzen verdammten Scheiß … Der Puls stieg und ließ seine Kopfschmerzen so fest pochen, dass er meinte, man müsse es hören können. So wie Sportschuhe in einem Wäschetrockner. Lasse sah Kicki an, die vor seinem Blick fast zurückzuckte. Er blickte auf seine Hände herab und wünschte, sie würde einfach Daumen und Zeigefinger in diese schwarzen Augenhöhlen stecken und ihm wie einem Hockeytorwart die Gesichtsmaske abnehmen. Zur Strafbank lächeln und mit ihm eine Auszeit nehmen.

Edvin goss noch mehr ein, und mit zu einer Walnuss zusammengezogenem Mund schüttete er noch ein klein wenig mehr in die Gläser und reizte die Oberflächenspannung aus. Die Mutter nahm eines der übervollen Gläser, kippte es in sich hinein und stellte es wieder hin. Sie schob die Brille hoch, die augenblicklich wieder runterrutschte, und damit das nicht wieder geschah, musste sie auf eine fast demonstrativ hochmütige Art mit zurückgelegtem Kopf dasitzen.

»Jaja«, sagte sie. »Manchmal pflegen sich die Gäste ja für das Essen zu bedanken. Schon mal davon gehört?«

Lasse schluckte kräftig und unterdrückte das Bedürfnis, mit den Zähnen zu knirschen. Edvin sah ihn aus halb geschlossenen Augen an. Kicki saß unnatürlich still. Die Mutter zündete sich ein Zigarillo an. Lasse nahm den Löffel und klopfte fest an die Kaffeetasse. Es klang komisch, wie das Klingeln in U-Boot-Filmen.

»Ooh!«, dröhnte die Mutter, legte das Zigarillo weg und führte ihre Handflächen zusammen. »Das ist aber nett!«

Lasse erhob sich langsam. Man hätte das als Zögern deuten können, doch er wollte nur Kopfschmerzen und Wut in einer Willensanstrengung dämpfen. Das gelang so einigermaßen, doch er konnte den Nacken nicht richtig strecken und musste sich am Tisch abstützen.

»Ich bin kein großer Redner«, sagte er und hörte seinen Vater lügen. »Doch möchte ich meiner Dankbarkeit dafür Ausdruck verleihen, dass ich hierherkommen durfte«, sagte er, im Unterschied zu seinem Vater mit einem echten Zittern in der Stimme, »und sich so für mich die Gelegenheit ergab, ein wenig Zeit mit den nächsten Angehörigen von Kicki zu verbringen, also mit den Menschen, von denen ich ganz sicher sein kann, dass sie meine Gefühle, meine … Liebe für sie teilen. Ich bin gerührt und ganz erfüllt«, sagte Lasse und merkte plötzlich, dass er sich nicht länger würde verstellen können. Er räusperte sich. Schwieg. Eine viel zu lange Pause entstand. Die wurde nach einer Weile so quälend, dass es ihn faszinierte.

»Also …«, seufzte Lasse schließlich, verschränkte die Arme vor der Brust und verlagerte sein Gewicht von einem Fuß auf den anderen. »Es ist sehr interessant, hier zu sein. Unglaublich interessant. Und dann muss ich sagen, dass das Essen verdammt gut war. Ich mag Kohlrouladen wirklich, also, sie zählen zu meinen absoluten Lieblingsgerichten. Und all das andere habe ich auch gemocht, und ich bin ein, ja, normalerweise bin ich ein richtig großer Esser, fast schon peinlich, ihr könnt Kicki fragen, es ist nur, dass man ein bisschen nervös wird, wenn man, na ja, vor allem wenn man gekommen ist, um dich kennenzulernen, also die Mutter, dann will man natürlich einen guten Eindruck machen und … ja … weil man natürlich hofft, dass man sich in Zukunft möglichst oft begegnen wird, wenn ihr versteht, was ich meine …«

Aus dem Augenwinkel konnte er sehen, dass Kicki sich am Arm kratzte und der Kopf der Mutter so weit nach hinten gefallen war, dass es aussah, als würde sie an die Decke schauen. Sie rauchte, aber das musste ja nicht heißen, dass sie nicht schlief. Er fühlte sich lächerlich, und, mein Gott, was war er dieses Gefühl leid!

»Also möchte ich … ich möchte mich für das Essen bedanken. Vielen herzlichen Dank. Es war alles wirklich unglaublich lecker. Ja, vielleicht nicht alles, wenn man nun ehrlich sein möchte. Es war alles gut, abgesehen von diesem Kaffee, der einfach unbeschreiblich schlecht schmeckt. Ich muss sagen, das ist mit Abstand der ekligste Kaffee, den ich je in meinem Leben getrunken habe. Dieser Kaffee stammt direkt aus der Hölle. Pfui Teufel! Ich sage euch ehrlich, ich würde lieber eine echte Gallenkolik nehmen als noch einen Schluck von dieser verdammten Brühe, die ihr hier Kaffee nennt. Doch trotzdem vielen Dank dafür, denn wenn ich in Zukunft jemals das Gefühl haben werde, ich sollte kotzen, dann muss ich nur an den Inhalt und den Geschmack von zurückgebliebener Heimtücke in dieser Tasse denken. Die übrigens scheißhässlich ist.«

Lasse holte tief Luft und setzte sich wieder, dann entließ er die Luft in kleinen, wohlgesteuerten Pustern, ehe er den Kopf drehte und Kickis zuckende Mundwinkel und die blitzenden Augen sah. Aber es war die Mutter, die zuerst lachte, zunächst nur ein wenig mit der Nase, sodass der Rauch sozusagen aus ihr herausblutete. Doch schon bald lehnte sie sich vor, sperrte den Mund auf und lachte laut und ungehemmt, fast ekstatisch, ihr ganzer qualliger Körper schaukelte und zitterte, und der Haarturm wackelte gefährlich in alle Richtungen. Die Brille fiel zu Boden.

Dann lachten alle. Lasse versuchte, es nicht zu tun, aber das war unmöglich. Wenigstens lachte er nicht am lautesten. Alle lachten lange. Dann verebbte es. Und dann kam die Reprise, denn alle wollten wieder in das warme, geschützte Nest zurück.

Irgendwann war wieder Ruhe eingekehrt, in der alle ausatmeten und sich sozusagen in ihren neuen und weicher gewordenen Körpern zurechtfinden mussten. Die Mutter tupfte sich unter den Augen mit einem Tuch ab, wo die Tränen in den Falten ein Delta hatten entstehen lassen. Sie sah Lasse mit einem Blick an, der ebenso schwarz war wie der von Kicki und so zielgerichtet, dass in Lasse kurz der Verdacht aufkam, die Brille sei nur eine Art Requisit, ein Accessoire. Er befühlte den Schlips, ließ die gestreifte glatte Zunge zwischen Daumen und Zeigefinger tanzen und spürte seine eigenen Fingerabdrücke.

»Ja, Mensch, Lasse«, sagte sie und schüttelte den Kopf. Sie nahm die Schachtel mit den Zigarillos, klappte den Deckel auf und hielt Lasse die Schachtel entgegen, der es nach einigen Umständen schaffte, eines herauszufummeln, das er ihr gab. Erst dann nahm er sich selbst eines und versuchte nun eilig, das Feuerzeug aus der Hosentasche zu holen. Die Mutter, das Zigarillo zwischen den gespitzten rosafleckigen Lippen, lehnte sich vor, und Lasse konnte ihr nach ein paar Sekunden fieberhaften Wühlens in der Hosentasche den abgeschlagenen Hahnenkopf hinhalten. Beide schauten erstaunt auf den gelben, halb geöffneten Schnabel und die starren Augen.

»Aber …«, stammelte die Mutter.

»Und das habe ich absichtlich getan«, sagte Lasse und stellte den Keramikkopf auf den Tisch. »Da kannst du Gift drauf nehmen!«

Diesmal erlitt die Mutter einen Lachanfall, der nicht aufhörte, ehe ein gewaltiger Husten sie packte, sodass sie nahezu erstickte und Edvin und Kicki sich dabei abwechseln mussten, ihre Arme hochzuhalten und ihr auf den Rücken zu schlagen.

Ansonsten verlief der Abend verhältnismäßig normal. Die Mutter dominierte natürlich, und das alles überschattende Thema war Kickis Heranwachsen, aber mit etwas gutem Willen konnte man sagen, dass an diesem Tisch ein Gespräch geführt worden war. Zumindest gab es da ein wenig Raum für Fragen und Kommentare. Lasse erfuhr Dinge über Kicki, die sich zu Anfang dagegen wehrte, Mittelpunkt zu sein, aber ganz schnell einsah, dass es sinnlos war zu quengeln, und stattdessen zwischen resignierter Unlust und erstauntem Interesse wechselte.

Wenn die Mutter zu weit ging, zu anzüglich wurde oder ihre Stimmung nahe daran war umzukippen, dann achtete Lasse darauf, sie auf irgendeine Weise zu beschimpfen, und verlockte sie damit, sich wieder in gute Laune zu lachen. Dann präsentierte Edvin seine Zahnhälse und gab in kaputtem Falsett Trinksprüche zum Besten, und Kicki sah ihn mit einem Blick an, der ihm einen halben Ständer und angenehmen Schwindel verursachte. Da freute er sich natürlich, wenn auch mit unruhiger Wachsamkeit, auf die nächste Gelegenheit, beleidigen zu dürfen. Das kannte er gar nicht von sich selbst, aber der neue Lasse hatte vielleicht … vielleicht eine Methode gefunden, mit Zorn umzugehen. Er rollte den Schlips auf und ließ ihn wieder fallen, ließ ihn durch die gekreuzten Finger laufen, trommelte mit den Fingerspitzen auf dem Knoten, leerte sein Glas, rauchte Zigarillo, leerte sein Glas.

Kicki war in der Schule fleißig gewesen, eigentlich etwas zu fleißig, und ein immer wiederkehrendes Lehrerurteil über Kicki hatte gelautet »etwas zu schlau, als dass es für sie gut wäre«, jedenfalls bis zum zweiten Halbjahr in der achten Klasse, als Kicki mit der Schule Schluss machte und mit ihrem gefälschten Pass als Schlüssel zu allem Verderben, das sie kriegen konnte, nachts draußen herumstreunte, und wenn die Mutter nach Hause kam und Kicki nachmittags weckte, hatte das Zimmer wie eine Nerzfarm gerochen, und die Schulberater hatten angerufen, und das Jugendamt war da, und was war nur in das Mädchen gefahren, das vor nur einem Jahr noch die Beste im Land in Gegenwartskunde gewesen war?, aber dann hatte das übelste Lotterleben angefangen, und zwar so, dass Kicki selbst davon erzählen musste, denn daran konnte die Mama nicht einmal denken, ohne gänzlich zusammenzubrechen!

und völlig unvergesslich war, wie Kicki vom Zehner im Eriksdalsbad sprang, obwohl sie erst fünf Jahre alt war und nicht schwimmen konnte, aber Kicki liebte es zu springen, auch zu klettern, aber vor allem zu springen, man ließ sie nicht einmal allein auf einem Balkon, deshalb hat sie wahrscheinlich mit Trampolinspringen angefangen und wurde geschickt darin

das kleine Äffchen, das jede Nacht in Mamas Bett kam und seine kleine Faust in ihre Achselhöhle bohrte und sagte, ich liebe dich, Mama, ich liebe dich, Mama

und damals war es nicht leicht, Herrenbekanntschaften zu haben, jedenfalls eine Zeit lang nicht, denn das kleine Menschlein wachte wie ein … jaa, und sagte zu den armen Kerlen, kaum dass sie ihren Mantel ausgezogen hatten, dass sie sofort wieder gehen müssten, man musste sich reinschleichen, es musste gehen, nein, Kicki hatte kein Schlafmittel bekommen, niemals, nicht ein einziges Mal, als sie älter wurde, hatte Kicki versucht, die Typen von Mama zu bezirzen, duschen zur passenden Zeit und winzig kleine Handtücher, und hast du die Nagelfeile gesehen,

Mama?, und Entschuldigung, oh hallo, aber es kam auch vor, dass Kickis Typen zu Besuch kamen, wenn Kicki nicht zu Hause war, Mama hat ja nicht immer so ausgesehen, wie Mama es heute tut, verdammtes Kortison

Kicki ist früh verschwunden, ist zu diesem Lektor gezogen, der alt genug war, aber das ist eine andere Geschichte, jahrelang nichts von Kicki gehört, kein Besuch, kein Telefongespräch, keine einzige Postkarte, aber der Lektor Reifermann rief manchmal an und redete so fein und verständnisvoll, das wusste Kicki nicht, ach so, wusste Kicki das, wie die Mama geweint hat, wie die Mama gelitten hat?, ihr eigenes Fleisch und Blut wollte nichts von Mama wissen, nein, vom Lektor Lammfleischesser soll Kicki selber erzählen, aber es war wahrscheinlich das Verdienst von Lektor Lexikon, dass Kicki so gute Examen abgelegt hat, Kickis unintelligente Mama hätte Kicki ja nicht helfen können, eine ungebildete Kuh zur Mutter, was sollte man denn damit anfangen?, Mama fragt sich nur, nein, Mama fragt sich nur, Mama fragt sich nur

aber backen konnte die Mama, erinnert sich Kicki, wie sie und die Mama zusammen buken?, so spaßig war das, so viel Lachen und Reden, und dann alles vorm Fernseher aufdecken und Schokolade trinken mit extra-extra Sahne und Schnecken essen und Kuchen zum Abendessen, schamlos lustig und dicht nebeneinander auf dem Sofa sitzen und über alles kichern außer über Olivecrona, in den Kicki so verknallt war, dass sie rot wurde und den Atem anhielt

Eiskunstlauf natürlich, das konnte Kicki kaum anschauen, weil ihr die so leidtaten, die hinfielen, aber gleichzeitig musste Kicki kucken, und die Mama, die wurde genauso nervös, und so saßen Kicki und die Mama da und aßen und zitterten wie bei einem Gruselfilm, und dann schlief Kicki die ganze Nacht bei der Mama und redete im Schlaf und warf sich im Bett herum, sodass man Kicki festhalten musste

immer noch so, wenn man so was sieht, der arme Hasse.

»Lasse!«

»Hab ich doch gesagt!«

Mama fragte, was Lasse so mache, und als er erzählte, er sei in der Bekleidungsbranche, genauer gesagt Jeans, sah sie ihn an und lächelte säuerlich.

»Ein Hosenverkäufer, Kicki, was für ein Fang.«

Lasse sagte: »Wenn du willst, kann ich durchaus eine Sonderbestellung in deiner Größe machen.«

Als die Mama fertig gelacht hatte, erklärte er, dass er nicht im Laden stehe, sondern Grossist sei und seine eigene Produktion starten werde.

»Geht das denn gut? Generalvertreter zu sein?«

»Es wäre schade, wenn …«

Kicki unterbrach ihn.

»Er ist reich, Mama. Groß, dunkel und reich. Und sein Vater ist Oberarzt.«

»Soll ich jetzt neidisch sein auf dich, Kicki?«

»Nein, du hast doch Edvin.«

»Wenn du gemein bist, Kicki, dann bist du so richtig gemein.«

»Und wo kann ich … Scheiß drauf. Tschuldigung, ich muss aufs Klo.«

Mama sah ihr mit offenem Mund und halb geschlossenen Augen nach. Edvin nahm ihre Hand. Erst als sie eine Tür sich schließen hörten, seufzte die Mutter und wandte sich Lasse zu.

»Du musst aufpassen.«

»Ach so?«

»Ihr Weg zum Hass ist so kurz.«

»Ist das nicht nur …«

»Sie ist so … so verschlossen, sie ist eine verschlossene Person, Lasse, und ich habe ihr nie helfen können, sich selbst zu verstehen.«

»Ich finde, dass …«

»Sie hat mich immer verachtet.«

»Nein, das glaube ich …«

»Sie hat immer alles verachtet, das …«

Es entstand eine lange Pause, als die Mutter nach Worten suchte, und Lasse war zu neugierig auf die Fortsetzung, um sie mit einer Frechheit zu überbrücken. Sie trank ihr Glas leer und stellte es auffordernd vor Edvin. Lasse machte dasselbe. Sie sah ihn traurig an und sagte: »Schöne Haare hast du.«

»Was?«

»Es ist, als würde unsere kleine Kicki … lalle ich?«

»Nein, gar nicht …«

»Als ob ihre Art … als würde sie glauben, dass sich alles mit … Arroganz lösen lässt.«

»Ich habe nicht …«

»Aber stell dir vor, sie hat gelernt zu weinen.«

Edvin räusperte sich und stellte ihre Gläser vor sie hin, ohne einen Tropfen zu verschütten.

»Eins solltest du wissen, Lasse. Edvin …«

Sie leerte ihr Glas wie einen Schnaps. Lasse folgte ihrem Beispiel.

»Edvin ist ein fantastischer Liebhaber. Das würde man nicht glauben, oder?«

Lasse räusperte sich und runzelte die Stirn.

»Kickis Papa war das auch. Der Saxofonist. Er war Saxofonist, aber er konnte alle Blasinstrumente spielen. Er …«

Kicki kehrte zurück, völlig ungeschminkt und die Haare zurückgekämmt und zu einem groben Zopf geflochten. Lasse wischte etwas Seife von ihrem Ohr.

»Hallo, ich habe gerade von deinem Papa erzählt. Was für ein guter Liebhaber er war. Ja, nicht weil sein Ding da unten besonders groß gewesen wäre, aber er war ausdauernd und intelligent.«

»Ich will das nicht hören.«

»Aber der Mund, sag ich dir, oioioi!«

»Liebe Mama, ich will nicht. Und die andern auch nicht.«

»Mit den Ambischonen …«

»Ich habe beschlossen, dich nicht zu hassen.«

»Mit Edvin ist es genau andersherum.«

»Du bist so verdammt peinlich.«

»Tiefe harte Küsse von deinem Papilein.«

»Du willst mich einfach noch mal weinen sehen. Oder? Deshalb machst du weiter.«

»Er schrieb immer sein Autogramm über meinen ganzen Körper. Mit der Zunge.«

»Du bist hässlich und eklig, Mama. Verdammt noch mal. Es ist immer eine Weile gut, und dann wirst du wieder so. Sitzt da und bist so verdaaammt – sollst du einem jetzt leidtun? Wenn du dasitzt und aussiehst wie … wie …«

»Sune Mangs als Dragqueen?«

Das rutschte Lasse nur so heraus, und auch diesmal gelang es. Die Mutter lachte, Edvin prostete erleichtert, und Kicki sah ihn an und tat ihr Bestes, um Bitterkeit und Ekel wegzulächeln. Sie lehnte sich zu ihm und flüsterte: »Nach Hause, Lasse. Jetzt! Jetzt-jetzt-jetzt.«

Die Mutter hustete, zündete sich ein Zigarillo an und wandte sich Edvin zu.

»Ja, mein Alter. Du hörst es ja. Fett, peinlich, eklig. Natürlich tut man sich selbst leid. Was für ein Glück, dass man Spaß daran hat, sich selbst leidzutun. Sonst hätte man sich ja vor Ewigkeiten schon das Leben genommen. Oder was meinst du?«

Edvin nickte.

Lasse schob seinen Stuhl zurück und sagte, jetzt sei es Zeit für ihn und Kicki, sich nach Hause zu verfügen – morgen ist auch noch ein Tag… Obwohl das nicht der Fall sein würde, das spürte er sofort, nachdem er sich erhoben hatte. Es erforderte sämtliche Konzentration und eine gewisse Unterstützung von Kicki, sich durch die gefährlich schaukelnde Wohnung in den Flur zu begeben, wo er trotz der Schande auf Nummer sicher gehen und sich auf den Fußboden setzen musste, um Plastiktüten und Stiefel anzuziehen. Als er hochschaute, sah er, wie die Mutter sich an Edvin lehnte, und als er das Gehör einschaltete, hörte er sie sagen, wie nett es doch gewesen sei und dass sie nächstes Mal auch nicht vergessen würde, die Schallplatten von Kickis Vater vorzuspielen, und da gäbe es zwei Songs, die von ihr handelten, und eine swingige Sache, die zustande gekommen sei, als Kicki geboren wurde.

»Wunderbar«, sagte Lasse, und es war, als würde er unter Wasser reden, erstaunlicherweise klang alles aber ganz richtig, als es rauskam. Er sah sich nach Kicki um und war drauf und dran zu kentern, schaffte es aber, sich zu retten, indem er sich auf alle viere stellte. So verharrte er einen kurzen Moment, ehe er seine Jacke lokalisieren konnte, die er mit der einen Hand fest packte, um dann seinen großen und unnachgiebigen Körper zum Stehen zu bringen. Warum war er am meisten betrunken? Er müsste verdammt noch mal doch am meisten Blut von allen hier haben. Lasse holte tief Luft und riss die Augen auf, spürte, wie jemand, Kicki natürlich, seine Hand von der Jacke losmachte und sie auf die Hutablage legte. Die Mutter lachte durch die Nase. Edvin sah betrübt aus.

Eine überladene und wacklige Choreografie später hatte Lasse seine Kleider angezogen, die Mutter umarmt, eine Haarnadel ins Auge bekommen und lange und etwas verkrampft mit Edvin gepumpt. Kicki zerrte ihn zur Tür.

»Warte kurz«, sagte Lasse und wurstelte sich den Schlips ab und gab ihn Edvin, der ihn mit einer Verbeugung entgegennahm. Einen Augenblick lang war es ihm vergönnt, das Material zu befühlen und das Muster zu betrachten, ehe die Mutter ihm den Schlips wegnahm wie einem Kind einen gefährlichen Gegenstand.

Dann standen Kicki und Lasse in der Tür, und die Mutter sagte: »Vergiss nicht, dass ich dich lieb habe, mein Mädchen.«

Und Kicki antwortete: »Pass auf dich auf, Mama.«

Sie blieben noch eine Weile vor der geschlossenen Tür stehen. Kicki vorgebeugt, die Stirn an die Wand gelehnt. Sie hörten die Mutter sagen: »Stell dir vor, auf jeden Fall hat sie gelernt zu weinen.«

Und Edvins Stimme kreissägte sich ins Treppenhaus: »Ja, Solveig. Fantastisch.«

Dann standen sie vor der Tür und umarmten einander ein wenig. Lasse bat Kicki zu warten, während er um die Ecke ging und pinkelte. Als ihm der Geruch von Urin in die Nase stieg, kotzte er, und danach fühlte er sich bedeutend nüchterner. Ein wenig war er von sich selbst angeekelt, aber er sah nicht mehr doppelt und hatte das Gefühl, aufrecht gehen zu können. Er spuckte und keuchte durch den Mund.

Als er zurückkam, saß Kicki im Schneidersitz, den Kopf in die Hände gestützt, auf der Bürgersteigkante. Vorsichtig, um nicht das Gleichgewicht zu verlieren, hockte er sich vor ihr hin.

»Kicki?«

»Ich kann nicht laufen, Lasse.«

»Aber das macht doch nichts. Ich trage dich. Nehme dich auf den Rücken.«

Sie verzog das Gesicht.

»Doch, Kicki. Das mach ich«, sagte Lasse und drehte sich halb herum.

»Spring auf!«

Kicki klammerte sich an seinen Rücken, schlang die Beine um seine Hüften und die Arme um seinen Hals. Lasse ging los. Sie redete dicht neben seinem Ohr.

»Bin ich schwer, Lasse?«

»Nein.«

»Bestimmt?«

»Hmm.«

»Das ist, weil ich hohl bin, Lasse. Ich bin so verdammt hohl.«

»Hör auf.«

»Ich bin wie so ein mexikanisches Ding, das man kaputt schlagen muss, damit die Süßigkeit herausfällt, obwohl ich … du weißt schon, mit verbundenen Augen und einem Knüppel, und wer schlägt, trifft immer daneben und schwitzt und fühlt sich blöd und fängt vielleicht an, unter der Binde hervorzuspicken, und alle anderen lachen und buhen, aber am Ende landet der mit dem Knüppel doch einen Treffer, und die Sache geht kaputt, aber, weißt du, nichts fällt raus, es ist leer. Alle sind so verdammt enttäuscht.«

»Soll man Mitleid mit dir haben?«

»Soll man Mitleid mit mir haben?«

»Ja.«

»Nein.«

»Ich meine: Ja, wie das war, was ich gefragt habe, nicht: Ja, man soll Mitleid mit dir haben.«

»Jetzt klingst du ein wenig außer Atem. Du sagst doch, wenn ich zu schwer werde, oder?«

»Ja.«

»Du bist mein Held, Lasse.«

»Ach, echt?«

»Tut mir leid wegen heute Abend. Entschuldige. Wirklich.«

»Ich bin dein Held.«

»Ich … glaube, dass ich dich liebe.«

Lasse blieb stehen.

»Aber, Kicki, das hast du doch die ganze Zeit getan! Du hast es nur erst jetzt begriffen.«

Kickis Atmung verriet, dass sie lachte. Kicki fand ihn witzig. Sie schnaufte in sein Ohr und klammerte sich fest an ihn. Fest! Und Lasse ging weiter. Verdammt, wie schnell er heute Abend war. Verdammt witzig und stark und schlau, und er, dieser Mann, würde nicht aufhören zu gehen, Kicki nicht loslassen, ehe er tot umfiel. Und nicht einmal dann. Sie flüsterte: »Ich erkenne mich nicht wieder. Nicht in dem, was sie erzählt. Nicht in ihr. Ist das nicht traurig?«

»Doch. Vielleicht.«

»Ich habe nicht vor, deswegen zu weinen.«

»Du kannst gern weinen, wenn du willst.«

Sie begegneten ein paar halbwüchsigen Jungs, die wegschauten, als sie vorübergingen, große Taschen, große Snusprisen, starker Parfümgeruch, stolze Nacken, die Finger gekrümmt, als würden sie immer noch die Schläger halten.

»Erzähl mir von deiner Mutter, Lasse.«

»Das kannst du machen. Genauso gut.«

»Dann erzählst du von meinem Vater.«

»Ja.«

»Das machen wir, wenn wir nach Hause kommen.«

»Ja.«

»Denn heute Abend bin ich keine Fickmaschine.«

»Denk ich mir.«

»Du musst hier rauf!«

»Wie heißt die Haltestelle vor Björkhagen?«

»Hammarbyhöjden.«

»Da gehen wir hin.«

»Das schaffst du niemals. Das ist unmöglich.«

Lasse antwortete nicht. Er ging einfach weiter. Kicki ließ den Kopf auf seine Schulter sinken und schloss die Augen. Lasse marschierte weiter. Mit langen Schritten zu einem Viadukt. Vielleicht nicht ganz gerade, aber das konnte ebenso gut an der Last liegen, die er trug.

Und erst am nächsten Morgen wurde ihm klar – als er dalag und eine nackt und so lautlos und ruhig schlafende Kicki anschaute, die ihn beunruhigt hätte, wenn da nicht das leichte Flattern einer Haarsträhne vor ihrem Gesicht gewesen wäre –, dass es natürlich, auch wenn er sie hielt, anstrengender für sie gewesen sein musste, sich auf seinem Rücken festzuklammern, als es für ihn gewesen war, sie zu tragen. Und Lasse war viel zu glücklich, um sich zu schämen. Für irgendetwas.

O MAGNUM MYSTERIUM

Stürzend, geblendet, schwimmend, herumgeworfen und mitten in dieser Schwere ein Gefühl der Schwerelosigkeit. Wie lange, war unmöglich auszumachen, aber vielleicht stand Lasse einen kurzen Moment in der gleitenden, dröhnenden Welt, ehe sich eine schreckliche Schwere über seine Schultern legte und ihn in die Schneemassen hineindrückte. Also erst Schwere und ungeheure Schnelligkeit, dann eine Art Schwerelosigkeit und absolute Regungslosigkeit.

Zeit? Man konnte von Zeit nicht sprechen, er musste einen Augenblick die Besinnung verloren haben, erinnerte sich an einen schneidenden Schmerz im Hals und dann ein Aufwachen in Dunkelheit, Stille und Bewegungslosigkeit. Er wusste nicht, wo oben und wo unten war, aber er lag in der, wenn man der Statistik glaubte, üblichsten Schlafposition und konnte nur den Kopf und den einen Arm ein wenig bewegen. Ansonsten war er total festgenagelt. Dann wurde er hysterisch. Schrie, weinte und warf den Kopf hin und her, bettelte um einen anderen Tod, den Tod tauschen zu können, gern Schmerzen, unerträgliche Qualen, aber nur nicht dieser unbewegliche, gefesselte Tod des Wartens, den bitte nicht. Nicht den!

Er fing an zu frieren und richtete all seine Aufmerksamkeit auf das Frieren und dachte: Gott, wie ich friere. Gott, wie ich friere. Diesen einen Satz. Nur den. Lange.

Zeit?

Dann kam die Hitze. Lasse wurde warm und ruhig. Erinnerungen – angenehme, glückliche, komische – wurden ihm vorgeführt, und sie waren von einer Intensität, die das Leben selbst nicht zu bieten gehabt hatte. Er konnte sogar Bilder von Menschen heraufbeschwören, die sonst in Träumen und Gedanken immer ohne Gesichter waren, also von denen, die er geliebt hatte. Es war wunderbar, sich nicht bewegen zu müssen. Wie als man klein war und auf Papas Schoß einschlafen konnte. Szenen der Innerlichkeit tauchten in ihm auf, glückliche und bedeutungsvolle Momente, von Liedern begleitet, die er wiedererkannte und die er mochte, die er aber nicht benennen oder einordnen konnte. Das sah ihm gar nicht ähnlich, aber es machte nichts. Nur schade, dass er erst jetzt, da es zu spät war, lernte, über Trauriges zu lachen und über Glück zu weinen.

Er bekam eine Erektion, schaffte es, seine freie Hand in die Hose zu schieben, und umfasste sein Geschlecht. Sicher und scharf. Es war märchenhaft. Er war glücklich. Berauscht. High.

Zeit?

Als die Sonde ihm in die Schläfe und unters Ohr stach, war er nicht froh, gefunden worden zu sein, nicht glücklich, dass ihm das Leben zurückgegeben werden würde, nur verärgert und ein wenig wütend darüber, dass sie kamen und ihn in seinem Frieden störten.

Zeit?

Sie brauchten sieben Minuten, um ihn auszugraben.

Lasse erwachte davon, dass sein Gesicht heiß wurde, und als er die Augen aufschlug, brannte sich das Licht in sie ein, als ob das Fenster ein Vergrößerungsglas wäre. Er schloss die Augen und drehte den Kopf weg, merkte, wie es am Hals zog, und führte die Hand hin. Am Kehlkopf tat es weh, und das Schlucken schmerzte. Vorsichtig machte er die Augen auf und sah sich blinzelnd um. Das Zimmer war bekannt, die Lampe, die Tür, das Bild mit den Schneehühnern und dem Vielfraß, er war selbst viele Male zuvor hier gewesen, allerdings immer als Begleiter von jemand anderem, der sich auf dem Hügel verletzt hatte. Jetzt war er es, der hier lag, konnte er gerade noch feststellen, ehe die Lawine ihn erneut überrollte, und er lag im Bett, in steinhartem Schnee eingeklemmt, und jetzt gab es keine Wärme und keine Ruhe mehr, nur noch Krampf und verzweifelte Atemnot, und nur mit äußerster Kraftanstrengung schaffte er es, sich im Bett aufzusetzen und das Wiedererleben zu durchbrechen. Er schrie, schrie mit aller Kraft, aber was ein mächtiges Brüllen gegen den Tod hätte sein sollen, kam nur wie ein tonloses Zischen heraus, und es fühlte sich an, als würde ihm ein Brotmesser in den Hals geschoben. Doch offensichtlich hatte jemand seinen erstickten Schrei gehört, denn die Tür ging auf und verwischt durch tränende Augen sah er die runde kleine Gemeindeschwester herbeieilen.

»Wie gääht's? Wie gääht's?«, fragte sie und versuchte, mit ihren kurzen Armen um Lasse herumzufassen und ihn wieder zum Liegen zu bringen.

»Gut«, flüsterte Lasse vorsichtig. »Ich habe nur …«

Er verstummte. Das Sprechen schmerzte zu sehr. Ihm fiel ein, dass er nicht mal Papa anrufen und ihm erzählen konnte, was geschehen war. Das war schrecklich. Er lehnte sich in die linkische Umarmung der Krankenschwester, und ihr sanfter Duft von frisch Gewaschenem spendete ein klein wenig Trost und Zuversicht. Er entspannte und ließ sich auf den Rücken drehen. Sie legte die Hand auf seine Stirn.

»Frierste?«

Er schüttelte den Kopf.

»Haste Schmerzen?«

Er zeigte auf den Hals.

»Da haste einen echten blauen Fleck. Du musst irgendeinen Schlag gekriegt haben. Ski vielleicht. Spürste noch was andres?«

Lasse zog unter der Decke die Beine an und kreiste mit den Armen, reckte sich … Es fühlte sich gut an. Wie ein sanfter Muskelkater, das war alles. Er schüttelte den Kopf.

»Das hätte ins Auge gehen können, du.«

Lasse nickte. Hätte ebenso gut den Kopf abgeschlagen bekommen können. Oder die Halsschlagader durchgeschnitten. Oder zu spät gefunden worden sein. Er hätte genauso gut tot sein können. Plötzlich hatte er Angst und musste gleichzeitig lachen. Ein seltsames Doppelgefühl, das er aber trotzdem wiedererkannte. So ähnlich wie das, was ihn erfüllte, wenn er viel zu schnell Auto oder Motorrad fuhr oder mehr noch in den schnellsten Passagen eines Abfahrtslaufs. Aber das war lange her. Nichts von dem machte er noch. Das Rallyefahren war zu einem willkürlichen Gericht geworden, und den Abfahrtslauf hatte er aufgegeben. Am Ende hatten die Bekümmernis darüber, nur Mittelmaß zu sein, und der Zorn, nicht ausgewählt zu werden, mehr gewogen als Freude, Spannung und das Glücksgefühl beim Schnellfahren, und zwar so wahnsinnig schnell, dass man sich schließlich seiner Furcht hingab, um in eine andere Art Zeit aufgenommen zu werden, eine Zeitdimension, in der alles plötzlich immer langsamer wurde, je schneller man fuhr. Nicht mehr. Der Führerschein war immer noch eingezogen, und im Schnee verbrachte er die meiste Zeit damit, junge Leute dazu zu bringen, das Steuer herumzuwerfen, und ältere Leute dazu, die Knie zu beugen und zu begreifen, was ein Talski war. Jetzt lag er hier und fühlte sich … aufgeräumt. Schwester Lenita wickelte eine Blutdruckmanschette um seinen Arm. Er lächelte sie an. Sie lächelte zurück. Lasse lachte. Das tat auch weh, aber das war ihm scheißegal.

Als er das nächste Mal erwachte, war das Licht verändert, ein Abendlicht, und er war schweißgebadet. Er strampelte die Decke weg, und nach einer Weile zog er den Krankenhausschlafanzug aus. Der Penis reagierte, als er seine Hand darauflegte, aber das Einzige, was er verspürte, als er steif wurde, war das wachsende Gefühl, wieder in der Lawine eingeklemmt zu liegen. Aber *da* hatte er doch keine Angst gehabt. Sollte die jetzt kommen? Verdammt noch mal! Wenn das nun so bleiben würde? Wenn er nie wieder geil sein konnte, ohne Angst zu kriegen? Er verschränkte die Arme vor der Brust und dachte an Haare im Essen, sah sich verzweifelt im Zimmer um und konnte es plötzlich überhaupt nicht mehr ertragen – wollte nur noch weg. Die Tür ging auf, und er riss Laken und Decke an sich.

»Wie gääht's? Gääht's gut?«

Schwester Lenita eilte zu ihm. Er nickte eifrig, hörte nicht auf, ehe die Krankenschwester ihm eine Hand auf die Stirn legte.

»Du bist sähr warm, soll ich das Fenster ein wenig aufmachen?«

Lasse nickte.

»Und die Kleider hat er sich ausgezogen.«

Sie ging um das Bett herum zum Fenster, das sie ein klein wenig aufmachte.

»Da sitzt einer drauß'n, der dich seh'n will. Gääht das?«

»Wer?«, flüsterte Lasse und musste sofort den Schmerz wegschlucken.

»Der mit dir aufm Berg war. Von Stockholm.«

Lasse setzt sich erstaunt auf. Der Pelikan. Der Pelikanarsch! Der aussah wie so ein Afghanenhund. »Hallöchen! Pierre, genannt Pirre!« Der hippste Typ der nördlichen Erdhalbkugel. Mit seinen knallblauen Stiefeln. Der so eine Art verdammter Reiseleiter für diese geschwätzige Gruppe aus Stockholm war, die schon am ersten Abend das ganze Champagnerlager leer gesoffen hatte. Der so gotterbärmlich anstrengend war und der unbedingt (»scheißdrauf, komm Alter – scheißdrauf, komm Alter«) abseits der Pisten fahren wollte, obwohl Lasse ihm gesagt hatte, dass es zu spät im Jahr war, zu gefährlich, aber er war niedergequatscht worden, und fünfhundert, um den

Großstadtheini mit nach Björkåsen zu nehmen, was um diese Jahreszeit meist noch verlässlich war, schien dann auch keine schlechte Idee zu sein. Lasse hatte ihn nicht mal mit auf eine Probefahrt auf den Hügel genommen, um zu checken, wie gut er war, sondern nur seine Sachen angeschaut und festgestellt, dass die Ausrüstung ziemlich gut war und benutzt aussah. Dann, auf dem Weg nach oben, fing er schon nach einer Viertelstunde an zu mosern und zu stänkern, wie anstrengend es sei, obwohl sie mit einem Tempo unterwegs waren, das verdammt noch mal weit unter dem Gefangenenchor lag. Ein verdammtes Gemecker, ein nasaler Klageschwall, der kein Ende nehmen wollte, und Lasse war sauer geworden, das war die Sache nicht wert, bewölkt, Gegenwind und ein nerviger Pelikan und das alles für eine scheißlangweilige Abfahrt, na ja, nicht direkt auf ebener Strecke, aber doch mehr sanfte Hügel als Hang. Aber fünfhundert Kronen waren fünfhundert Kronen, Lasse biss die Zähne zusammen, aber als der Afghanenmensch rief, dass er für Lasse hoffe, dass die Abfahrt die Quälerei dann auch wert sei, da merkte er, wie die Wut in ihm hochschoss, und ohne richtig nachzudenken änderte er die Richtung und nahm Kurs auf den Ripbranten, denn jetzt sollte der alberne Typ mal die Arschbacken zusammenkneifen, wie er es noch nie getan hatte. Noch zwanzig Minuten ununterbrochenes Gejammer, dann standen sie schließlich mit den Brettern am Überhang und sahen auf einen Hang hinunter, einen Steilhang, der wie ein Abgrund war, da verstummte der Tiefschneequatscher, und Lasse konnte nicht umhin, ihm zuzulächeln – aber weniger aus Zufriedenheit, ihn mundtot gemacht zu haben, sondern aus der Freude heraus, die es bedeutete, über einen unberührten Berghang von dieser Neigung und dieser Fallhöhe zu schauen. Verlockend, herausfordernd, bedrohlich … und die Sonne kam heraus und mit ihr das ganze Farbenspiel im Schnee, und die Klippen, die im Hang eingesprengt lagen, wurden zu Skulpturen, die zwischen Rot, Braun und Blauschwarz wechselten, es war wunderbar, und Lasse würde vorausfahren, das war natürlich am sichersten, verantwortungsbewusst, aber eigentlich war das nicht der Grund, nein, er und kein anderer sollte die ersten Spuren in dieser Jungfräulichkeit hinterlassen, der Tiefschneeverrückte hatte sein Recht darauf verquatscht. Da, wo sie jetzt standen, war es so steil, dass die Fahrt mit einem freien Fall von einigen Metern eingeleitet werden musste, ehe man anfangen konnte zu schwingen, aber nicht zu viel, nicht zu eng, der Schnee konnte ein Stück weiter unten festgebacken sein, und man brauchte Fahrt, um ihn wegdrücken zu können. Es war lange her, dass Lasse einen derartigen Rush empfunden hatte, eine solche Lust … zu erobern, dass es ihm richtig schwerfiel, sich zusammenzureißen, er hatte nicht einmal richtig Lust, die Skischuhe zuzuklammern, er sagte zu seinem Begleiter, der dastand und keuchte und dampfte: »Du, Pirre, wir machen es so, dass du versuchst, dich links von meiner Spur zu halten, es ist genug Platz, und auf der Seite ist es am sichersten, und wenn du willst, kannst du auch noch zwanzig Meter weiter rübergehen, da ist kein Überhang, dann musst du nicht springen. Okay?« Und Pirre hatte zu Lasse hochgeschaut, angespannt genickt und Brille und

Mütze zurechtgerückt. Lasse steckte den Stock einmal ein und sprang über den Kamm.

Er hatte seine Lust unterdrückt, die ganze Sache in einem großen Schwung runterzufahren, und entschloss sich stattdessen, nach vierhundert Metern, als es ein wenig flacher wurde und man sich rechts halten musste, um nicht völlig in die Pampa zu geraten, stehen zu bleiben – ein Akt der Höflichkeit gegenüber dem, der ihn gemietet hatte und den er nicht einmal trotz der Euphorie über eine vollendete Fahrt vergessen konnte. Lasse war wieder bester Laune und sah lächelnd zu seinen verdammt perfekten vertikalen Sinusspuren hinauf, dann weiter rauf zu seinem Kumpel Pirre, der Lasses Empfehlung gefolgt und etwas zur Seite gegangen war und jetzt auf die Stöcke gestützt dastand. Wenn sie unten angekommen waren, würde er ihm vielleicht von seiner Begegnung mit Ingemar Stenmark erzählen und davon, wie Lasse als Dreizehnjähriger ein Wochenende in Tärnaby gewesen war und am Abend nach dem Fahren mit ein paar Gleichaltrigen vor der Post gehockt hatte. Was man da halt so machte. Ingemar kam dazu, jünger, kleiner, ging direkt auf Lasse zu und sagte: »Biste aus der Stadt?« »Ja«, erwiderte Lasse. »Soll'n wir Rennen fahren?«, fragte Ingemar.

Lasse winkte seinem Skikameraden, der sich aufrichtete, ein wenig mit den Brettern stampfte und sich langsam nach vorn rüttelte, bis er über den Rand fuhr. Drei, vier schlampige, hässliche Schwünge mit durchgedrückten Knien, steifen Hüften und mit dem Oberkörper in einer Stellung, als würde er vor der Fahrt zurückschrecken … und dann rutschte er aus einem Rechtsschwung heraus, fiel in eine hoffnungslose Rückenlage und schneepflugte breitbeinig und hilflos mit den Armen fuchtelnd über Lasses Spur und weiter darüber hinaus.

»Lass dich fallen!«, schrie Lasse.

Aber der Idiot wollte das nicht, konnte es vielleicht nicht, und überquerte jetzt wie ein grellfarbener Tretschlitten die Böschung und schnitt das ganze Schneefeld ab.

»Lass dich fallen zum Teufel, du Idiot!«, schrie Lasse, und da endlich machte er es. Aber da war es schon zu spät. Ein kurzes krachendes Donnern, wie ein kurzer Angriffsruf vom verborgenen Befehlshaber des Berges, und der ganze Scheiß setzte sich in Bewegung. Lasse schaffte es nicht einmal, sich umzudrehen, ehe die Lawine über ihm war, sausend, zischend, rasselnd … dunkel grummelnd, wie ein Mensch, der versucht, sein Unbehagen wegzusummen, wie etwas, das in der falschen Umdrehungszahl abgespielt wurde.

Schwester Lenita musste Lasses Schweigen so interpretiert haben, dass sie den Stockholmer reinrufen konnte, denn jetzt stand er plötzlich mit einem Wolfspelz im Arm am Bett und sah betrübt aus, mehr hundegleich denn je, nervös auf der Stelle tretend. Ohne zu fragen setzte er sich auf die Bettkante, ließ den Pelz auf den Boden fallen und nahm auf theatralische Weise Lasses Hand in seine. Er atmete schwer und roch nach Gin. Und plötzlich brach er in Tränen aus.

»Verdammt«, schluchzte er. »Es tut mir so verdammt leid. Verdammtes Glück, dass du lebst. So eine Scheiße. Entschuldige. Was für eine verdammte Scheiße. Entschuldige. Wie bekloppt kann man eigentlich sein? Scheiße. Entschuldige.«

Lasse umfasste seine eine Hand und schüttelte abwehrend den Kopf. Pirre versuchte, seinen Blick mit seinen tränenfeuchten Augen einzufangen, natürlich erwartete er eine Antwort. Lasse zeigte auf seinen Hals und schüttelte weiter den Kopf.

»Ich weiß«, sagte Pirre. »Sie hat gesagt, dass du nicht mehr …«

Ein neuer Weinkrampf unterbrach ihn, er kriegte kein Wort mehr raus, saß einfach da und schluchzte mit gesenktem Kopf, sodass das dünne Haar wie eine schmutzige Tüllgardine vor das Gesicht fiel und es verdeckte, er ließ Lasses Hand los und verschränkte die Arme vor der Brust und heulte einfach weiter, unverstellt und rettungslos. Natürlich war das traurig, der Typ war ja total am Ende, aber war das nicht ein wenig … peinlich? Lasse setzte sich auf, legte den Arm ein wenig locker um seine Schultern. Schwester Lenita schaute rein und wurde weggewinkt. Es schien, als würde der Mensch überhaupt nicht mehr aufhören können. Lasse tätschelte ihm die Schulter und sah sich in seinem Zimmer um, das er immer mehr als erstickend zu begreifen begann. Er musste hier weg. Und zwar schnell. Endlich hörte Pirre auf zu heulen, nahm einen tiefen, unsicheren Atemzug, räusperte sich und sagte mit klarer und scharfer Stimme, ohne den Kopf zu heben: »Ich muss dir was sagen. Was du wissen sollst. Ich bin reich. Was willst du haben? Ganz im Ernst. Du kriegst, was immer du willst. Mir gehören eine Menge Geschäfte in ganz Schweden. Es läuft gut für mich. Was willst du haben? Ein Auto? Geld? Brauchst du nach der Saison hier einen Job? Alle wollen Jobs in meinen Läden. Man ist cooler als … als Skilehrer, wenn man in meinen Läden arbeitet. Ich muss das hier wiedergutmachen können, dir das hier ersetzen. Was willst du haben? Was kann ich dir geben?«

Pirre sah auf. Lasse wusste nicht, was er geantwortet hätte, wenn er nur hätte antworten können. Also machte er eine Geste, die in ihrer Verlegenheit alles Mögliche bedeuten konnte, die aber dem verheulten Mann auf seiner Bettkante sagen sollte, dass er doch aufhören möge, Lasse würde nichts von irgendjemand annehmen.

»Ja. Ja! Du musst jetzt nicht antworten. Denk drüber nach. Ich muss dir irgendwas dafür geben können. Aber sag mal, du …« Er senkte wieder den Kopf. »… wir können es vielleicht so machen, du und ich, dass wir nichts von dem sagen … ich meine, wir müssen ja nicht direkt erzählen, was da oben passiert ist, was die Lawine … ja, du verstehst schon, wie sie ausgelöst wurde. Oder? Oder?«

Lasse sah weg, als Pirre versuchte, seinen Blick einzufangen. Er verstand. Er merkte, wie die Verachtung in ihm hochstieg, als würde hier eine Hierarchie zwischen ihnen aufgebaut, nach der Lasse mit einem Mal das Recht, ja, sogar die Pflicht hatte, auf den vermögenden und erfolgreichen … verdammten Schleimer herabzusehen. Es sollte vertuscht werden. Pirre wollte für die Wahrheit nicht einstehen. Der reiche Pelikan wollte sich freikaufen von … ja, wovon denn? Von der Schande? Es war schon etwas idiotisch gewesen, aber so sehr dann auch wieder nicht. Vielleicht wäre sie sowieso ausgelöst worden. Man stand doch ein für das, was man gemacht hatte. Man sagte es, wie es war. Lasse war von Pirres Methoden peinlich berührt. Das war doch verdammt unwürdig … unanständig, hätte sein Papa gesagt. Unehrenhaft. Feige.

»Was sagst du, Lasse?«

Ungeachtet der Schmerzen flüsterte Lasse: »Ich will, dass du mich nach Hause fährst.«

Am liebsten hätte sich Lasse auf den Rücksitz des gemieteten Saab gesetzt, aber das wäre dann doch zu demonstrativ gewesen, und so saß er jetzt neben einem rückgratlosen Boutiquenschwuli, hörte mit halbem Ohr auf dessen manisches Gelaber, während er über den See und die Bergrücken im Hintergrund schaute, die in dem spröden Abendlicht lilafarben schimmerten. Er kannte sie so gut. Zum Koppfjällsmassiv hinten ging er, wenn er mal ein wenig raus musste. Einfach ein paar Tage lang Touren gehen, im Zelt schlafen, einmal im Schneebiwak, das war echt extrem, meist hatte er in Hütten übernachtet, aber niemals, wenn schon andere da waren.

»… also, weißt du, wir dachten uns, dass wir ein kleines Flugzeug chartern und so mit einer Gruppe nach Verbier runterfahren, einen Führer mieten, und du solltest wirklich mitkommen, musst unbedingt mit dabei sein, das wird …«

Manchmal war Kristina mitgekommen, ehe sie zu den Copper Mountains ging, seine Freundin von früher aus dem Skigymnasium in Järpen, ein muskulöses Slalommädchen aus Idre, mit dem man schweigen konnte. Aber es war immer noch besser gewesen, allein zu sein, auch wenn das Liebemachen (wie sie es genannt hatte) im Berg (Kameradenfick war sein Wort gewesen, und dafür hatte er einen Kick mit dem Skistock bekommen), mit dem Wind, der um das Zelt dröhnte, schon etwas Besonderes gewesen war, nicht sonderlich gut, aber ... man erinnerte sich wegen anderer Dinge daran, die Gerüche ... Rentierpelz, getrockneter Schweiß, Geschlecht, feuchte Schlafsäcke, Rotwein ... Nähe ... nicht zueinander, sondern eher zu etwas anderem, wie ein scheues Ritual zu irgendjemandes Ehre, wie als Dank für die Mühe ... das seltsame Gefühl, angeschaut zu werden, belauscht ...

Es war nur seltsam, dass er nun so wenig empfand, als er zu den mit Birken bedeckten, in Falten gelegten Hängen schaute, zu den schwarzen Gründen der Schluchten, dem kahlen Berg oberhalb der Baumgrenze, der auf die Entfernung einen orangefarbenen Glorienschein bekommen hatte, wo der Wind den Schnee aufwirbelte. Die Großartigkeit, bei deren Anblick sich ihm sonst vor Sehnsucht, Erwartungsfreude, Melancholie, Ehrfurcht und Zusammengehörigkeitsgefühl die Eingeweide zusammenzogen – eine Mischung aus widersprüchlichen Gefühlen in solcher Tiefe, die zu verstärken er noch die schlechte Angewohnheit hatte, indem er in seinem Zimmer im Personaltrakt einen Sessel ans Fenster zog, ein Pfeifchen rauchte, Joni hörte und einfach nur rausglotzte. Jetzt verspürte er nichts. Das war erschreckend. Etwas war mit ihm geschehen. Verdammt, es war, als hätte er sich an irgendeinem Tabu des Berges vergangen und wäre aus einer Gemeinschaft ausgestoßen worden. Das, was sein größter Trost gewesen war, ließ ihn kalt. Warum nur? Er hatte doch nichts getan! Und wenn, dann war er doch bereits bestraft worden.

»… und es gibt ja auch keinen Grund, immer nur im Land zu bleiben, nächste Woche mache ich eine Boutique in Oslo auf, und bald wird auch Kopenhagen dazukommen, aber schon klar, dass man auch mal nach London schielt, das wäre doch geil, was? Oder Mailand. Italien ist top. Auf Paris scheiße ich! Dieser Pelz hier ist zu klein für dich, sonst hätte ich ihn dir geschenkt. Ich besorg dir einen. Die Leute werden glauben, du seist ich.«

Er lachte. Lasse sah auf seine Kleidung, sie war zumindest trocken, aber die Lawine hatte sie mächtig mitgenommen, überall waren große Risse, der Reißverschluss der Jacke hing wie eine Schlinge bis zum Knie hinunter, und die Hose war vom Knie bis zum Schritt aufgeplatzt. Konnte man nur wegwerfen. Neuen Skianzug kaufen. Oder nicht. War das vielleicht auch ein Zeichen? Seltsame Gedanken. Ihm so gar nicht ähnlich. Aber er hatte etwas richtig Fieses erlebt. Kein Wunder, dass er etwas aus der Spur war. Auf jeden Fall war es schön, in einem Auto zu sitzen und die Welt einfach nur vorbeiziehen zu sehen, einfach nur zu genießen, in Bewegung zu sein. Und es war sogar so, dass Pirres unendlicher Monolog über Pirres Vortrefflichkeit ihn in all seiner Nervosität und Zwanghaftigkeit beruhigte. Ein monotones Rauschen von Wörtern, das sich mit dem des Autos verband, eine warme Decke aus Geräuschen, in die er sich einkuscheln konnte. Wenn es nach ihm gegangen wäre, hätte die Reise ruhig länger dauern können, viel länger, tatsächlich fühlte es sich immer besser an, dazusitzen und die Landschaft betrachten zu können, ohne Sehnsucht zu empfinden, und einfach nur gefahren zu werden … Aber vielleicht doch nicht ganz. Zum ersten Mal seit langer Zeit verspürte er Lust, selbst zu fahren. Jetzt war es ungefähr drei Jahre her, seit er erwischt worden war. Mit einer inzwischen vergessenen Ausrede hatte er nach einem weiteren katastrophalen Rennen den Alfa Romeo des Atomic-Vertreters ausleihen dürfen und den mal so richtig ausgefahren. Der Polizist, der ihn anhielt, sagte: »Du, das war ziemlich schnell.« Und Lasse antwortete mit Nachdruck: »Ja«, denn das war es gewesen, da brauchte man nicht lange rumzumachen. »Hundertsechzig auf einer 70er-Straße«, sagte der Polizist. »Was?«, fragte Lasse erstaunt. »Genauer gesagt, hundertzweiundsechzig«, fügte der Polizist hinzu. Da begriff Lasse, dass er bluffte, der Zeiger beim Radar musste genauso wie beim Alfa unten verschwunden sein. Lasse wusste ganz genau, wie schnell er gefahren war. Zweihundertvierzig. Auf einer 70er-Straße. Aber es gab keinen Grund, extra darauf hinzuweisen. Der Polizist kontrollierte seinen Führerschein, und als Lasse im Reflex eine Hand ausstreckte, um ihn zurückzunehmen, hatte der Polizist nur herzlich gelacht und ihn in die Hosentasche gesteckt.

»Ist es hier?«

Lasse nickte, und sie bogen auf den schmalen, vom mittäglichen Tauwetter nassen Weg zum Hotel hinauf ein, überall kleine Deltas aus Schmelzwasser, Blattwerk, das trotz des trüben Lichts glitzerte. Pirre fuhr um das Hotel herum und zum Anbau hinauf, in dem das Personal wohnte, blieb mit einem kleinen Schleudern stehen und machte den Motor aus. Lasse hielt den Daumen hoch und suchte mit der anderen Hand nach dem Türgriff.

»Warte noch«, sagte Pirre, und Lasse erstarrte, er wusste, was jetzt kommen musste.

»Du … es tut mir so schrecklich leid.«

Lasse nickte.

»Kommst du heute Abend an die Bar? Schaffst du das? Ich lade dich natürlich zu allem ein, das weißt du.«

Lasse nickte.

»Deinem Hals würden ein paar Whisky vielleicht ganz guttun.«

Lasse nickte.

»Ach du, worüber wir vorhin geredet haben. Also, das mit der Lawine. Sind wir uns da einig? Ja?«

Lasse sah geradeaus, saß schweigend da und betrachtete einfach nur seine eigene Spiegelung auf der Innenseite der Windschutzscheibe. Dann machte er die Tür auf, stieg aus dem Auto, winkte Pirre zu und schlug die Tür zu. Natürlich würde er nichts sagen, aber dieser Mann ohne Ehre durfte ruhig ein bisschen schwitzen. Wie fröhlich und zufrieden man mit sich selbst sein konnte, wenn man keine Scham besaß. Vielleicht hatte er damit aufgehört. Vielleicht hatte er so verdammt viele hässliche Dinge getan, dass er untergehen würde, wenn er sich für alles schämen müsste. Das Auto wurde angelassen und setzte zurück, *tutturututu* auf der Hupe. Tschüss, mein Lieber.

Lasse merkte, wie die Feuchtigkeit in die Latschen zu sickern begann, die Schwester Lenita ihm gegeben hatte, als sie endlich fertig protestiert hatte. Er lief zum Eingang und merkte dabei, wie steif er war, alle Knochen taten ihm weh. Als wäre er alt geworden. Als hätte die Zeit einen Sprung gemacht.

Er machte das Deckenlicht an, schaltete es jedoch gleich wieder aus, nachdem er sich in seiner kleinen Kammer umgeschaut hatte und angeekelt davon war, wie verdammt dürftig und dreckig und unordentlich es da drinnen aussah. Bei ihm. Er zog den Sessel ans Fenster und setzte sich im Dunkeln hin und sah auf die Bergkämme hinaus, die jetzt aussahen wie diese Ausschneidebilder aus Transparentpapier, die er in der Vorschule gemacht hatte. Disneyhimmel. Auf dem Flur waren Schritte zu hören. Sie kamen näher und blieben vor seiner Tür stehen. Lasse saß ganz still und hielt die Luft an. Wer es auch immer war, er wollte keinen sehen. Nicht jetzt. Noch nicht. Er wartete, bis sich die Schritte entfernt hatten und weiter weg eine Tür zugegangen war, dann stand er auf und schlich sich zur Tür, die er zum ersten Mal überhaupt abschloss. Eine plötzliche Hitzewallung ließ ihn alle Kleider ausziehen, dann sank er wieder in den Sessel. Nach einer Weile fing er an zu frieren, schaffte es aber nicht, aufzustehen und sich mit irgendetwas zuzudecken. Zitternd saß er da und versuchte etwas zerstreut, sich selbst zu wärmen, fühlte sich leer und doch nicht. Es war verdammt komisch, aber er hatte das Gefühl, als würde gerade etwas passieren, und nicht, als wäre es bereits passiert. So konnte sich die Erleichterung darüber, einem schweren Unglück entronnen zu sein, doch nicht anfühlen, das hier war ja mehr, als wäre man … vor Erwartung den Tränen nahe. Wurde er jetzt verrückt? Befand er sich noch im Schockzustand? Er stand auf, zog sich einen Pullover über und stopfte ein Pfeifchen, doch dann verlor er aus irgendeinem Grund die Lust und legte die Pfeife auf den Tisch, ohne sie angezündet zu haben. Er setzte sich in den Sessel. Jetzt war es draußen dunkel, aber ein unsichtbarer Mond warf ein wenig Licht durch das Fenster und ließ seine nackten Beine leicht metallisch wirken. Es war sternenklar. Ein schwach pulsierender Satellit zog am Nachthimmel seine Bahn. Lasse schloss die Augen, wollte schlafen, wusste aber, dass das nicht gehen würde. Es war, als sei man hungrig, aber vom Essen angeekelt. Als wolle man vor allen fliehen, die einen füttern wollten. Aber wohin sollte er gehen? Es war doch auch peinlich, das musste er sich eingestehen, dass er hier saß und das Bild von seinem Jungenzimmer in der Stadt heraufbeschwor, wo der Papa dafür gesorgt hatte, dass immer frisch geputzt und das Bett gemacht war. Sollte er nach Hause fahren und Papas Fleischbällchen essen, groß wie Bandy-Bälle und ohne verdammtes Preiselbeerkompott? Im Zimmer liegen und in irgendeinem alten Modesty Blaise blättern? Sich vom Geräusch des Verkehrs vor dem Fenster einschläfern lassen? Nein. Es half nicht wirklich, sich das vorzustellen. Die Sehnsucht, die er empfand, war mehr wie Heimweh nach dem … Fremden. An der schmalen Wand, zwischen Bergen von verschiedenen Rock-, Ski- und Herrenmagazinen, stand ein Stapel Bücher, Romane, die ihm sein lieber Vater regelmäßig schickte. Als könnte er nicht zugeben, könnte es nicht in seinen Kopf reinkriegen, als hätte er vergessen, dass sein Sohn Legastheniker war und man ihn wohl nicht einmal mit vorgehaltener Waffe dazu würde bringen können, einen dieser Bände aufzuschlagen. Er streckte einen Fuß aus, um den Stapel umzuwerfen, reichte aber nicht heran. Verdammt! Er erkannte sich selbst nicht wieder. Es war, als wäre er ausgehöhlt. Hohl. Und alles, was er tun konnte, war, hier zu sitzen und sich selbst nicht wiederzuerkennen. Lasse hievte sich aus dem Sessel, machte das Licht an, legte *Rock'n'Roll Animal* auf und drehte so laut auf, dass kein Klopfen mehr zu hören sein würde, machte das Licht aus und setzte sich. Natürlich würde er rausgeschmissen werden.

... you can all go take a fucking walk and I guess I just don't know and I guess that I just don't know

Wäre er für die Skilehrer verantwortlich gewesen, hätte er sich selbst rausgeschmissen.

... wish that I'd sailed the darkened seas on a great big clipper-ship I'd put on a sailor suit and cap

Jetzt saß er unten in der Hotelbar, frisch geduscht, so gut wie möglich angezogen, mit einem großen Bier in der Hand und einem kleinen Brancamenta auf dem Tresen. Der dritte. Die beiden vorherigen hatten dem Hals tatsächlich so weit geholfen, dass er flüstern konnte, ohne dass es sonderlich wehtat. Er fühlte sich ruhig und angenehm erschöpft, überhaupt nicht schläfrig, nur entspannt und tatsächlich richtig froh. Das Einzige, was ihn ein wenig beunruhigte, war, dass alle zu ihm kamen, um zu fragen, wie es ihm gehe, und ihm auf dieselbe Weise begegneten wie einem Menschen, der sterben oder auf eine lange Reise gehen wird. Eine Idee zu verinnerlicht, irgendwie. Etwas zu klebrig respektvoll. Viele wollten ihn zu einem

Drink einladen, aber er bestand darauf, nein, verlangte, dass alles, was das Personal und Freunde an diesem Abend tranken, auf seine Rechnung ging, die er nicht im Traum vorhatte zu bezahlen. In ungefähr einer Stunde würde die Schiebetür zum Partyraum aufgemacht werden, und die Bar würde in eine Diskothek verwandelt. Sie würde in jeder Hinsicht voll sein, mehrere Bekannte würden auftauchen und ihn anfassen wollen und zu Schnaps eingeladen werden wollen. Bis dahin noch war es halb voll, ältere Paare, Jungs in Strumpfsocken, die vom Après-Ski übrig geblieben waren, vermischt mit der üblichen Klientel von Jugendlichen und Geradenochjugendlichen aus den Orten der Umgebung – es war immer ganz leicht zu sehen, wer mit dem Autofahren dran war. Lasse kippte das kleine Glas und knallte es auf den Tresen, ohne sich umzudrehen. Neil Young kam überraschend aus dem Dudelpop-Sampler vom Bar-Gunnar, und er wollte sich gerade erheben und zum anderen Ende der Bar gehen, um die Lautstärke aufzudrehen, als man plötzlich von der Treppe her Gelächter und besonders lautes Gerede hörte, und kurz darauf schwemmte die Stockholmgang in die Bar und rief nach Champagner, noch ehe sie sich alle hingesetzt hatten. Ihr Abendessen war anscheinend vertilgt. Anki vom Service war unten gewesen und hatte sich zu ihm gesetzt und berichtet, dass die halbe Gruppe aus Restaurantleuten bestehe und dass ihr Tisch fast den kompletten Service beschäftigt habe, nicht ein Gericht fand Gnade, so wie es angekündigt war, Arroganzlinge auf ganzer Linie, zurückgeschickte Weinflaschen, motziges Verlangen nach besserem und schnellerem Service, und alle Ober und Serviererinnen hetzten mit schiefem Lächeln vor und zurück, weil sie wussten, dass verdammt viel Trinkgeld zu erwarten war, wenn die Gäste Kollegen waren. Lasse hielt nach Pirre Ausschau, aber er war nicht zu sehen. Fieberhafte Aktivität hinter der Bar, Eimer mit Eis, die richtige Sorte Gläser, Korkenknallen … Lasse sah zu der Gruppe hinüber und verspürte widerwillige Bewunderung für ihre Selbstsicherheit und, ja, die rückhaltlose Arroganz, die Kleider, ein Stich Neid war dabei auf das Fließende, die Beständigkeit, keine toten Momente, für diese Leute ging immer eins ins andere über, wie in einem Film. Er hätte nichts dagegen, mit ihnen zusammenzusitzen und genauso im Hier und Jetzt zu sein wie sie. Neuer Song, und eines der Mädchen stand auf und fing an, Lasse den Rücken zugewandt, zu tanzen. Sie hatte langes dunkles Haar, das sich über ihren Rücken ringelte. Das Kleid schien aus Sämischleder zu sein, eng anliegend, halbhohe Stiefel, scharfer Hintern. Sie hielt die Arme über den Kopf, schnippte mit den Fingern und tanzte gegen den Takt, nicht aus dem Takt, sondern wenn die anderen einen Schlag markierten, indem sie in die Knie gingen, machte sie das Gegenteil, als wolle sie sich leicht und die Musik noch leichtgewichtiger machen, als sie schon war, hoch, hoch, hoch, und zum ersten Mal begriff Lasse, was an diesem Song gut war, das Mädchen zeigte ihm, was es mit dem Song auf sich hatte, und er konnte nicht umhin zu lächeln, als er zuschaute, wie sie sich zu der Musik bewegte. Unglaublich, dass er nicht begriffen hatte, wie verdammt gut Michael Jackson in Wirklichkeit war.

»Hallöchen.«

Pirre tauchte an seiner Seite auf, hob den Arm, als hätte er vor, ihm den um die Schultern zu legen, senkte ihn aber wieder, als Lasse sich schnell wegdrehte, mehr aus Überraschung, als um die Berührung zu vermeiden. Er war nicht mehr so misstrauisch, nicht mehr so verächtlich Pirre gegenüber eingestellt, seit die Jungs vom Lift ihm erzählt hatten, wie er kämpfen musste, um runterzukommen und Hilfe zu holen, und dann mit der Raupe rauf ist und am ganzen Körper zitternd gezeigt hatte, in welchem Gebiet Lasse liegen musste. Falsch, aber trotzdem.

»Wie geht's dir? Super, dich hier zu sehen. Geht's dir gut?«

Lasse nickte. Pirre lachte. Laut.

»Hübsch, nicht wahr?«

Lasse zuckte mit den Achseln und nahm einen Schluck Bier.

»Von vorne noch besser. Arbeitet als Aushilfe bei Vickan. *Kicki!*«

Er rief und winkte, aber sie hörte nicht oder reagierte jedenfalls nicht auf das Rufen, tanzte, hoch, hoch, hoch.

»Scheißegal. Willst du was trinken? Was willst du? Cognac? Haben die einen richtig teuren? He, Barkeeper! Zwei ...«

Aber die Bar war leer, Gunnar war damit beschäftigt, der Großstadtmafia Champagner einzuschenken, die zu diesem Zeitpunkt schon etwas gedämpfter wirkte, wenngleich scheinbar alle ununterbrochen irgendetwas hysterisch Witziges zu erzählen hatten. Unbegreiflich.

»Du hast ja wohl noch nichts bezahlt heute, oder? Da werde ich nämlich wütend. Verdammt ... verdammt, du bist ein richtiger Kumpel. Und du siehst so *verdammt* gut aus. Extra large und ... willst du eine Zigarette? Rauchst du?«

Lasse nahm eine Zigarette aus dem Päckchen, das ihm entgegengehalten wurde. Warum nicht? Er lächelte und wartete auf Feuer. Der Song ging zu Ende, und das tanzende Mädchen war plötzlich verschwunden. Lasse drehte sich zu dem Feuerzeug, das vor seinem Gesicht unvorhersehbare Kreise beschrieb. Bar-Gunnar kam zurück und verdrehte die Augen, aber im Augenwinkel blitzte wie ein Sonnenreflex das Glitzern des Trinkgelds auf.

»Zwei große Cognac für mich und XL. Eine neue Flasche.«

Lasse blies auf die schräg angezündete Glut, und auch wenn es ein wenig wehtat, konnte er doch nicht anders, als zu lachen, als er Bar-Gunnar antworten hörte: »Und schnell soll es auch gehen!«

Pirre lachte ebenfalls, ein wenig zu laut, ein wenig zu lang. Lasse nahm einen Zug und fand, dass reiner Tabak jedenfalls gut schmeckte.

»Prost, und es tut mir echt leid.«

Lasse nahm seinen Schwenker vom Bartresen und hielt ihn hoch, schnüffelte und sah, wie Pirre den Mund füllte und die Augen schloss. Lasse wollte gerade ein Schlückchen nehmen, als dicht neben ihm eine Frauenstimme, ein dunkler Alt, zu hören war.

»Was wolltest du?«

Lasse wandte den Kopf. Das Tanzmädchen. Die Sämischlederschnitte stand neben ihm und sah Pirre mit halb offenem Mund an, sie sah aus, als würde sie einen riesigen Seufzer unterdrücken.

»Pirre! Wolltest du etwas?«

Nicht süß, sie sah aber auf eine leicht dramatische Weise verdammt gut aus mit ihren kräftigen Augenbrauen, den schwarz umrandeten, schräg stehenden Augen, ihrer flachen und doch etwas buckligen Nase und dem großen Mund. Sehr ernst. Kleiner, als sie auf der Tanzfläche gewirkt hatte. Sie machte einen Versuch, die Haare hinter die Ohren zu streichen, der misslang. Haare, sogar noch dicker als seine. Je länger er sie ansah, desto hübscher wurde sie. Pirre machte die Augen auf, schluckte und hustete.

»Kicki, das hier ist Lasse. Mein Kumpel, der in die Lawine gekommen ist.«

Sie sah ihn mit zusammengezogenen Augenbrauen an, als würde sein Gesicht eine Frage stellen, die nur schwer zu beantworten war. Lasse hielt unwillkürlich den Atem an.

»Hallo.«

Lasse atmete in einem langen Zischen aus, das einen Gruß darstellen sollte. Pirre sagte: »Er hat bei der Geschichte die Stimme verloren. Willst du etwas trinken? Du magst doch Daiquiri, nicht?«

Sie schüttelte den Kopf auf diese etwas ausladende Weise, die entdecken ließ, dass sie ihren Teil bereits gehabt hatte. Lasse konnte den Blick nicht von ihr wenden. Plötzlich legte sie die Hand auf Lasses Arm, und bei dieser Berührung geschahen vier gleichermaßen verdammt seltsame Dinge: Zum einen war es, als würde ihre Hand in seinen Arm einsinken und sich in seinem Fleisch wärmen. Zum anderen wurde Lasse zwanzig Zentimeter kleiner. Und dann wurde es völlig still, als stünde er plötzlich auf einem Berg in einem Birkenwald, an einem gänzlich windstillen Tag. Schließlich war er nicht imstande, sich zu bewegen, er war ebenso festgenagelt und zusammengekauert wie in der Lawine, doch diesmal ohne Angst, nur das ursprüngliche Gefühl von Wärme und Wohlbefinden – die göttliche Ergebenheit … Er sah in ihr Gesicht, wo die Augenbrauen sich wieder zu einem V geformt hatten, und er wollte nichts lieber tun, als ihr in ihrer Verlegenheit zu helfen, aber wie sollte er das tun, wenn er weder hören noch sprechen noch sich rühren konnte? Er war ein Abguss, der einen Mann auf einem Barhocker darstellte, der mit ausgestreckten Armen und bestürzt starrend dasaß, in der einen Hand einen Cognacschwenker und in der anderen eine Zigarette. Jetzt hoben sich die Augenbrauen zu zwei ausgedehnten Bögen, es glitzerte in ihren braun gesprenkelten Augen, und dann feuerte sie, die Oberlippe faltete sich zweimal und rollte sich hoch, sodass sie durch die Lücke zwischen den Vorderzähnen zielen und ihn mit einem zielgerichteten Lächeln abschießen konnte. Lasse war jetzt tot. Sie nahm die Hand von seinem Arm, und er nahm wieder sein übliches Maß ein, konnte wieder hören und sich bewegen – alles war wieder wie immer, abgesehen davon, dass er tot war. Sie hatte ihn gestellt, und als er ein regloses Ziel geworden war, hatte sie angelegt, gezielt und ihn erschossen. Den Lasse, der noch vor wenigen Sekunden da auf dem Barhocker gesessen hatte, gab es nicht mehr. Ein neuer junger Mann hatte seinen Platz eingenommen, und dieser neue Zwilling saß da und badete sich in dem tödlich-holden Lächeln einer Frau.

Pirre sagte: »Sollen wir zu den anderen rübergehen?«

Kicki löschte das Lächeln und senkte den Blick, verlagerte das Gewicht auf den anderen Fuß und sah wieder auf. Ernst, aber mit etwas Spielerischem in Augen und Mundwinkeln. Ungezogenheit? Bosheit? Trunkenheit? I-I-Interesse? Sie sagte: »Du solltest diese Zigarette jetzt mal ausdrücken.«

»Was?«

Sie nickte kurz zu seiner linken Hand. Lasse schaute hinab und sah, dass die Glut ganz dicht an seinen Fingern war. Wie im Reflex ließ er das, was von der Zigarette noch übrig war, auf den Boden fallen, blieb aber wie jemand, der seine Unschuld beteuern will, noch einige Sekunden in derselben Stellung sitzen, ehe er von dem Barhocker herunterkletterte, um sie aufzuheben. Als er merkte, wie weich seine Knie waren, bereute er es jedoch und ließ sie liegen.

Kicki machte einen Schritt und trat darauf, stand ganz nah bei ihm, reichte ihm bis zur Brust. Lasse atmete den Duft ihres Haares ein. Sie wandte das Gesicht ihm zu. Lasse neigte den Kopf vor. Sie sagte: »Ich habe einen Bekannten, einen Arzt, der hat mir erzählt, wenn man den Kopf in den Nacken legt, so wie jetzt, um nach oben zu sehen, dann wird ein Hormon im Gehirn freigesetzt, das bewirkt, dass man infantilisiert wird. Man verwandelt sich in ein Kind, das versorgt werden muss. Deshalb sehen Kirchen und Schlösser und öffentliche Gebäude und Banken und alte Schulen so aus, wie sie es tun. Wenn ich noch eine Weile so hier stehe, dann werde ich deine Hand nehmen und Papa zu dir sagen.«

Lasse setzte sich, lachte und wünschte, er könnte mit etwas richtig Originellem antworten und diese Oberlippe dazu bringen, ihre Flügel auszubreiten und zu ihm nach Hause zu fliegen. Stattdessen nahm er einen Schluck Cognac, schließlich konnte er ihr nicht gut zuflüstern, dass es schon alles in Ordnung käme, wenn sie ihn nur berührte, dass sie wie füreinander geschaffen wären.

Pirre sagte: »Kommt, wir gehen und setzen uns zu den anderen.«

»Okay«, sagte Kicki und wandte sich um und ging zwischen den Tischen hindurch, vielleicht schwang sie die Hüften ein wenig mehr, vermutlich zum Spaß, aber Lasse merkte, wie er steif wurde.

Pirre sagte: »Jetzt komm schon mit!«

Lasse nahm seinen Arm, zog ihn näher zu sich heran und flüsterte: »Warte mal kurz!«

Er nahm einen Schluck Cognac.

»Ich will einen Job bei dir. In Stockholm. In deiner ...«

Er suchte nach Worten, nahm einen Schluck Bier, wusste, dass er das Falsche sagen würde, aber es war ihm scheißegal.

»... schärfsten Boutique. Ich kann sofort anfangen.«

Pirre sah ihm direkt in die Augen.

»Verdammt, wie toll!«, sagte er todernst. »Verdammt, nee ... total klasse. Und klug. Verdammt klug, Lasse. Nee, was ich mich freue. Aber wo wirst du wohnen? Du kannst bei mir wohnen. Eine Weile.«

Lasse schüttelte den Kopf.

»Ist schon geklärt.«

Und das stimmte wirklich. Die Wohnung der Großeltern am Skinnarviksring stand leer. Großvater war seit Langem tot und Großmutter altersdement und seit einem Jahr im Heim. Der Vater hatte die Wohnung behalten, falls ihr Zustand sich bessern würde. Groß, leer und praktisch umsonst. Pirre lachte laut und schlug mit dem Handrücken der einen Hand in die Handfläche der anderen wie ein Großhändler.

»Dann sind wir uns einig«, sagte er.

Lasse massierte seinen Hals und nickte.

»Über alles?«

»Ja«, flüsterte Lasse und hielt die Hand hin. Pirre nahm sie mit seinen beiden und pumpte sie auf und nieder.

»Komm, dann gehen wir jetzt und trinken einen drauf.«

»Ich komme gleich«, flüsterte Lasse und schob seinen neuen Arbeitgeber in die Richtung der Sofagruppe, die etwas weiter hinten stand und auf der sich die Großstadtliga jetzt verteilt hatte. Kicki saß auf der Armlehne eines Sessels und erzählte zwei Jungs irgendetwas, die lachten und nickten. Es gelang Lasse nicht, sie durch Telepathie dazu zu bringen, in seine Richtung zu schauen. Er sah zur Decke hinauf, holte tief Luft und seufzte sie wieder hinaus. Es war, wie es war. Jetzt war es so gekommen. Er stieg vom Barhocker, um zu probieren, ob die Beine ihn jetzt besser trügen. Das taten sie. Er lächelte, ohne richtig zu wissen, warum, drehte sich um und winkte Bar-Gunnar zu sich, beugte sich über den Tresen und flüsterte ihm ins Ohr: »Siehst du da hinten das dunkle Mädchen in dem hellgelben Kleid?«

Er sah, wie der Barkeeper nickte.

»Wir werden heiraten. Sie und ich. Wir werden für den Rest unseres Lebens zusammenbleiben.«

Originaltitel: *Kicki & Lasse*
Originalverlag: Albert Bonniers Förlag, Stockholm

Die Zitate auf den Seiten 175 f. und 177 wurden
mit freundlicher Genehmigung des Hinstorff Verlags
in Rostock folgendem Werk entnommen:
Eyvind Johnson: *Die Heimkehr des Odysseus.*
Aus dem Schwedischen von Walter Lindenthal.
VEB Hinstorff Verlag, Rostock 1971. S. 169 f.

Die Deutsche Verlags-Anstalt dankt dem Kulturådet
(Swedish Arts Council), Stockholm, Schweden,
für die finanzielle Unterstützung dieser Übersetzung.

FSC
Mix
Produktgruppe aus vorbildlich
bewirtschafteten Wäldern und
anderen kontrollierten Herkünften
Zert.-Nr. GFA-COC-001262
www.fsc.org
© 1996 Forest Stewardship Council

Verlagsgruppe Random House FSC-DEU-0100
Das für dieses Buch verwendete FSC-zertifizierte Papier *EOS*
liefert Salzer, St. Pölten.

1. Auflage

Gestaltung und Satz: DVA/Brigitte Müller
Gesetzt aus der Aldus
Druck und Bindung: Friedrich Pustet KG, Regensburg
Printed in Germany
ISBN 978-3-421-04381-8

www.dva.de

ANNE ENRIGHT

Das Familientreffen

Roman

Aus dem Englischen von Hans-Christian Oeser

352 Seiten, gebunden

ISBN 978-3-421-04370-2

Der Hegarty-Clan versammelt sich in Dublin, um Liam, das schwarze Schaf der Familie, zu Grabe zu tragen – doch schnell gerät der Anlass zur Nebensache. Nur Veronica wagt es, nach den Umständen zu fragen, die ihren Bruder in den Tod getrieben haben mögen.

Ein beeindruckend intensiver Roman über die Frage nach Schuld und Verantwortung, nach der Liebe und ihren Folgen, mit dem Booker-Preis 2007 ausgezeichnet.

> »Dass Anne Enright für diesen schonungslosen Roman mit seiner hinreißend gnadenlosen Sprache den renommierten Booker-Preis gewonnen hat, ist mehr als verdient. Eine glitzernde, dunkle Perle von Buch.« *Brigitte*

> »Ein zarter, harter, humorvoller Roman über die Hölle der Großfamilie. Gewaltig gut.« *NDR*

> »Anne Enright schreibt elegant und brillant, mitfühlend und feinsinnig, mutig und originell. *Das Familientreffen* ist ihr bestes Buch.«
> *Colm Tóibín*

DVA

www.dva.de